GYP

(COMTESSE DE MARTEL)

PARIS
CALMANN LÉVY, ÉDITEUR
3, RUE AUBER, 3

1898

DU MÊME AUTEUR

Format gr. in-18

PETIT BOB, 45e édition	1 volume.
LA VERTU DE LA BARONNE, 18e édition	1 —
CE QUE FEMME VEUT...? 17e édition	1 —
AUTOUR DU MARIAGE, 91e édition	1 —
LE MONDE A COTÉ, 23e édition	1 —
UN HOMME DÉLICAT, 21e édition	1 —
PLUME ET POIL, 17e édition	1 —
SANS VOILES, 18e édition	1 —
ELLES ET LUI, 19e édition	1 —
LE PLUS HEUREUX DE TOUS, 14e édition	1 —
SAC A PAPIER, 15e édition	1 —
AUTOUR DU DIVORCE, 47e édition	1 —
JOIES CONJUGALES, 21e édition	1 —
POUR NE PAS L'ÊTRE! 14e édition	1 —
LES « SÉDUCTEURS » 17e édition	1 —
PAUVRES P'TITES FEMMES!!! 18e édition	1 —
MADEMOISELLE LOULOU, 19e édition	1 —
PETIT BLEU, 17e édition	1 —
OHÉ! LES PSYCHOLOGUES!.. 13e édition	1 —
MADEMOISELLE ÈVE, 16e édition	1 —
Ô PROVINCE! 11e édition	1 —
L'ÉDUCATION D'UN PRINCE, 11e édition	1 —
C'EST NOUS QUI SONT L'HISTOIRE!!! 14e édition.	1 —
OHÉ! LA GRANDE VIE!!! 12e édition	1 —
UN RATÉ, 15e édition	1 —
UNE PASSIONNETTE, 18e édition	1 —
MONSIEUR FRED, 18e édition	1 —
CES BONS DOCTEURS! 21e édition	1 —
MARIAGE CIVIL, 13e édition	1 —
MONSIEUR LE DUC, 16e édition	1 —
TANTE JOUJOU, 12e édition	1 —
PAS JALOUSE! 21e édition	1 —
MADAME LA DUCHESSE, 18e édition	1 —
LE 13e, 18e édition	1 —
LE MARIAGE DE CHIFFON, 53e édition	1 —
PROFESSIONAL-LOVER, 18e édition	1 —
LEURS AMES, 28e édition	1 —
LE CŒUR D'ARIANE, 20e édition	1 —
CES BONS NORMANDS!... 20e édition	1 —
LE BONHEUR DE GINETTE, 27 édition	1 —
BIJOU, 30e édition	1 —
EUX ET ELLE, 20e édition	1 —
JOIES D'AMOUR, 27e édition	1 —
LA FÉE SURPRISE, 21e édition	1 —
SPORTMANOMANIE, 14e édition	1 —

LES CHASSEURS, un très beau volume in 8e col. illustré de 500 dessins de CRAFTY.

PETIT BLEU, édition de luxe in-16 col avec illustrations de MAROLD.

Paris — Imprimerie A. Delafoy, 3, rue Auber

LE

MONDE A CÔTÉ

À

CALMANN LÉVY, ÉDITEUR

DU MÊME AUTEUR

BOURLOTON. — Imprimeries réunies, B.

LE

MONDE A CÔTÉ

PAR

GYP

(COMTESSE DE MARTEL)

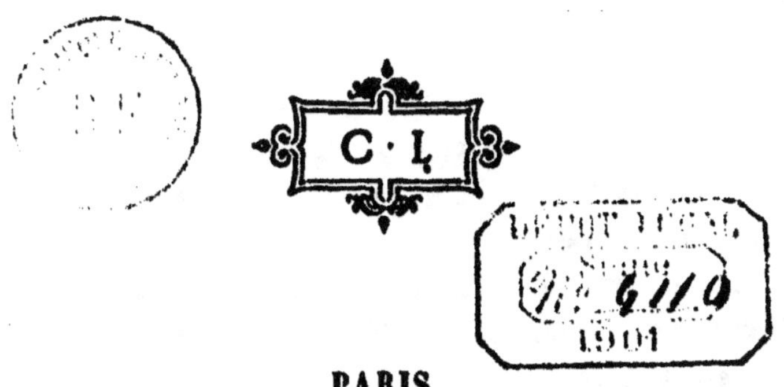

PARIS
CALMANN LÉVY, ÉDITEUR
ANCIENNE MAISON MICHEL LÉVY FRÈRES
3, RUE AUBER, 3

1884

LE
MONDE A CÔTÉ

I

Il est cinq heures; la nuit est venue : une nuit de décembre humide et glaciale. La neige tombe en tourbillonnant ; les voitures roulent sans bruit, les passants sont rares.

Devant un hôtel des Champs-Élysées, plusieurs voitures stationnent, étoilant la nuit de leurs lanternes voilées de buée.

Cet hôtel est superbe ; un monumental escalier de marbre conduit au premier étage où il finit. Les murs sont couverts de tapisseries flamandes; des plantes des tropiques fleurissent dans une atmosphère suffisamment surchauffée pour faire éclore des vers à soie.

L'antichambre conduit à une enfilade de salons,

tous différents de style, mais tous fleuris comme des serres. Le dernier, dans lequel quinze ou vingt personnes prennent du thé, en bavardant haut et ferme, est une véritable merveille.

Le plafond et les murs sont tendus en satin de Chine peint et brodé, sur lequel s'entrelacent des plantes bizarres et des animaux fabuleux. Ce fouillis s'agite et vit dans un ciel embrasé de rayons ou dans des eaux diamantées. — A terre, un tapis d'ours blanc où on enfonce jusqu'à mi-jambe. Au milieu du salon, une grande borne de satin jonquille, du centre de laquelle sort un palmier, dont les larges feuilles caressent le plafond. Sur la cheminée, sur le piano, partout, des fleurs; dans de grandes caisses de Saxe, des orangers, des grenadiers et des lauriers-roses; puis des statues, des paravents, des sièges contournés, une harpe, des piles de coussins, des poufs, des bergères et des divans. Tout cela éparpillé avec art; un désordre charmant, mais pas d'encombrement ni d'abus du bibelot. A travers le salon va et vient la maîtresse de la maison, la comtesse Josette Moray.

Debout, dans la baie qui conduit au jardin d'hiver, deux hommes causent à demi-voix, s'isolant des autres groupes.

L'un, grand, mince, remarquablement élégant et distingué, a vraiment grand air. C'est le vicomte de Lafère.

L'autre est légèrement trapu. Il a l'œil vif, le teint fleuri, le visage épanoui; c'est le marquis de Skaër, le très jeune oncle de la comtesse; l'oncle Jean, ou même le plus souvent Jean tout court, pour sa nièce.

La bonne frimousse, habituellement réjouie de l'oncle Jean, est presque émue.

— Mon vieux Pierre, va! — dit-il à M. de Lafère, en lui serrant la main pour la dixième fois au moins depuis cinq minutes, — tu n'as pas idée du plaisir que ça me fait de te revoir!

— Mais si... je suis tellement aimable...

— Quel original tu fais!... Tu pars pour huit jours, soi-disant... et tu reviens au bout de cinq ans!... Cependant... voyons? là, entre nous... tu as dû guérir avant l'expiration de ce lustre?...

— Comment guérir?...

— Ne prends donc pas ton air candide! Si tu crois que je n'ai pas deviné pourquoi tu t'éclipsais subrepticement!..... J'ai ouvert l'œil... mon œil d'oncle... et j'ai vu clair...

— Tu n'as rien vu, attendu qu'il n'y avait rien...

— Il y avait Josette, parbleu!... tu as eu ton tour comme les autres, toi, l'invincible!... Ah çà!.. — ajouta M. de Skaër en voyant la physionomie sérieuse de son ami, — ah çà!.. c'est fini, au moins?

— Je le croyais fermement... il y a une heure... mais à présent...

— A présent?

— Eh bien, je suis sûr, au contraire, que ce n'est pas fini du tout...

Et, montrant la jeune femme qui passait près d'eux :

— Tiens, Jean, regarde là... Pas avec tes yeux d'oncle... et dis moi s'il peut en être autrement?...

— Que le diable t'emporte!... Après ça, je sais bien que moi... son oncle... son respectable oncle... j'ai failli devenir amoureux d'elle aussi!... Ah! ma foi, oui!... j'ai songé sérieusement à demander les dispenses.

— Elle n'aurait pas voulu de toi...

— D'abord. — Ensuite elle me faisait peur!... elle a une nature!... des emportements, des révoltes!... quoique cependant elle se soit bien modifiée depuis son mariage... Mais, moi... j'aime avant tout la tranquillité... Ce n'était pas du tout mon affaire...

— Elle est encore plus belle qu'autrefois! — dit M. de Lafère, qui ne quittait pas des yeux la comtesse.

— Ce n'est pas qu'elle soit belle à proprement parler, — répondit l'oncle Jean. — Mais elle est.... elle est « *pas tout le monde!* » Rien de banal!... C'est surtout ça qui attire les admirations... et ça les attire ferme!...

— Ah! — dit le vicomte; et, fronçant légèrement les sourcils.

— C'est une singulière créature !

La comtesse Josette est en effet la plus singulière créature qu'on puisse voir; splendidement belle, — quoi que dise l'oncle Jean, — elle a des yeux verts immenses, profonds, limpides, et d'une prodigieuse mobilité d'expression; tantôt presque durs, avec des reflets pâles; tantôt caressants et traversés de chaudes lueurs. Le teint est rosé comme celui d'un bébé anglais; le nez droit, aux ailes transparentes; la bouche d'une éclatante fraîcheur, à la fois austère et gourmande, les dents éblouissantes.

La tête, toute petite, couronnée d'une lourde masse de cheveux d'un noir intense, est superbement posée sur un cou fort, rond et blanc comme une colonne de marbre.

Très grande, mais admirablement faite, Josette paraît de taille moyenne. Les épaules sont larges, les bras merveilleux, la poitrine haute et droite; la taille, pas assez fine pour la mode, est solidement plantée sur des hanches basses et développées; les mains sont belles, les pieds tout petits et très cambrés.

Ce corps charmant, étrangement souple, prend des poses imprévues et absolument personnelles. Il ondule sous la robe, qui semble à peine le toucher, et on devine que jamais un corset n'a entravé les mouvements ni raidi la taille ronde. De toute la personne de la comtesse s'exhale un je ne sais quoi de sain et de fort, une sorte de grâce chaste et robuste, très rare chez les Parisiennes, ou du moins chez les femmes qui vivent à Paris.

Elle s'habille à sa façon, sans jamais se soucier de la mode, et elle a cette chance que tout ce qu'elle porte va mal à celles qui essaient de le copier.

Josette est bonne, violente, sincère et franche à l'excès. Son caractère tout d'une pièce s'est incomplètement plié aux exigences mondaines.

Elle adore les grandes et belles choses, exècre les platitudes et les mesquineries, et ne dissimule jamais l'impression ressentie. Spontanément honnête, elle s'est longtemps indignée contre ceux qui ne le sont pas, croyant qu'elle était la règle et les autres l'exception.

Intelligente et généreuse, elle déteste avant tout les médiocrités importantes, ce qui fait qu'elle a fort peu d'amis.

Aujourd'hui, elle est préoccupée, parle peu, offre distraitement du thé aux uns et aux autres; en apporte à ceux qui refusent et oublie ceux qui acceptent ; on voit que sa pensée est ailleurs. Un de ses visiteurs l'aide à porter les tasses et la suit pas à pas, lui parlant à voix basse et l'enveloppant d'un étrange regard.

M. de Lafère remarque ce manège et, désignant à l'oncle Jean le cavalier servant de la comtesse :

— N'est-ce pas cette canaille de La Réole ?

— Précisément..... Dis-donc, tu es sévère pour lui ?...

— Pas assez !... Comment se fait-il que ce monsieur vienne chez ta nièce ?...

— Mais, mon ami, La Réole va partout !...

— Tant pis pour partout !...

— Tu es resté sous l'impression des racontars d'antan...

— Ah !... est-ce que ses moyens d'existence ne sont plus les mêmes qu'autrefois ?

— Oh ! tu sais, on a dit tant de choses !... Il n'en faut croire que la moitié...

— C'est déjà joli !...

— Enfin, pour l'instant, La Réole a une conduite exemplaire... Il joue à la Bourse...

— Ah bah !... madame de la Saussaie est donc morte ?...

— Mais, non... Ne crie donc pas si haut...

— Pourquoi ?... Est-ce qu'elle est là ?..

— Pas elle... Mais Luxeuil est à deux pas de toi...

— Qui ça, Luxeuil ?...

— Tu ne le connais pas... C'est ce garçon blond..., là, à droite...

— Je le vois... Eh bien ?

— Eh bien, c'est le... successeur de La Réole... à ce qu'on dit...

— Tes restrictions me plaisent!... Il parle à une petite femme qui est drôlette... le successeur !...

— Je t'en réponds !!! C'est la petite vicomtesse de Jurieux...

— Et que fait-elle, cette petite vicomtesse ?... car elle doit faire quelque chose, n'est-il pas vrai ?...

— Parfaitement... des opérations de Bourse...

— Elle aussi !... Est-ce La Réole qui la dirige ?

— Non... C'est le baron Jassy...

— Fichtre !... C'est plus sûr !... Ah ! voilà la toujours belle madame de Villefranche !... Elle est étonnante, cette femme-là !... depuis vingt-cinq ans au beau fixe !... C'en est fatigant !

— Je ne trouve pas...

— Tiens !... toi aussi !... Alors, son goût... absolu pour les jeunes gens est donc passé ?...

— Merci... !

— Dame !... je ne pense pas que tu poses pour l'adolescent ?... Qui est ce petit monsieur qui a l'air moins bête que les autres ?...

— Lagardie... un journaliste très gentil !... Tu vois la dame qui lui tend sa tasse ?...

— Oui, c'est une belle femme. Pas de chic, mais une superbe ligne...

— Femme politique, mon cher.

— Pouah !

— Ne dis pas « pouah ! ». La célèbre madame

Haar, la comtesse de Haar, comme disent les reporters... désireux d'être remerciés, joue avec succès les Aspasies.

— Ah! Et qui est Périclès?

— Tout le monde.

— Tu me présenteras?... Eh! Dieu me pardonne! là-bas, près du piano, se bourrant de gâteaux, j'aperçois Damartin!

— En effet, toujours le même...

— L'appelle-t-on encore la vieille Rognure?

— Parbleu!...

— A la bonne heure!... je retrouve mon Paris tel que je l'ai laissé, chaque chose est à sa place... C'est-à-dire c'est une manière de parler... car je suis étonné de rencontrer chez madame Moray tous ces gens-là... qui ont, du reste, l'air de l'amuser médiocrement...

— Mon Dieu!... tu sais... Moray aime beaucoup le monde...

— Le monde, passe encore... à la rigueur... mais ça, c'est le monde à côté!...

— A côté tant que tu voudras!... N'empêche que tous ces gens-là ont des titres, des noms sonores et de l'argent; et mon cher neveu tient à cela... aux noms et aux titres surtout... comme tu as pu t'en apercevoir...

— C'est vrai... En mon absence Moray est devenu comte... Comment cela s'est-il fait?

— Oh! d'une façon bien simple!... Il a tout prosaïquement acheté un titre de comte romain... La mère Moray était désolée, Josette furieuse... Elles trouvaient ça bête!...

— Ah! le fait est...

— Que veux-tu?... Chacun a ses petits travers!... Celui-là est inoffensif!... Toujours est-il que Paul a peu à peu secoué les vieilles relations bourgeoises du père Moray, et je t'assure que, si aujourd'hui on venait lui rappeler que son grand-père vendait du bois, il serait stupéfait et jurerait de bonne foi qu'il est né dans la peau d'un comte...

— Romain!... Et, à part ce ridicule, rend-il sa femme heureuse?...

— Mais oui...

— Tu dis oui sans conviction...

— Dame! Il n'est certainement pas un modèle de fidélité. Et ça encore, c'est par chic!... Il se croit obligé d'avoir des maîtresses par genre! et ça me désole...

— Jose... madame Moray souffre de ces infidélités?

— Ah! ouiche!

— Eh bien, alors? qu'est-ce que ça te fait?

— Comment! ce que ça me fait? Mais c'est précisément ce qui m'inquiète!... Quand une femme ne se... Ah! tout le monde part! ce n'est pas malheureux! nous allons enfin saisir un instant Josette!...

— Non. La Réole reste, lui!

— Que non!

— Que si! Il s'installe! Allons-nous-en! Je reviendrai voir ta nièce un autre jour.

— Tu ne vas pas partir encore, Jean? — dit la comtesse en leur barrant le passage. — Vous non plus, monsieur de Lafère? J'ai mille choses à vous dire... Il y a si longtemps que nous ne nous sommes vus! Restez donc. Nous causerons... tout à l'heure...

Et, en parlant, elle regardait avec insistance La Réole, ayant carrément l'air de lui dire:

— Mais allez-vous-en donc!... Vous voyez bien que vous nous gênez!...

Négligemment accoudé à la cheminée, La Réole ne bougea pas. Josette alors, les voyant décidés à partir, les accompagna en babillant jusqu'au dernier salon et revint s'asseoir d'un air ennuyé près de la cheminée, dans laquelle flambait un feu clair. Puis, sans rien dire, elle regarda son tenace compagnon.

Svelte, très brun, le teint mat, l'œil démesurément long et voilé, les narines pincées, la bouche sensuelle, la barbe soyeuse, le marquis de La Réole est ce qu'on appelle un joli garçon; son élégance et ses caprices font loi et ses bonnes fortunes sont proverbiales. — Au premier abord, on donne au marquis trente-cinq ans, et il faut le regarder bien attentivement pour se rendre compte qu'il a une dizaine d'années de plus. Mille petites rides marquent les tempes et le dessous des yeux. Les paupières sont plissées, les lèvres flétries, le regard trouble et les cheveux rares. Mais toute la personne est soignée, entretenue et servie avec un art extrême.

Ce fut lui qui parla.

— Ainsi vous aviez mille choses à raconter à Lafère? — dit-il à Josette d'un air narquois.

— Oui, — répondit-elle laconiquement, se rencognant dans son fauteuil comme une femme peu disposée à causer.

— Et ces choses étaient probablement très intéressantes?

— Probablement.

— Y a-t-il longtemps que vous connaissez Lafère?...

— Depuis que je suis au monde. Et vous, est-ce que vous le connaissez?

— Mais... sans doute...

— Ah! Eh bien, vrai, je ne l'aurais pas cru!...

— Pourquoi?

— Parce qu'il n'a pas paru désirer se rapprocher de vous!...

L'intention était évidemment impertinente; La Réole rougit et reprit :

— Il habitait autrefois le même pays que vous?

— Oui.

— Il était votre voisin?

— Oui.

— Proche voisin?

— A cinq kilomètres... il y avait trois côtes!...

Elle ajouta ironiquement :

— Y a-t-il encore quelque détail que vous voulez savoir?

— Non... je voulais savoir seulement si Lafère avait été assez mêlé à votre vie pour en connaître les... incidents. Il n'existe pour moi qu'à titre de renseignement... ce n'est pas de lui que je suis jaloux...

— Pardon, vous avez dit « jaloux »?

— Eh bien, oui!... je le suis!... je le suis à la rage... mais c'est d'un autre!...

Josette regardait le marquis bien en face, elle l'interrompit :

— Je ne comprends pas! — dit-elle froidement.

— Vous comprenez, au contraire!... Vous savez que depuis longtemps je vous aime, et vous me faites souffrir atrocement...

— Je sais, — s'écria impétueusement madame Moray, dont les jolies petites oreilles s'allumaient, — que depuis longtemps, en effet, vous me poursuivez avec un inexplicable acharnement, que vous m'imposez, comme en ce moment, votre présence qui m'obsède et me blesse... que vous cherchez à faire croire dans le monde, par votre attitude, que. comme tant d'autres, je suis descendue jusqu'à vous!...

— Moi?

— Oui! vous!... Tout à l'heure encore, en affectant de rester ici le dernier. Dans quel but faites-vous tout cela? Vous savez pourtant bien que...

— Que vous aimez ailleurs?... Hélas! oui, je le sais!

Il s'attendait à une dénégation, mais la comtesse continua tranquillement :

— Que je n'éprouve pour vous aucune sympathie, aucune! Je vous prie donc formellement de ne pas chercher davantage à m'en inspirer. C'est inutile!

— Mais, je vous aime, moi, — dit La Réole d'une voix tremblante; — je vous aime plus que je ne puis le dire! Pourquoi ne voulez-vous pas me permettre de vous aimer?

Elle répondit moqueusement :

— Vous n'êtes pas du tout mon type!

Le marquis se mordit les lèvres et, lui lançant un regard méchant :

— Prenez garde, Madame, vous avez tort de plaisanter!...

Déjà Josette ne l'écoutait plus; blottie au fond de la bergère Louis XVI, elle présentait distraitement au feu son petit pied et, absorbée, regardait sans les voir les flammes bleues qui léchaient les grandes bûches.

La tête inclinée, la bouche entr'ouverte, elle rêvassait emportée au loin, oubliant, avec sa mobilité d'impression, ce que La Réole venait de lui dire, peut-être même oubliant qu'il était là.

Lui, dévorait des yeux la nuque blanche où se tordaient de vigoureuses petites mèches moins noires que le reste de la chevelure; sur cette chevelure sombre, l'oreille fine, spirituelle, rose encore de la colère passée, se détachait en lumière et attirait impérieusement son regard; il éprouvait un indéfinissable étranglement; ses tempes battaient, il voyait trouble. Sans presque avoir conscience de ce qu'il faisait, il se glissa vers la jeune femme qui rêvait toujours et la saisit violemment dans ses bras.

Josette stupéfaite, ne dit rien, mais elle se dressa toute droite et devint pâle; sa main fuselée se leva, et, retombant sur le visage du marquis avec une brutalité sauvage, lui arracha un hurlement de douleur. Il resta un instant à genoux, aveuglé, hébété et, selon l'expression populaire, voyant trente-six chandelles. Puis, portant à son nez son mouchoir, il se releva et, regardant insolemment madame Moray :

— Peste !... ce sont là façons dignes d'une bourgeoise de la rue Saint-Denis !

Josette tremblait.

— Oh ! — dit-elle d'une voix rendue rauque par le saisissement, — c'est vous qui osez railler?

Et durement :

— Allons ! sortez !... quand vous aurez fini de saigner du nez !

La Réole était livide.

— Je pars, Madame, mais j'espère avoir un jour ou l'autre le plaisir de vous retrouver !... Peut-être alors serez-vous moins... vertueuse !... Puis-je, en attendant, savoir quel prétexte vous comptez donner à ce cher Moray pour motiver mon expulsion ?

La jeune femme hésita.

— Cela ne regarde que moi ! — dit-elle.

— Et moi aussi un peu... car enfin... encore faut-il que je sache à quoi je dois m'attendre ?...

Josette eut un sourire tout plein de mépris.

— Soyez tranquille, je ne vous ferai pas l'honneur d'apprendre à mon mari pourquoi je vous chasse.

La Réole rapprocha ses talons et, saluant avec la même correction que si rien ne se fût passé, sortit lentement du salon.

Il maugréait sourdement en descendant l'escalier encombré de fleurs.

— Je lui ferai voir que je ne suis pas un des petits messieurs qu'elle balance ! Jamais je ne me suis toqué d'une femme à ce point-là !... Et c'est fou, car elle ne peut pas me souffrir !... La Londe ne l'aime plus, il fait la cour à madame de Guibray... oui, mais elle ne s'en doute pas. Il faudrait l'en informer... pour commencer : ça, c'est facile ! Elle cédera toujours à un moment donné, et, si elle ne cède pas, il sera temps d'employer la force. Tant pis !... elle se taira... on ne raconte guère ces petites histoires-là... quand on en est l'héroïne !

Et, lorsqu'il fut remonté dans son coupé :

— Tout ça, c'est très gentil !... Mais il faut que je règle ce soir les six cents louis de Luxeuil !... Où les trouver ?...

Il sourit et murmura :

— Tiens tiens !... ce serait drôle !...

. . . .

. . . .

II

Josette, restée seule, songeait :

— Encore un ami que je viens de me faire !

Puis, comme, au fond, elle se souciait peu de ce détail, elle pensa à autre chose et, écoutant tristement la pendule qui sonnait :

— Sept heures !... Allons !... c'est fini ! Il ne viendra plus aujourd'hui !... Ça m'a fait plaisir de revoir Lafère !... Il me rappelle ma pauvre vieille Bretagne... Ah ! il m'aimait bien, lui ! et je l'ai compris trop tard !... Bast !... A quoi cela eût-il servi ?

Et regardant la dernière bûche qui se consume, la comtesse revoit rapidement le passé déjà si loin...

Dans ce grand château de Skaër, sa petite enfance abandonnée, toujours livrée aux paysans, aux domestiques ou, pour mieux dire, à elle-même; disparaissant le matin, rentrant à la nuit, sans que jamais personne s'inquiétât de savoir ce qu'elle devenait. Heureuse néanmoins; libre, courant au bord de la mer, les pieds nus, sur la grève; passant de longues heures assise sur une roche, tendrement appuyée contre son chien Fenris, un gigantesque griffon noir qui avait l'air d'une bête féroce; restant là, le regard perdu, interrogeant l'horizon infini... Que c'est beau, l'océan!... Elle a conservé un culte pour ce premier et unique confident de ses pensées d'enfant.

De sa mère, elle n'a qu'un incertain souvenir. C'était — croit-elle — une jeune femme blonde, jolie comme une apparition; toujours parée, toujours en fête, entourée de monde, et qui ne l'embrassait jamais.

Dans sa vie, *maman* n'a pas existé; elle était pour elle, comme pour les gens du château, *madame la marquise*, tandis que *monsieur le marquis* était aussi *papa*.

Elle se souvient affectueusement de ce beau grand garçon, bâti en athlète, qui parlait haut, riait toujours et l'embrassait quelquefois quand il la trouvait sur son passage, l'enlevant à bout de bras à des hauteurs qui lui donnaient le vertige, et lui disant :

— Toi, petit moucheron, tu seras superbe!... tu me ressembles.

Et il la lançait à toute volée à son frère Jean, qui la

rattrapait tant bien que mal, et, la voyant pâle de terreur, disait :

— Je ne sais pas si elle sera superbe ; mais, pour le moment, je la trouve bien pâlotte...

Cette façon de jongler avec son petit corps, la seule caresse qu'elle connût, lui causait, au début, un invincible effroi ; mais elle s'y habitua peu à peu, et finit par se placer souvent sur le chemin de son père, à l'heure où il rentrait de la chasse.

C'est en l'attendant ainsi qu'elle le vit un jour rapporter au château, livide, les membres brisés, couvert de sang et de boue. Il était porté par des piqueux ; derrière lui marchait Forward, son beau cheval gris, qui sautait si bien, boiteux et souillé de boue comme son maître ; puis les chiens suivaient, silencieux, le museau bas, balayant l'avenue de leurs oreilles traînantes, comme s'ils avaient conscience de ce qui se passait.

Jégo, le vieux piqueux, apercevant la petite fille blottie contre un arbre, avait dit :

— Mon Dieu ! emmenez vite mademoiselle Josette.

Mais le marquis de Skaër entendit.

— Josette... où ça ?... Je veux la voir...

Et, s'adressant à son frère, qui marchait à côté du brancard :

— Jean, fais-moi poser là... Aussi bien je n'arriverai pas vivant au château...

Josette se souvenait nettement de la sensation d'effarement qu'elle avait éprouvée quand l'oncle Jean, la prenant par la main, l'avait amenée près de son père.

Le marquis, cherchant à se soulever, avait dit, — et elle se rappelait exactement ses paroles :

« Jean... je te la confie... A aucun prix, tu ne la laisseras à sa mère... à aucun prix, tu m'entends ?... Fais tous les sacrifices nécessaires pour obtenir qu'elle renonce à ses droits... Ce sera cher, mais on paiera... ne secoues pas la tête... toi aussi tu me crois ruiné ?... Mais non... Delalonde débrouillera tout... il fera exécuter ma volonté, je l'en ai chargé...

» Josette... approche... tout près... mon pauvre petit moucheron ! Jamais je ne t'ai tant aimée qu'aujourd'hui, et c'est un peu tard !... Allons, vous autres... ne vous attristez pas... ça ne sert à rien !... voilà à présent votre petite maîtresse : aimez-la bien !... Soignez Forward, il se remettra, lui !... C'est un brave cheval, et rudement chic sous l'habit rouge... soignez aussi mes chiens... comme si j'étais là... Josette, je te les recommande... »

Le curé du bourg arrivait, courant de toute la vitesse de ses vieilles jambes, raidies encore par l'émotion. Le marquis lui sourit :

— Allons, mon cher curé, je n'ai pas de grands crimes sur la conscience, mais c'est égal, dépêchons !...

Je sens la fin... Je ne souffre pas du tout, mais je me refroidis déjà...

Tous s'étaient écartés; l'oncle Jean, pesant de la main sur l'épaule de Josette, l'avait fait s'agenouiller. Au bout d'un instant, le curé, penché sur le mourant, s'était brusquement relevé, faisant signe qu'il avait cessé de souffrir.

Et tous alors sanglotèrent librement, tandis que la petite fille, les yeux agrandis, mais sans larmes, regardait avec épouvante le visage pâle de son père et l'attitude consternée des assistants.

C'est que Josette ne savait pas pleurer. Les enfants abandonnés pleurent rarement; à quoi cela leur servirait-il? Les larmes sont destinées à attendrir les parents ou les maîtres; à éviter une punition ou à obtenir un joujou : elle ignorait tout cela ; absolument seule et indépendante, elle ne relevait que d'elle-même. Lorsqu'elle se faisait mal, roulant dans les roches, se déchirant les jambes aux ajoncs ou se laissant bousculer par les poulains libres comme elle dans la lande, elle rageait, menaçait, mais ne pleurait jamais, et, en ce moment, la vue des larmes l'étonnait presque plus que celle de la mort. Son papa, étendu, semblant dormir paisiblement, devait, à son avis, être beaucoup plus heureux que l'oncle Jean et les autres.

Le lendemain, Jean de Skaër entrait dès le matin

dans la chambre de sa nièce ; un monsieur à cheveux gris l'accompagnait. — Josette le connaissait bien. — Souvent, elle l'avait vu venir à Skaër dans un vieux cabriolet qu'il conduisait lui-même. C'était M. Delalonde, l'avoué ; le père Delalonde, comme disait le marquis en parlant de son vieil ami ; le seul être au monde dont il écoutât quelquefois les conseils.

— Josette, — dit l'oncle Jean, — M. Delalonde a la bonté de se charger de toi pendant quelques jours.

Elle écoutait sans comprendre. Il reprit :

— Il veut bien t'emmener chez lui... à Vannes...

Alors Josette inquiète :

— A Vannes !... Est-ce qu'il y a la mer comme ici ?...

M. Delalonde s'avança.

— Oui, petite, sois tranquille, tu verras la mer...

— Et Fenris ?... je ne pars pas sans Fenris...

— Nous l'emmènerons !... Et puis, tu auras un grand camarade... Il te racontera de belles histoires... il te fera de beaux dessins...

Et, se tournant vers Jean .

— André est là... Il s'occupera d'elle... Pauvre petite !... comme elle ressemble à son père...

Le vieil avoué très ému, se pencha vers la petite fille et l'embrassant tendrement :

— Tu veux bien venir avec moi ?

— Oui... ça m'est égal !

Le break attendait devant le perron; en y montant suivie de Fenris, Josette étonnée demanda :

— Tiens!... nous n'allons pas dans votre vieux cabriolet?

— Au revoir! — dit tristement l'oncle Jean, les regardant partir.

— Adieu! — répondit l'enfant, qui tenait la grosse tête de son chien serrée contre elle et semblait indifférente à tout.

Il y a de Skaër à Vannes trois lieues; elles furent silencieusement parcourues. M. Delalonde lisait attentivement des lettres et des papiers contenus dans un grand portefeuille que lui avait remis Jean au moment du départ; Josette réfléchissait.

En apparence impassible, elle était au fond surprise, un peu inquiète même. Depuis la veille, elle ne comprenait plus rien à ce qu'elle voyait et entendait.

« M. Delalonde a la bonté de s'occuper de toi, » avait dit l'oncle Jean. S'occuper d'elle? Qu'est-ce que ça voulait dire?... Est-ce que ce serait amusant?... Et ce camarade inconnu? était-il plus ou moins gentil que Fenris? Ça devait être bien beau, de belles histoires!...

Elle voulut questionner son compagnon, mais l'amour-propre la retint.

— J'aurai l'air d'une sotte; le monsieur se moquera de moi!...

Et elle se tut.

Le mouvement de la voiture la berçant, elle s'endormit peu à peu.

Elle s'éveilla couchée entre les grandes pattes velues de Fenris, sur un petit lit tendu de drap rouge, dans une chambre inconnue. Debout, près du lit, un grand jeune homme mince, à l'air sérieux, la regardait affectueusement.

— Avez-vous bien dormi, mademoiselle Josette? — dit-il.

La petite tête de l'enfant travaillait; elle faisait de grands efforts pour reconstituer tout ce qui s'était passé; suivant avec persistance sa pensée, elle demanda, au lieu de répondre à la question posée :

— C'est vous qui êtes André?

— Oui, — dit le jeune homme en souriant.

— Alors, c'est vous qui devez me raconter de belles histoires? Eh bien, commencez...

— Ah! je dois vous raconter de belles histoires?

— Oui. Le vieux monsieur l'a dit.

— Parfaitement... C'est papa!... Venez, nous allons d'abord le retrouver, il fait préparer votre chambre.

Elle secoua la tête, agitant sa crinière noire et soyeuse :

— Non... je suis bien là... Racontez d'abord. Le vieux monsieur me l'a promis.

— Oh! oh! mademoiselle Josette! il paraît que,

quand on vous a promis quelque chose, il faut tenir?

— Oui... dit l'enfant.

Et, attachant sur lui son regard profond :

— Mais, moi aussi, je tiens ce que je promets.

Surpris de l'étrange beauté et de l'originalité de la petite fille, André céda; il s'assit au bord du lit, et, prenant la main de Josette .

— Puisque vous le voulez, je vais vous raconter une histoire... Voyons; connaissez-vous la *Belle au Bois dormant?*

— Je ne connais rien! Qu'est-ce que c'est que la Belle au Bois dormant?

— C'est une princesse qui dormait.

— Comme moi?

— Comme vous... mais plus longtemps... elle dormait depuis cent ans quand le prince Charmant l'éveilla...

— Qu'est-ce que c'est que le prince Charmant?

— Un prince très beau...

— Beau comme vous?

André éclata de rire.

— Beaucoup plus beau que moi!

— Ah! — dit Josette incrédule.

Et elle ajouta avec conviction:

— Vous êtes pourtant joliment beau, vous! Bien mieux que l'oncle Jean, vous êtes!... Vous ne le connaissez pas, l'oncle Jean?

— Mais si, nous sommes de vieux amis...

— Vieux?... Oh! non. Il a vingt ans, l'oncle Jean... Allons, racontez, à présent.

Et André, forcé de s'exécuter, narra dans les plus grands détails, la touchante histoire de *la Belle au Bois dormant*. La petite fille l'écoutait, les yeux brillants, les joues roses; quand il eut fini:

— Est-ce que ça arrive toujours comme dans l'histoire?

— Toujours!

— Alors... vous m'épouserez aussi?...

— Certainement!... dit gaiement André.

Josette le regardait avec une respectueuse admiration.

Ce joli garçon, élégant et fin, avec ses grands yeux violets, sa lèvre moqueuse et sa moustache blonde, la fascinait.

Elle se sentait attirée vers lui et cependant craintive; elle mourait d'envie de lui sauter au cou, mais elle n'osait pas.

Il demanda:

— Voulez-vous venir voir votre chambre, mademoiselle Josette?

— Avec vous?

— Mais oui.

— Alors, je veux bien.

Maître Delalonde habitait un vieil hôtel gris, dans la

plus vieille et la plus noire rue de Vannes; mais l'autre façade de l'hôtel donnait sur un grand jardin riant et coquet. La fenêtre de la chambre de Josette ouvrait sur ce jardin. André, voyant que l'enfant, le nez collé au carreau, admirait les fleurs, l'emmena aussitôt cueillir un énorme bouquet. Elle le remercia avec étonnement, stupéfaite, reconnaissante, décontenancée par ces procédés nouveaux pour elle. Le soir, après le dîner, André lui joua du piano, lui dessina des polichinelles ventrus, et elle se roulait de joie, saisissant violemment son chien par le cou, et le prenant à témoin de son bonheur. A neuf heures, la vieille bonne de l'avoué vint la chercher pour la coucher, la déshabilla et la borda avec soin dans son lit, au lieu de l'y jeter comme un paquet, ainsi que le faisait la femme de chambre de sa mère.

Elle resta huit jours à Vannes. Ce furent les plus heureux jours de sa vie. Elle s'était attachée, de toute la force de son petit cœur, à ce bonhomme souriant et bon, si affectueux pour elle. Quant à André, elle lui avait voué un culte, mêlé de tendresse discrète et d'admiration passionnée.

Un soir, la vieille Vincente, tardant à venir la prendre après le dîner, elle s'endormit sur le tapis, la tête appuyée sur le dos de Fenris. Un brusque mouvement du chien l'éveilla. M. Delalonde et André causaient; ils parlaient d'elle; elle écouta.

— C'est demain que je la reconduis à Skaër, — disait l'avoué. — La tante de Jouan est arrivée. Nous avons de la chance qu'elle consente à habiter chez sa petite nièce, car vraiment Jean est bien jeune pour river son existence à celle de Josette.

— Moi, papa, — répondait André — à ta place, je garderais Josette; elle est attrayante, cette enfant! Et tu es son tuteur, après tout...

— Mais, c'est impossible!... Toi parti, vois-tu cette pauvre petite, seule entre Vincente et moi, dans cette vieille maison? Elle mourrait de tristesse et d'ennui... Les enfants ont besoin de gaieté comme les fleurs ont besoin de soleil...

— Tu deviens poétique, papa. Est-ce la baronne de Jouan qui personnifie à tes yeux le soleil ou même la gaieté?

— Non, mais Jean sera souvent à Skaër. Il y amènera du monde, du mouvement; d'ailleurs, Guy exprime dans son testament le désir que, si cela se peut, sa fille soit élevée dans ce château qu'il aimait tant et qui est à elle après lui.

— C'est différent!... Et la marquise?

— Partie le lendemain de l'enterrement. C'est moi qui lui ai fait connaître la volonté de son mari...

— Qu'est-ce qu'elle a dit?

— Rien. Elle n'a pas osé protester et elle n'a même pas demandé à embrasser sa fille.

— Oh!

— Dame! Josette ne représente pour elle aucune valeur... Elle croit qu'il ne reste rien à l'enfant de la fortune du père et je me suis bien gardé de la détromper.

— Comment! — dit André — il reste donc quelque chose?

— Sans doute! Il est certain que beaucoup de terres sont hypothéquées et que cette colossale fortune est amoindrie; mais enfin Josette sera encore dans une très belle situation...

— Ah! tant mieux! Elle m'intéresse! Elle ressemble si peu aux autres enfants... Dis donc, papa, tu feras bien de lui donner vite des maîtres, à ta pupille, car elle ne connaît pas ses lettres, tu sais, et à huit ans, c'est un peu court.

— J'y ai déjà pensé. Je compte même sur toi pour me trouver, à Paris, une institutrice très capable... Tu es sérieux et j'ai confiance en toi...

— Comme ça tombe! J'ai justement ton affaire...

— Comment! tu as une dame qui...

— Ce n'est pas une dame! C'est un monsieur!... Un ancien professeur à moi.

— Tu es fou!

— Pas du tout... Il a cinquante ans! C'est un homme excellent, intelligent et instruit... Jean le connaît, parbleu, bien!... C'était notre professeur de rhétorique... Il a été obligé de quitter l'enseignement l'an dernier, à la suite d'une bronchite qui lui a fatigué la voix et le gêne pour faire une classe nombreuse... Je t'assure que c'est absolument ce qu'il te faut... Voyons... quel inconvénient trouves-tu à son sexe?... Tu crains que l'incandescente mère de Jouan lui fasse les yeux doux?... Sois tranquille, va, papa, il sera de marbre... Je réponds, dans ce cas, de lui comme de moi-même...

— Que tu es bête! — dit en riant le vieil avoué, prêt à céder.

Lui aussi subissait l'ascendant d'André. Il l'adorait et l'admirait. Parfois en regardant ce grand gaillard, aristocratique et élégant, il se sentait fier et stupéfait d'en être le père. — La vive intelligence d'André ne l'étonnait pas; maître Delalonde se rendait justice et, sans fausse modestie, comprenait que son fils fût un homme distingué. Mais ce qui le surprenait, c'était cet air grand seigneur, ces allures de jeune dieu descendu de son nuage. — Tout cela sans l'ombre de pose. — André était simple, gentil et bon enfant. Le vieil avoué trouvait que son fils n'avait pas du tout le type voulu pour lui succéder, et, André ayant la fortune de sa mère, il l'avait poussé vers la carrière diplomatique; depuis six mois, il était au ministère et terminait en même temps son droit.

— Tu ne veux pas essayer, pour Josette, le bonhomme que je t'offre? — demanda-t-il; — tu as tort!

— Nous verrons ; — répondit M. Delalonde ; — il faut d'abord que je consulte Jean.

Josette entendait tout. Elle mordit de rage un coin de l'oreille de Fenris, qui poussa un gémissement plaintif. — Elle avait envie de se lever et de crier bien haut qu'elle ne voulait pas du maître !... qu'elle le chasserait, puisque à Skaër, elle était à présent chez elle !...

Un sentiment délicat arrêta son élan. La petite sauvage comprenait d'instinct que son tuteur aurait du chagrin qu'elle sût ce qu'il avait dit de sa mère. C'était bien vague ; mais elle avait saisi dans l'intonation du vieil avoué, une note de profond mépris. Elle ne savait pas ce qu'on reprochait à cette mère qui se souciait si peu d'elle et dont elle se souciait si peu ; seulement, en rapprochant ce qu'elle venait d'entendre des paroles prononcées par son père mourant, elle devinait que la marquise serait exclue de sa vie, et elle sentait qu'elle devait paraître ignorer cette exclusion.

Quelques jours plus tard, elle était installée à Skaër, entre la baronne de Jouan, une tante de son père, et M. Jost, le précepteur indiqué par André. L'oncle Jean venait très souvent voir sa nièce et passait chez elle trois ou quatre mois, à l'époque des chasses. Elle grandissait ; ce n'était plus la petite Josette, mais une belle fillette qui promettait d'être très jolie.

Merveilleusement douée, elle avait, grâce à M. Jost, rattrapé bien vite le temps perdu. Puis elle montait à cheval, nageait, ramait, patinait, excellant à tous les exercices. Quelques leçons, prises à Vannes, avaient suffi à développer son organisation musicale, qui était remarquable. Elle peignait hardiment, avec une vigueur pas du tout féminine. L'oncle Jean prétendait, en riant, que les tableaux de sa nièce lui rappelaient ceux d'Eugène Delacroix.

Les seules joies de Josette étaient les visites de son tuteur; M. Delalonde venait régulièrement déjeuner à Skaër tous les dimanches et fêtes, et y passait une partie de la journée. Josette savait le calendrier par cœur, marquant d'une croix les jours où André accompagnait son père. C'était alors du délire, son visage s'illuminait, elle ne connaissait personne; M. Jost et l'oncle Jean n'existaient plus et le vieil avoué lui-même était presque délaissé.

Huit ans s'écoulèrent ainsi. Josette, devenue jeune fille, restait d'une étonnante sauvagerie; elle n'avait pas d'amies et repoussait obstinément les nombreuses tentatives de madame de Jouan, dont l'idée fixe eût été de recevoir. Elle ne faisait d'exception que pour la marquise de Lafère, qu'elle aimait beaucoup; son fils Pierre était le plus intime ami de l'oncle Jean et le seul camarade de Josette, qui, très souvent, allait déjeuner ou dîner à Kerhoët, chez les Lafère. — Sauf cela, elle ne voyait personne, ne paraissait pas au salon lorsque sa tante recevait, et n'accompagnait jamais la vieille dame, qui faisait des visites au département tout entier.

La petite nièce et la grand'tante avaient les allures et les goûts les plus opposés. Le caractère onctueux, à force de politesse, et un tantinet sournois de la baronne de Jouan, horripilait Josette, et, sans le tact et le doigté de l'excellent M. Jost, qui avait sur son élève une certaine influence, de fréquents orages eussent éclaté. D'ailleurs, Josette voyait sa tante aux repas et lui parlait à peine, causant avec son précepteur de choses interdites à la bonne dame, ignorante comme une carpe.

La marquise de Skaër était morte depuis deux ans. Josette en avait été informée par une courte lettre de maître Delalonde. On ne lui avait parlé de sa mère qu'une seule fois, et c'était pour lui apprendre sa mort. Elle comprenait aujourd'hui bien des choses, autrefois inexpliquées pour elle.

Un jour où la tante de Jouan était parvenue à lui imposer, par surprise, la visite de deux jeunes filles du voisinage, elle revint furieuse près de son précepteur.

— Eh bien — dit le bon M. Jost, sans remarquer la physionomie énervée de son élève, — comment avez-vous trouvé ces demoiselles ?

— Laides, sottes et méchantes, — répondit brièvement Josette.

— Mon enfant — reprit doucement le brave homme, — il ne faut jamais qu'une femme dise du mal des autres femmes. Retenez bien cela.

— Que voulez-vous, mon cher monsieur Jost ; je déteste les femmes, moi !

— Vous ne pouvez les détester, vous ne les connaissez pas.

— J'en ai connu deux ! — s'écria avec emportement Josette ; — ma mère, qui ne s'occupait pas de moi, et ma tante, qui s'en occupe trop... Pourquoi me poursuit-elle ainsi... dites ? Quel intérêt a-t-elle donc à me tourmenter comme elle le fait ?

— Mais... je crois que l'affection qu'elle vous porte...

— L'affection ?... Allons donc ! vous savez aussi bien que moi que madame de Jouan n'a d'affection que pour elle-même !

Et, comme M. Jost restait interdit :

— Au revoir !... Je vais dîner à Kerhoët ! Il me semble que ce soir la tête de ma tante me produirait un effet plus désagréable encore qu'à l'ordinaire.

— Si vous allez à cheval, emmenez Jego au moins...

— Je vais à pied. Pierre me ramènera...

Sa gaminerie de seize ans reprenant le dessus, elle fit une grimace au bonhomme ahuri et lui cria en se sauvant :

— Amusez-vous bien avec ma tante, monsieur Jost !...

Ce soir-là, elle avait raconté à madame de Lafère tous ses petits ennuis. Pour elle, la marquise n'était pas une femme, mais *un ami*; elle se sentait confiante et à l'aise entre elle et son fils.

Pierre de Lafère avait vingt-huit ans : l'âge de l'oncle Jean, l'âge d'André. Mais, tandis que Josette devenait timide et réservée avec André, ressentant près de lui un trouble singulier, elle restait expansive et familière avec Pierre. Elle jouait avec lui comme avec un gros chien, le taquinant sans cesse, se moquant de son grand physique imposant, sans se douter que le pauvre garçon l'aimait à en perdre l'esprit. Elle ne comprenait pas qu'elle pût produire sur Pierre un effet différent de celui qu'il produisait sur elle.

Elle revint à dix heures avec lui à travers la lande et les grands bois de sapins. Presque aussi grande que lui, elle s'appuyait sur son épaule en marchant, approchant son visage du sien, lorsqu'elle se penchait pour le regarder en causant :

— Qu'est-ce que vous avez ? — demanda-t-elle tout à coup ; — vous êtes tout pâle ?

— Je n'ai rien, — dit Pierre brusquement ; — c'est l'effet du clair de lune...

Josette lui prit la main.

— Vous avez la main froide et moite, vous souffrez ?

— Non... ce n'est rien... lâchez-moi...

La jeune fille se recula. Jamais Pierre ne lui avait parlé ainsi.

Ils marchèrent quelques instants en silence. Les grands sapins prenaient au clair de lune des formes fantastiques, et la silhouette de Skaër se dressait superbe devant eux, se détachant sur l'immense horizon de la mer.

Perché sur son rocher, le vieux château ressemblait à un gigantesque oiseau de nuit; le paysage rappelait les plus étranges compositions de Gustave Doré; c'était splendidement beau.

— Vous n'avez pas peur? — demanda Pierre.

— Peur? — dit Josette, étonnée.

La voix du jeune homme tremblait.

— Oui... Seule ainsi... avec moi... la nuit?...

Elle se mit à rire.

— Et de quoi pourrais-je avoir peur avec vous?

— Vous avez raison, — dit-il sourdement, — je suis fou!

— Qu'est-ce qu'il a donc? — se demanda Josette. Puis elle n'y pensa plus.

En descendant un matin pour déjeuner, elle trouva installé près de sa tante un monsieur qu'elle ne connaissait pas.

— Josette, dit la baronne, je te présente le vicomte de Luxeuil, le fils d'une vieille amie à moi, qui est ici près, chez les Kervalan ; il est venu m'apporter des nouvelles de sa mère et je l'ai retenu à déjeuner. J'ai bien fait, n'est-ce pas ?

Mademoiselle de Skaër toisa le jeune homme, qui s'inclinait profondément devant elle.

L'impression fut mauvaise. Elle trouva que ce très joli garçon, trop blond et trop élégant, *marquait mal*, selon l'expression favorite de l'oncle Jean, et, rendant légèrement le salut, elle répondit, en s'adressant avec affectation à madame de Jouan :

— Vous êtes ici chez vous, ma tante...

M. de Luxeuil causa beaucoup ; il avait presque de l'esprit ; Josette ne lui adressa pas la parole et babilla gaiement avec M. Jost, sans paraître se douter de la présence d'un convive. En sortant de table, elle se dirigea vers l'escalier ; madame de Jouan, qui donnait le bras au vicomte, se retourna inquiète :

— Tu nous abandonnes ?

— Oui, ma tante... il faut que je sorte... je vais à Vannes...

— Tiens !... tu ne m'avais pas parlé hier de ce projet ?

— C'est qu'il n'existe que depuis quelques instants, — répondit-elle.

— Dis au moins à M. de Luxeuil que tu lui permets de revenir nous voir pendant son séjour à Kervalan ?

— Vos amis, ma tante, — dit sèchement la jeune fille — n'ont pas besoin de ma permission pour venir « *vous* » voir...

Effectivement, le vicomte n'avait pas besoin de permission, car il revint souvent. A chaque visite, l'accueil de Josette devenait plus glacial.

M. de Luxeuil arriva un soir, vers six heures. La baronne faisait, comme toujours, du crochet près de la fenêtre du salon; Josette essayait le piano qu'on avait accordé, et M. Jost lisait ses journaux.

— Ah! mon cher enfant!... — s'écria joyeusement madame de Jouan, — comme c'est aimable à vous de venir égayer notre solitude! Vous dînez avec nous?

Et, comme le vicomte semblait, pour accepter, attendre un mot de Josette, mademoiselle de Skaër lui dit :

— Faites donc ce plaisir à ma tante, Monsieur!

M. de Luxeuil lui lança un regard savant, à la fois timide et passionné; depuis quelque temps, il abusait vraiment de ce genre de regard, mais Josette ne le vit pas; elle s'était levée et traversait le salon. Elle sonna et, s'adressant au valet de pied qui entrait :

— Dites à Toby d'atteler la victoria!

Puis, revenant près de son précepteur :

— Mon cher monsieur Jost, je vous enlève! Nous allons dîner à Vannes, chez mon tuteur.

— Mademoiselle... — balbutia le vicomte, — est-ce ma présence qui...

— Si j'étais à votre place, Monsieur, — dit durement Josette... — je comprendrais sans explication ; mais, puisqu'il vous en faut une, la voici :

» Vous n'êtes pas chez les Kervalan ; ils ne vous ont jamais vu ; votre mère est morte depuis vingt ans : donc il vous était difficile d'apporter de ses nouvelles à madame de Jouan, à laquelle vous avez été tout bonnement adressé par l'agence dont elle fait partie. Vous deviez, si vous étiez parvenu à m'épouser, lui payer tant pour cent sur ma dot. En attendant, vous êtes descendu à Vannes, à l'hôtel de Bretagne, où vous vivez largement, escomptant votre mariage problématique... Est-ce bien cela ?...

— Mademoiselle, croyez que...

— Il suffit !

Et se retournant vers sa tante :

— Vous, Madame, vous voudrez bien quitter Skaër ce soir ; je vous servirai une pension qui vous permettra d'exercer ailleurs votre honteux métier. C'est pour fixer le chiffre de cette pension que je vais chez maître Delalonde ; il vous fera connaître ce qu'il aura décidé.

M. Jost, saisi, effaré, regardait son élève bouche béante. Il se demandait où cette enfant, une gamine encore il y a six mois, avait appris la vie au point de savoir ainsi se faire justice elle-même.

Josette menant seule sa petite enquête, sans en rien dire à personne, et chassant ensuite les deux aventuriers, lui paraissait sublime.

M. Delalonde fut mécontent de l'exécution.

— Ma chère petite, — dit-il à sa pupille, — ta tante est une vieille coquine, j'en conviens; néanmoins, sa présence chez toi donnait, aux yeux des imbéciles, une apparence de respectabilité à ta maison.

— Oh ! — s'écria Josette suffoquée.

— Oui... Et, à présent que tu vas être seule, Jean étant plutôt un inconvénient qu'un avantage, tu seras très difficile à marier...

— Bast ! — dit-elle en riant, — je trouverai bien un brave garçon qui m'épousera pour mes beaux yeux !

— Pour tes beaux yeux et pour autre chose ! Tu es très riche !

— C'est vrai, puisque le monsieur de ma tante venait pour ça !... Quelle est donc ma fortune ?

— Tu as cent vingt mille livres de rente en terres.

— Est-ce beaucoup ?

— C'est énorme... Et tu devrais en avoir le double, — murmura le vieil avoué, inconsolable de l'amoindrissement de la maison de Skaër.

Josette jeta ses bras autour du cou de son tuteur et lui dit à l'oreille :

— Alors, faites-moi épouser André, voulez-vous ?

— André ! — s'écria maître Delalonde, — André ?

— Oui, — répondit Josette.

L'avoué voulut trancher dans le vif.

— Ah ! bien oui !... André ! Il est en route pour Téhéran !... Il se soucie pas mal de toi ou d'une autre ! Il n'aime que sa carrière, il ne pense qu'à elle !... D'ailleurs, il n'est pas de ton monde, et...

— Ça m'est bien égal !

— Pas à moi ; il faut toujours se marier dans le milieu où on naît ; c'est la première condition de bonheur.

Josette sentit en elle un déchirement douloureux ; mais, se raidissant, elle reprit :

— Eh bien, n'en parlons plus ; puisque vous ne voulez pas de moi pour fille, vous me marierez comme vous l'entendrez.

Le vieil avoué avait raison de prédire à la jeune fille que, seule à Skaër, elle se marierait difficilement. Les partis qui se présentaient n'étaient pas acceptables.

Enfin au bout de deux ans, M. Moray, fils d'un ancien marchand de bois devenu le plus riche armateur de Nantes, s'affolait de mademoiselle de Skaër, entrevue aux courses, et tombait comme une bombe dans l'étude de maître Delalonde pour lui demander la main de sa pupille.

— Réfléchis bien, — dit l'avoué, en annonçant la

demande à Josette ; — je ne suis pas, tu le sais, partisan de ces mariages-là... Je ne puis oublier que j'ai vu le grand-père et le père Moray, vendant leur bois sur le port, tandis que tu as derrière toi cinq ou six cents ans de noblesse!... Le fils du père Moray est charmant, il est vrai ; il ressemble à sa mère qui était, il y a vingt-cinq ans, une adorable femme ; de plus, il a trois cent mille livres de rente, honorablement gagnées, et solides, puisqu'il a tout retiré des affaires... Ça demande réflexion !

— C'est tout réfléchi, — répondit Josette ; — M. Moray que j'ai vu deux fois, me plaît assez... je crois qu'il m'aime, c'est un mariage inespéré pour moi ; je ne veux pas vous encombrer tous plus longtemps de la garde de ma personne... Ce pauvre Jean est à l'attache... Ça me fait une peine !...

Et souriant tristement :

— J'avais rêvé autre chose, vous le savez; mais, puisque ce rêve est irréalisable, je ne puis trouver mieux pour le remplacer.

— Comment ! — s'écria maître Delalonde stupéfait, — c'est d'André que tu veux parler ?... C'était donc sérieux, cette plaisanterie ? tu y pensais ?...

Elle murmura :

— J'y pense toujours !

L'avoué n'entendit pas, ou du moins ne parut pas entendre.

Le mariage se fit. C'est madame de Lafère qui servit de mère à Josette. Pierre était absent.

Pendant les premiers temps, Paul Moray adora follement sa femme. Il en était fier ; c'était son plus grand luxe.

Josette eut une fille qu'elle perdit à quelques mois; elle ne souhaita pas avoir d'autre enfant. Déjà, elle entrevoyait surtout le vilain côté de la vie, et le redoutait pour un être aimé.

Son mari, très lancé dans la vie élégante, s'était peu à peu éloigné d'elle et elle n'avait fait rien fait pour le retenir ou le ramener.

Puis, André était revenu de Téhéran et, avec lui, tout un cortège de souvenirs. Josette le revoyait tel qu'il lui était apparu, pour la première fois, à son réveil, dans la vieille maison de son tuteur. Elle l'aimait comme elle l'avait aimé autrefois; mais si chaste était son amour qu'elle l'eût avoué hautement. Sans penser à l'avenir, elle se laissait aller inconsciente, presque heureuse.

Et la comtesse, l'œil fixé sur le foyer, à présent sans flamme, revit en une heure toute son existence passée.

III

Tandis qu'elle rêve, une femme est entrée doucement; une vieille femme, presque jolie encore sous ses cheveux blancs. Elle a l'air intelligent et bon, le sourire jeune, la peau fraîche. C'est madame Moray, la belle-mère de Josette.

En la voyant, la physionomie de la jeune femme s'éclaire :

— Comme vous venez tard, maman? Pourquoi cela ?

— Je ne savais pas que étiez seule...

— Il y a plus d'une heure qu'ils sont partis!... Je crois que j'ai dormi... ou au moins rêvé...

— Avez-vous eu beaucoup de monde, ce soir?...

— Beaucoup! beaucoup d'importuns surtout... J'ai cependant reçu une visite qui m'a fait grand plaisir... Un vieil ami que je n'avais pas vu depuis cinq ans... Pierre de Lafère...

— J'avais appris son retour par madame de Guibray... A propos, elle vous a écrit un petit mot, madame de Guibray... Elle vous recommande de la prendre ce soir en allant à l'Opéra, comme c'est convenu. La lettre était adressée à madame Moray tout court, de sorte qu'on me l'a remise.

Josette soupira drôlement.

— Vous avez de la chance, vous, maman, d'être madame Moray tout court!

— Je vais chercher cette carte, — dit la vieille dame, qui fit un mouvement pour se lever.

— C'est inutile, puisque vous me dites ce qu'elle contient... Elle a bien fait d'envoyer son mot, madame de Guibray! Je l'aurais joliment oubliée, moi!

— Tâchez qu'elle ne s'en doute pas! Vous n'avez pas en elle une amie, je crois...

— Bah! Pourquoi ça?

Sans répondre, madame Moray, assise en face de Josette, tapote ses jupes, s'installe et, d'un air parfaitement indifférent:

— M. de la Londe est-il venu vous voir aujourd'hui?

La comtesse lance un rapide coup d'œil à sa belle-mère.

— Non — dit-elle, et elle ajoute, après un instant de réflexion : — André vient rarement depuis quelque temps !

— Puis, sautant sans transition à une autre idée :

— Maman ! vous ne savez pas ? j'ai mis La Réole à la porte !

— Comment cela ?

— C'est lui qui, tout à l'heure, m'a fourni un prétexte... il m'a... il m'a dit qu'il m'aimait...

— Ah ! Et vous l'avez mis à la porte pour cela ?...

Madame Moray tisonnait en parlant, s'amusant à élever des colonnes de petits charbons roses ; elle ne paraissait attacher aucune importance à ce qu'elle disait.

La jeune femme répondit :

— Mais oui... Il s'est conduit d'une façon absolument inconvenante.

— Je ne vous blâme pas, ma chère petite ! Ce n'est certes pas moi qui regretterai l'absence de La Réole ! Il m'était odieux, ce monsieur-là... Il me faisait l'effet d'un reptile.

— Il m'a dit en partant, sur un ton menaçant, que nous nous retrouverions quelque jour... et, ma foi, j'en ai peur ! Je le crois capable de tout !... Dites donc, maman, c'est Paul qui ne va pas être content ? La Réole l'amuse !... Il est vrai qu'il aura la ressource de le rencontrer ailleurs plus souvent qu'ici... Car il n'est pas souvent ici, Paul!

— Il est certain qu'il abuse un peu du cercle.

— Je ne crois pas... ses amis se plaignent de ne plus l'y voir... depuis quelque temps.

Madame Moray semblait mal à l'aise.

— Cependant... — commença-t-elle avec embarras.

Josette l'interrompit:

— Eh! qu'importe qu'il soit au cercle ou ailleurs: Si vous saviez comme ça m'est égal!

La vieille femme regarda tristement sa belle-fille; elle sentait qu'elle disait vrai: *Ça lui était égal!* Il n'y avait pas dans son accent la plus petite nuance d'amertume ou de regret.

— Il va être huit heures, — reprit Josette, — Paul dîne dehors, probablement... Moi, je vais m'habiller bien vite... Je serai prête dans cinq minutes, et, de cette façon, madame de Guibray n'attendra pas!... Ah! c'est que, si elle le pouvait... elle arriverait pour l'ouverture!...

Elle revint quelques instants plus tard, sculptée dans un fourreau de velours blanc très décolleté; l'étoffe suivait fidèlement les lignes de son corps jeune et souple. Elle s'arrêta derrière le fauteuil de madame Moray et, lui passant autour du cou ses beaux bras, l'embrassa affectueusement.

La comtesse adore sa belle-mère, qui lui rend cette

adoration. Madame Moray est une charmante femme, bonne, aimante, pleine d'esprit, de droiture, et d'une exquise délicatesse de sentiments. Dès le début, les deux femmes avaient été attirées l'une vers l'autre, et étaient restées étroitement unies, malgré les dissentiments, insignifiants d'ailleurs, qui s'étaient élevés dans le ménage. Madame Moray connaissait le caractère entier de son fils; elle avait presque peur de lui. Stupidement gâté du vivant de son père, Paul était devenu suffisant et vaniteux. Sûr de son mérite, il tranchait, dictait, critiquait avec une outrecuidance qui désolait cette mère, fine et clairvoyante entre toutes.

Souvent, son fils lui semblait ridicule et elle n'osait risquer une observation. Moins d'un an après son mariage, elle avait vu Paul changer de vie, fréquenter exclusivement un monde étrange qui l'encensait; étaler des liaisons bruyantes et se lancer dans un courant de spéculations brumeuses, desquelles le bon sens bourgeoisement pratique de la vieille femme n'augurait rien d'avantageux ni même d'honorable. Ses timides remontrances avaient été mal accueillies; son fils l'avait courtoisement, mais nettement avertie, qu'il entendait vivre à sa guise, recevoir qui bon lui semblait et s'occuper de spéculations ou de n'importe quoi, sans que personne eût le droit de se mêler de ses affaires. S'il était impossible à sa mère de se tenir à l'écart, il valait mieux se séparer tout de suite bons amis, plutôt que de laisser aller les choses jusqu'à une brouille complète.

Terrifiée à l'idée de perdre Josette, madame Moray avait juré de se taire et tenait parole. Même au moment de l'histoire du titre, elle n'avait pas osé protester en face. Il est vrai que sa belle-fille, horriblement vexée, protestait pour deux; elle si raide, si cassante d'ordinaire, avait humblement supplié son mari de renoncer à cette idée saugrenue; mais elle s'était heurtée à une immuable résolution. Paul voulait un titre sur sa carte et des couronnes sur ses voitures; il lui tardait de se désembourgeoiser, et le premier jour où il posséda enfin ce titre tant convoité, il se tint à quatre pour ne pas donner un louis à tous les valets qui l'appelaient : « Monsieur le comte. »

A présent il est noble, ou du moins il se croit tel; sa fortune et celle de Josette réunies forment un très respectable total; ses chevaux sont primés au concours hippique; il a la plus jolie femme et les plus belles filles de Paris, mais il lui manque encore deux choses pour que son bonheur soit complet. Il veut être du Jockey d'abord; député et homme politique ensuite.

Au moment où on annonçait le dîner, le comte entrait au salon, pomponné, parfumé, un gardenia à la boutonnière.

C'est un homme de trente-cinq ans, très bien physiquement ; posant pour la distinction et le chic, plutôt que réellement distingué et réellement chic, mais, tel que, assez réussi. Ses favoris, blonds et légers, encadrent agréablement un visage régulier; il a le teint blanc, des dents superbes et des yeux noirs expressifs. La coupe de son habit est irréprochable; son linge éblouit; le vernis de ses brodequins fait mal aux yeux, et il a aux doigts et au plastron de sa chemise, l'assortiment de bijoux de rigueur.

Il regarde Josette, vraiment éclatante de fraicheur et de beauté, et lui dit avec un accent sincèrement admiratif :

— Vous êtes très belle !

Puis il lui baise la main et offre le bras à sa mère.

Madame Moray exècre ces façons, qu'elle trouve d'un autre âge.

Elle aime avant tout la simplicité; pourquoi Paul n'embrasse-t-il pas tout bonnement sa femme sur les joues ? Elle prétend que le baise-main doit être réservé pour les femmes peintes, et certes, ce n'est pas le cas de Josette.

M. Jost, dont la jeune femme n'a jamais voulu se séparer, attendait modestement dans la salle à manger. Il entrait rarement au salon, tant était grande sa terreur d'y trouver des visites. — Ce monde scintillant et bariolé lui donnait le vertige, et un jour, ayant rencontré dans l'escalier le vicomte de Luxeuil, il avait cru rêver et s'était hasardé à questionner Josette, qui avait répondu en riant :

— Mais oui, c'est lui!... je l'ai retrouvé chez les Ledru, où il chasse une autre dot!... Il m'a demandé en tremblant la permission de venir me voir... je la lui ai accordée!... Qu'est-ce que cela me fait?... Je ne suis plus à marier et il vaut aussi cher que les autres, après tout!...

La comtesse s'était très difficilement habituée à vivre entourée de gens exotiques, inconnus, douteux même le plus souvent; mais, une fois son parti pris, elle avait su se mettre très vite au diapason voulu.

Dans le monde, elle *blaguait* aujourd'hui tout aussi lestement que les autres; parlait argot avec autant de facilité que si M. Jost le lui eût spécialement enseigné, et affectait avec un imperturbable sérieux une indifférence morale qui frisait parfois le cynisme. Dès qu'elle se retrouvait dans son milieu naturel, entourée de ceux qu'elle aimait, son honnêteté un peu brutale reprenait le dessus; elle se montrait franchement telle qu'elle est, c'est-à-dire bonne, emportée, tendre, ayant le culte de ce qui est noble, le dégoût de ce qui est bas, et l'horreur du vice « *accepté* » qu'elle voit s'étaler autour d'elle.

En s'asseyant à table, le comte remarqua la toilette de sa femme et demanda :

— Est-ce que c'est Caroline qui vous a fait ça?

— Mais oui...

— Eh bien, vous la complimenterez de ma part... C'est une merveille! Du reste, elle a ce chic-là, Caroline! Elle fait des robes dans lesquelles on a l'air d'être née, tant elles... adhèrent... Emmenez-vous quelqu'un ce soir à l'Opéra?

— Oui... madame de Guibray.

— Ah! j'allais vous demander de m'offrir une toute petite place près de cette belle robe, mais ça change mes projets!.. Je ne peux pas la sentir, moi, madame de Guibray!... Elle vous plaît, à vous?

— Elle m'est indifférente...

— Emmenez-vous un cavalier quelconque?...

— Mais non... je n'ai pensé à inviter personne... M. de Guibray viendra peut-être?...

M. Moray éclata de rire.

— Je ne pense pas — dit-il; — sa femme ne le laissera pas aller à l'Opéra. Aujourd'hui surtout... Elle le sème le plus qu'elle peut... il la gêne pour l'instant!... A propos! devinez qui vous allez y rencontrer, à l'Opéra?

— Mais... je ne sais pas...

— Et vous pourriez chercher jusqu'à demain sans trouver, tant c'est invraisemblable... André!!!

— André? — murmura Josette...

— Oui! Cela vous renverse, hein? André, à l'Opéra!... C'est pourtant vrai!... Il y va ce soir!... Damartin lui prête son fauteuil... Probablement il n'a de crasse à faire à personne aujourd'hui, cet excellent Damartin... C'est son jour de repos... sans ça, il n'aurait pas lâché le fauteuil!

Et, changeant d'idée, le comte ajouta :

— Alors, vous allez seules, toutes les deux?... Vous n'avez pas même invité Jean?...

— Jean est toujours invité... Mais il ne viendra pas... Depuis quelque temps, il est insaisissable... je l'ai vu tantôt un instant cependant...

— Oui, je sais... il est venu avec Lafère... je les ai rencontrés au cercle... ils vous avaient laissée en tête-à-tête avec La Réole...

— Précisément, et il faut que je vous avoue une chose qui va peut-être vous contrarier. J'ai... fermé ma porte à M. de La Réole...

M. Moray, stupéfait, regarda sa femme.

— Vous lui avez fermé notre porte, dites-vous?

— Non. J'ai dit : *la mienne.*

— Et le motif de cette mesure de rigueur?

— C'est que c'est un monsieur taré, impossible, vivant d'une inexplicable façon, dépensant un argent qu'il n'a pas et qu'il se procure Dieu sait comment... parce que, enfin, je trouve que j'ai toléré trop longtemps la présence d'un individu de cette espèce dans mon salon, et que je ne veux plus, à l'avenir, avoir de ces complaisances...

Le comte haussa les épaules.

— Vous serez toujours bourgeoise et encroûtée, ma pauvre Josette; vous attachez à des peccadilles une mesquine importance. Mais, si on épluchait ainsi à la loupe, la conduite des gens qu'on reçoit, on ne recevrait plus personne... Vous avez vraiment une étroitesse de vues très provinciale... il faudrait tâcher de vous défaire de ça... La Réole est admis partout, que diable!...

Josette ne répondit pas; madame Moray prit la parole.

— Je crois mon enfant, — dit-elle — que ta femme est dans le vrai... Ce La Réole passe, à tort ou à raison, pour un vilain monsieur, vivant de ressources inavouables...

— Ça ne nous regarde pas...

— Je te demande pardon... Ça vous regarde, du moment où c'est de notoriété!.. Il est des gens... encroûtés, auxquels il peut être fort désagréable d'être exposés à coudoyer un individu de cette espèce...

— Assez! — dit brusquement Paul Moray, — il est inutile de discuter!... ce qui est fait est fait!... Je connais Josette, je devine les termes gracieux dans lesquels le congé a dû être donné, et La Réole est trop fier pour revenir jamais chez moi après un pareil affront.

La comtesse sourit malgré elle. « Fier »? La Réole! Non, c'était immense de bêtise ou de fausseté!

Le dîner venait de finir; on entendit crier le sable de la cour; la voiture avançait devant le perron.

— Ne faites pas languir cette pauvre madame de Guibray ! — dit M. Moray d'un ton narquois. — Aujourd'hui, ce serait cruel !

Lorsque Josette entra chez elle, sa femme de chambre l'attendait.

— Voici une lettre qu'on vient d'apporter pour madame la comtesse — dit-elle en tendant à sa maîtresse un petit plateau de vermeil, — on a bien recommandé de ne la remettre qu'à madame la comtesse elle-même.

Josette prit la lettre et y jeta distraitement les yeux ; sur le cachet de cire rouge se détachait un sphinx couché dans une pose attentive et menaçante. L'adresse était d'une écriture toute droite, évidemment déguisée. Dans le coin à gauche, placé de biais au-dessus de *Comtesse Moray*, il y avait *Personnelle*. Ce mot, écrit en caractères énormes, frappa la jeune femme ; jamais elle n'avait reçu de lettres ainsi adressées. Elle eut, en l'ouvrant, le vague pressentiment d'un malheur, et c'est avec un serrement de cœur qu'elle lut :

« Comtesse,

» Le bon génie qui vous a comblée, à votre naissance de tous les dons (desquels vous êtes si peu prodigue pour autrui), continue à veiller sur vous. Il devine votre inquiétude et vous donne, par ma voix, un conseil : »

» *Ne manquez pas d'emmener madame de Guibray à l'Opéra !* C'est le talisman qui vous assurera ce soir la visite de celui dont l'absence vous préoccupait si vivement à votre five o'clock.

Josette roula le papier en boule et le lança dédaigneusement dans la cheminée, pensant à part elle :

— Déjà ! Il ne perd pas de temps !

Puis elle devint toute pâle.

— Si pourtant ce misérable La Réole disait vrai ?

En rapprochant la lettre anonyme des plaisanteries de son mari, elle sentait une apparence de réalité. André n'avait jamais voulu l'accompagner à l'Opéra et il y allait ce soir ! Pourquoi ?... Depuis quelque temps, elle s'apercevait d'un changement survenu en lui. Le sauvage d'autrefois devenait mondain et semblait distrait, préoccupé. Il venait plus rarement la voir et répondait évasivement aux questions qu'elle lui faisait sur l'emploi de son temps ; questions uniquement adressées dans le but de savoir où sa pensée pouvait le suivre quand il était loin d'elle, car elle ne soupçonnait pas qu'il ne fût pas tout à elle, comme elle était tout à lui.

Trop fière pour insister, Josette cachait sa tristesse ;

pleurant silencieusement lorsqu'il ne la voyait pas. N'ayant pas une seule pensée qui n'appartînt à André, elle avait cru naïvement que toutes les pensées d'André devaient lui appartenir.

Lorsqu'elle reconnut qu'elle se trompait, son *vrai* bonheur fut fini ; mais elle était encore quelquefois heureuse près de lui, et, s'il se montrait tendre et affectueux, elle se reprenait à espérer de toute la force de son amour. Pour Josette, André était un dieu qu'elle idolâtrait ; étant donnée sa nature, elle ne pouvait aimer qu'un homme qu'elle reconnaissait lui être supérieur ; elle ne comprenait pas l'amour sans l'admiration et, à part quelques rares instants de révolte, elle se complaisait, elle, si adulée et gâtée par tous, dans ce rôle passif et écrasé.

IV

En montant en voiture, la comtesse eut l'idée de ne pas aller chercher madame de Guibray; de cette façon, du moins, elle ne verrait pas André ce soir... Puis, rapidement, elle changea d'avis :

— Bast! autant être sûre!

Et elle donna l'adresse de la marquise, qui habite au parc Monceaux.

Madame de Guibray remercia chaudement Josette de l'emmener à l'Opéra. Vrai, c'était bien gentil à elle!... Elle était une des rares personnes avec qui son mari consentait à la laisser sortir sans lui... Il est tellement jaloux!... et ennuyeux!... et tracassier!... Heureusement il est très riche, car sans ça!... Enfin! On ne peut pas non plus tout avoir contre soi!

La marquise déblatérait d'une voix douce et musicale. On eût dit qu'elle s'acharnait, ce soir, à relever des griefs contre son mari. Josette, distraite et absorbée, ne répondait rien; mais elle s'étonnait de trouver madame de Guibray moins banale que de coutume. Cette femme, si belle avec son profil d'impératrice romaine et ses bandeaux blond cendré, lui avait toujours paru froide et insignifiante. Certes, il était impossible d'être plus jolie qu'elle; mais jamais la comtesse n'eût supposé qu'André s'éprît de cette poupée sans esprit et sans cœur; jamais non plus elle ne se fût permis d'effleurer d'un soupçon les ailes d'ange de son amie, laquelle a su se bâtir à chaux et à sable une réputation immaculée.

— Pourquoi donc votre mari ne vous accompagne-t-il pas? — demanda Josette; — il va sans dire qu'il était invité...

— Merci pour lui... Mais, vous le savez, c'est un ours!

— Un ours que j'aime beaucoup, — dit brièvement madame Moray.

Et, de fait, elle aimait bien le marquis de Guibray. Elle le plaignait, sans s'expliquer pourquoi, d'être le mari de cette sainte!... Elle supposait que ce brave garçon franc et bon, aux allules un peu brusques, devait, dans l'intimité, être un véritable martyr. Tout le monde le félicitait d'être le mari de sa femme, lui disant, à mots couverts, qu'il avait une chance imméritée et qu'il n'était pas digne de posséder un pareil trésor. Le marquis écoutait sans se fâcher les imbéciles qui lui répétaient à qui mieux mieux :

« Vous êtes le seul mari qui n'ait pas à craindre d'être... ce que sont les autres ; votre femme est un ange ! »

Josette calculait les sommes de patience et de résignation que le pauvre mari devait dépenser, pour payer largement ce privilège.

A mesure qu'elle approchait de l'Opéra, elle devenait plus nerveuse et plus inquiète. André serait-il là? Si oui, le doute était impossible; il venait pour madame de Guibray !... Et pourquoi venait-il? Étant son amant et ne pouvant se passer de la voir ? ou, au contraire, ne l'étant pas encore et cherchant toutes les occasions de la rencontrer? Une douloureuse angoisse coupait la respiration de Josette. En montant l'escalier elle s'arrêta un instant, prise d'une sorte d'étourdissement ; elle ne voyait plus les marches, et il lui semblait que les lourdes murailles se resserraient contre elle. Madame de Guibray s'aperçut de ce malaise :

— Êtes-vous essoufflée ? — demanda-t-elle.

— Non, — répondit la comtesse.

Et, entrant dans sa loge, elle alla tout de suite se placer, laissant son amie dans le petit salon, fort occupée à lisser devant la glace ses bandeaux blonds.

Josette connaissait le fauteuil de M. de Damartin; au troisième rang, presque au milieu de l'orchestre, en face d'elle. Ses yeux cherchèrent André; il était là regardant anxieusement l'avant-scène où elle venait d'entrer; sans nul doute, il s'inquiétait de ne pas voir la marquise.

En effet, dès que madame de Guibray parut, il cessa de regarder la loge et sembla écouter attentivement le roi qui chantait :

> Léonor, viens, j'abandonne, etc.

— Que c'est beau, cette musique de la *Favorite!* dit la marquise.

Et elle s'assit lentement, remuant son fauteuil, sans se soucier du bruit, et s'installant au milieu d'un froufrou de jupes et d'un cliquetis de perles et de jais.

Plusieurs crânes de l'orchestre se retournèrent aussitôt vers l'avant-scène, qui devint le point de mire de toutes les lorgnettes. Caron pouvait bien chanter comme bon lui semblerait :

> Pour toujours belle maîtresse,
> Pour toujours tu m'appartiens...

personne ne l'écoutait plus.

C'est que la vue de la loge méritait réellement cette attention : les deux femmes étaient, dans des genres absolument opposés, deux types de beauté parfaite.

Madame de Guibray est assise à droite, en toilette noire constellée de broderies et de perles brillantes. Une aigrette de diamants, tremblant au bout de longs fils flexibles, fixe une touffe de plumes dans ses beaux cheveux blonds ; son cou est serré dans un collier carcan, fait d'énormes diamants ; elle promène autour de la salle le regard impassible et doux de ses grands yeux noirs. Cette beauté pleinement épanouie, froide et digne, qui rit rarement, mais sourit toujours, attire tous les hommages, et tandis que les femmes prétendent que madame de Guibray manque de mouvement, de physionomie, et qu'il n'existe en elle aucune corde sensible, les hommes affirment que cette corde existe à l'état latent, et que celui qui saura la faire vibrer ne sera pas à plaindre. Ce n'est toutefois pas chose facile ; car outre que la marquise est Espagnole, prude et dévote, son mari, qui l'a épousée par amour, la surveille avec un soin jaloux.

A gauche est Josette, superbe de simplicité, sans un bijou ; une toute petite branche de lilas blanc au corsage. Sa pelisse de zibeline, tombée sur le fauteuil et sur le rebord de la loge, l'entoure d'une ombre veloutée, qui fait ressortir encore davantage la merveilleuse carnation des épaules et des bras. L'air insouciant et froid, elle parcourt la salle du regard ; mais elle fixe, sans les voir, tous ces visages connus ;

au milieu de ses relations, environnée de gens qu'elle reçoit sans cesse, elle se trouve seule, toute seule, sans appui, profondément lasse et découragée, et, dans l'étouffement de cette chaleur intense faite d'agglomération humaine, elle se sent frissonner. Jamais la salle ne lui a paru aussi lugubre. Tous ces ors noircis, ces cariatides sans grâce, cette ornementation tourmentée l'irrite et l'agace. Autour d'elle, elle aperçoit les mêmes figures qu'elle voit depuis cinq ans; à peine ont-elles quelques rides de plus et quelques cheveux de moins; mais les sourires, les poses, les grimaces n'ont pas changé.

Madame de Guibray regarde avidement la salle. Son grand chagrin est de n'avoir pas de loge à l'Opéra; ce cadre un peu lourd fait admirablement valoir sa beauté blonde et lumineuse, et elle souhaiterait l'y produire plus souvent.

Après avoir examiné longuement l'orchestre, elle dit tout à coup à Josette :

— Tiens!... Voilà M. de la Londe!... là, à droite!... Je croyais que jamais il n'entrait à l'Opéra?...

— C'est vrai. Mais il paraît que c'est le jour aux exceptions, car vous non plus, ma chère Mercédès, vous ne venez pas souvent à l'Opéra.

— Hélas! soupira madame de Guibray, sans vous, je n'irais jamais!...

Et, après un silence :

— Vous le connaissez beaucoup?

Qui

— M. de la Londe.

— Beaucoup... et depuis longtemps!

— C'est un charmant ami, n'est-ce pas?

— Charmant!

— Oui... en effet... il me paraît très sympathique... Mais on le dit si sauvage?

— Jusqu'à présent, il l'a été — répondit madame Moray, que cet interrogatoire mettait au supplice, quoique, évidemment, il fût fait tout innocemment.

Seuls, La Réole et la belle-mère de Josette avaient deviné la nature des sentiments qu'elle éprouvait pour André. Tous deux savaient que la jeune femme ne céderait pas à l'entraînement et, bien que La Réole affectât de croire le contraire, il était au fond convaincu qu'elle n'avait rien à se reprocher. Dans le monde, personne ne soupçonnait la vérité, l'intimité de M. de la Londe et de la comtesse ne surprenait personne. N'était-il pas son ami d'enfance? le fils de son tuteur? La jeune femme appelait « André » ce camarade d'autrefois, qui, lui aussi, l'appelait « Josette ». D'un autre côté, la comtesse et madame de Guibray, très liées en apparence, ne l'étaient pas en réalité; Josette ne se liait avec aucune femme de son entourage; elle avait des relations, mais pas d'amies, excepté sa belle-mère qu'elle considérait comme telle.

— M. de la Londe est d'une grande famille de Bretagne, je crois? — reprit madame de Guibray.

Josette, étonnée, allait répondre :

— Mais du tout. Il est d'une vieille famille bourgeoise, tout bonnement!

Elle s'arrêta court, réfléchissant que cela diminuerait peut-être André dans l'esprit de la marquise; quoiqu'elle ne supposât pas qu'il eût cherché à l'induire en erreur à ce sujet, elle préféra ne pas la détromper et répondit évasivement :

— D'une très vieille famille, oui... Pourquoi?

— Parce que... M. de la Londe s'étant fait présenter à moi il y a quelques jours, je désire l'inviter à mes lundis. Quel est son titre?

— Son titre?... — s'écria Josette, qui, malgré sa tristesse, eut envie de rire; — mais il n'a pas de titre! à moins qu'il ne lui en soit poussé un, à lui aussi!...

— Ah! — dit d'un air indifférent madame de Guibray.

Et, continuant son inspection :

— Les Ledru sont là; Geneviève est encore plus jolie ce soir qu'à l'ordinaire... Quel est donc ce monsieur, au fond de la loge? Ah! c'est La Réole

Au nom de La Réole, Josette tressaillit. La pensée que cet homme avait osé la toucher, la révoltait.

— Voici, — dit madame de Guibray, recommençant à lorgner l'orchestre, — M. de Skaër qui arrive.

— Naturellement... c'est le ballet?

— Ah! il a des... attaches dans le corps de ballet?...

— Pas que je sache...

— A la bonne heure! cela m'eût étonnée !...

— Parce que?...

— Mais... parce que... on le dit très occupé ailleurs... plus haut!...

Et, comme Josette ne disait rien, la marquise reprit :

— Tout le monde sait qu'il est féru de madame de Villefranche.

— C'est ce que vous appelez *plus haut?*

— Mais, il me semble...

— Il me semble, à moi, que c'est tout pareil... C'est une fille qui a un mari... Voilà tout!...

— Oh! Josette!!!

— Pourquoi cet air indigné? Vous savez aussi bien que moi ce qui en est?...

— Mais enfin... vous la recevez?

— Eh! j'en reçois bien d'autres qui ne la valent peut-être pas!

L'acte finissait; madame Moray se leva brusquement et, sans écouter la réponse de la marquise, alla s'asseoir sur le petit divan, au fond de la loge. Au même instant, M. de Skaër entrait, suivi d'André. Josette se sentit pâlir; son cœur battait violemment et elle ne trouva pas un mot à dire, mais, grâce à l'oncle Jean, personne ne remarqua ce trouble singulier.

— Tu n'es pas stupéfaite de la visite que je t'amène? — cria-t-il joyeusement, — André à l'Opéra! Voilà ce qui ne s'est jamais vu!...

Josette évita de répondre et, tandis que M. de la Londe saluait la marquise, elle dit à l'oncle Jean :

— Prends donc une chaise... là, dans le coin?

— Merci, c'est pas la peine... Je file!...

— Déjà?

— Oh! Je vous laisse André! Je suis convaincu que ça lui va, et d'ailleurs, je désire ne pas le traîner à ma suite... Impossible de produire le moindre pauvre petit effet à côté de lui! On n'a d'yeux que pour le regarder!... Je comprends du reste ça, mais enfin, c'est pas drôle pour le voisin!

M. de la Londe haussa en riant les épaules.

— Oui! oui... — reprit l'oncle Jean, — prends ton air modeste! Tu sais parfaitement à quoi t'en tenir; quand je vais sortir d'ici, vingt-cinq personnes vont me sauter dessus pour me dire :

— Quel est donc ce monsieur qui était avec vous tout à l'heure?... Ce superbe monsieur qui a l'air d'un souverain en disponibilité?... Allons! bonsoir! Je me sauve!... Je brille trop peu quand tu es là!... Ici encore ça m'est égal : Josette est ma nièce, et madame de Guibray est invincible, par conséquent, rien à faire... Mais ailleurs?

— Il est fou! — dit André. Et, refermant la porte derrière M. de Skaër, il vint s'asseoir en face des deux femmes.

Tous trois échangèrent quelques banalités. Bientôt Josette se leva de nouveau et, enjambant la traine de madame de Guibray qui barrait le passage :

— Ne vous occupez pas de moi — dit-elle presque gaiement, — je vais regarder la salle!

Retournant à sa place, elle eut l'air d'examiner la salle; mais son fauteuil, tourné de profil, lui permettait de bien voir André, dont la tête se trouvait en pleine lumière, sous le bec de gaz de la loge.

Elle le regardait comme si elle ne devait plus le revoir jamais. L'oncle Jean a raison! Il est vraiment très beau!

Svelte comme à vingt ans; les cheveux châtains, la moustache très blonde, le teint d'une pâleur saine et les lèvres d'un rouge éclatant, M. de la Londe a une charmante physionomie sérieuse, éclairée par de grands yeux d'un bleu étrange.

Élégant et distingué, il est correct sans affectation et grave sans raideur. Très intelligent, très travailleur, André adore sa carrière, la prend au sérieux et n'a, jusqu'ici, aimé qu'elle; très sauvage, fuyant le monde en général et les femmes en particulier, il n'a aucune relation et évite de se laisser présenter à personne.

Naturellement, sa grande mine et surtout sa réputation de sauvagerie, le font remarquer par toutes les femmes, désireuses de l'apprivoiser.

En le regardant marivauder avec madame de Guibray, Josette ne peut en croire ses yeux; cependant, il n'y a plus à douter... il l'aime! Elle le voit ému et impressionné; lui, que rien ne déconcerte, semble, ce soir, timide, presque gauche. Il était ainsi le jour où, pour la première fois, il lui a dit qu'il l'aimait. A ce moment la marquise et André s'approchent d'elle.

— Est-ce vrai, Josette — dit madame de Guibray que les peintures du foyer valent la peine d'être vues?

Madame Moray secoue sa torpeur et répond :

— Certainement... Comment! vous ne les connaissez pas?

— Non... et M. de la Londe veut absolument me les faire admirer...

— Il a raison!...

— D'autant plus, — dit André, — que je ne les ai jamais vues non plus... Allons!... venez-vous, Josette?

— Non, merci!... Moi, je connais les peintures de Baudry!...

Elle les suit jusqu'à la porte de la loge et revient tristement s'asseoir sur le divan. Elle a eu souvent des ennuis, des contrariétés, mais elle souffre pour la première fois de sa vie.

— Il est impossible qu'André aime vraiment cette femme ?... Si ! parce qu'elle se donne, elle !... C'est son seul mérite...

Et devenant atrocement jalouse :

— Si je voulais pourtant... il serait temps encore ?...

Mais rien qu'à cette pensée elle est prise de dégoût.

— Quelle honte !... devenir une femme comme celles qui l'entourent !.... Allons donc ! jamais !

Elle est là, pleurant son rêve perdu. Tout à coup, une voix amie lui demande à l'oreille :

— Voulez-vous me donner l'hospitalité dans votre loge ?... je m'assomme dans celle du cercle !

— Pierre ! — s'écrie Josette, qui, sans chercher à lui cacher son visage bouleversé, le fait asseoir près d'elle, — je ne vous avais pas entendu entrer !...

Et, lui prenant les deux mains :

— Vrai ! je suis bien, bien contente de vous revoir, allez !... car je vous vois seulement, à présent !... tantôt ! ça ne comptait pas !...

M. de Lafère regarde la jeune femme avec une expression d'immense tendresse ; il est pâle, tremblant, et Josette le retrouve tel qu'elle l'a vu, dans la lande de Skaër, le soir où il lui a demandé si elle n'avait pas peur seule avec lui !

Instinctivement elle lui lâche les mains et s'éloigne un peu; puis, sans trop savoir ce qu'elle dit :

— Donnez-moi des nouvelles de votre mère? je l'aime tant! Quand arrivera-t-elle à Paris?... Il me semble que, cette année, elle vient bien tard!... Avez-vous été à Skaër? J'y passe à peine deux mois, à présent...

— Oui... J'ai su que M. Jost lui-même n'habitait plus toute l'année!... Et Fenris?...

— Fenris est mort, mais j'ai son fils qui est exactement pareil à lui.... Je vous le présenterai...

Elle parlait, cherchant à s'étourdir, les yeux brillants, les pommettes trop roses; Pierre, se penchant vers elle, lui dit :

— Je ne suis pas venu pour vous fatiguer ni vous contraindre; faites comme si je n'étais pas là... Laissez vos nerfs se détendre tandis que nous sommes seuls et faites bonne contenance quand ils reviendront.

— Comment, — dit la comtesse, l'interrogeant du regard, — qui vous a dit?...

— Personne...

— Mais vous savez...

— Ce que j'ai deviné seulement... votre préoccupation de tantôt, votre tristesse de ce soir m'ont appris bien des choses... que je prévoyais déjà, il y a cinq ans; j'ai pensé qu'une vieille amitié comme la mienne pouvait être utile sans importuner... Me suis-je trompé?...

— Que vous êtes bon ?...

— Je suis humain tout au plus!... On s'intéresse toujours aux maladies qu'on a soi-même.

— Ne me jugez pas sévèrement... si vous saviez ce...

— Je ne veux rien savoir !... je suis là pour vous distraire... si faire se peut, non pour vous ramener à vos préoccupations. Voyons... parlons de vous?... vous êtes transformée !... J'ai laissé un indomptable sauvageon; je retrouve une mondaine à tous crins...

— Mondaine... pas trop... Le sauvageon l'emporte toujours...

— Tant mieux !... Et, à présent, racontez-moi la salle?... Je vois un tas de visages nouveaux que je ne connais pas...

— Vous ne perdez pas grand'chose...

— En effet, à première vue, cela me produit assez cette impression; à propos!... je viens d'apprendre que mon ami Guibray a épousé cette belle personne qui est avec vous ce soir?... Où l'a-t-il dénichée?...

— En Espagne... dit-on...

— Comment, « *dit-on* »? Vous n'en savez pas davantage?...

— Mais non... monsieur de Guibray était secrétaire à Madrid; il a été longtemps absent... puis, un beau jour, il est revenu marié, présentant à ses amis cette jolie femme...

— Que, naturellement, tous ont accueillie sans s'informer d'où elle sortait? Est-ce assez Parisien, ça!

— Qu'est-ce que vous supposez?...

— Moi? — Rien. Je regarde, au contraire, madame de Guibray avec un vif intérêt... d'abord, elle est la femme d'un ami, ensuite elle me rappelle une très séduisante personne, autrefois rencontrée. Qui donc est dans cette loge... Voyez-vous... là... en face de nous?...

— Ce sont les Ledru.

— Les Ledru?

— Des gens d'argent... Un ancien notaire devenu tripoteur d'affaires.

— Vous le connaissez?

— Oui.

— C'est sa femme, cette belle créature qui semble détachée d'une vignette de missel?

— Non... sa fille... Comment la trouvez-vous?

— Un peu... archaïque pour mon goût, mais splendide!... Dans la loge à côté il y a une plantureuse beauté qui doit être de vos amies?... Je crois l'avoir aperçue chez vous tantôt!... ainsi que le petit jeune homme qui se dissimule avec affectation...

— Ce n'est pas une de mes amies; je n'ai pas d'amies.. Mais elle vient effectivement chez moi...

C'est madame Haar... Salon politique et littéraire... Voulez-vous que je vous présente?

— Ah! non! Qu'est-ce que je vous ai fait?... Tiens! Pourquoi cet imbécile de Jean m'a-t-il dit que La Réole n'était plus le... favori de madame de la Saussaie?

— Mais... parce que c'est la vérité.

— Chère petite madame, vous êtes très myope, vous savez?... Si vous voulez bien regarder dans la baignoire de la mère La Saussaie, vous verrez la Réole... Il est assis juste à la place où je l'ai vu lorsque je suis venu à l'Opéra pour la dernière fois, c'est-à-dire en 1878.

M. de Lafère voulut passer sa lorgnette à Josette, qui la repoussa avec effroi.

— Non, non..., c'est inutile, je vous crois, — dit-elle. — Mais cela m'étonne un peu, parce que, à présent, c'est toujours monsieur de Luxeuil qui accompagne madame de la Saussaie.

— Je sais. Et, le plus drôle, c'est que, tout à l'heure, j'ai aperçu au cercle ce monsieur de Luxeuil, qui était aussi hier à votre five o'clock, ce qui, soit dit en passant, me surprend fort. Eh bien, figurez-vous que cet intéressant jeune homme attend, en faisant sa petite partie, La Réole, qui va lui apporter cette nuit six cents louis qu'il lui doit.

— Et vous pensez qu'il ne les lui apportera pas?

— Mais si, puisqu'il est en train de les gagner. Ce qui m'amuse, c'est la façon dont il se les procure...

Mais, je vous fatigue. Ne vous croyez pas obligée de me parler au moins? Tenez, je ne dirai plus rien... Je vais vous regarder tout à mon aise. Ça durera longtemps.

Et Pierre, le ton gai, mais le regard triste, continua :

— C'est une très agréable occupation... vous avez ce soir l'air d'une perle rose dans un écrin de velours blanc...

— Je vais vous présenter à madame de Guibray?

— Non.

— Comment, non?

— Laissez-moi me présenter moi-même? Je suis convaincu que je produirai un grand effet en débitant mon petit boniment... je déteste les présentations banales...

Madame de Guibray rentrait majestueuse et souriante, au bras d'André; il s'inclina respectueusement devant elle et lui dit :

— Permettez-moi, Madame, de vous rappeler le souvenir d'une... soirée que nous avons passée ensemble, il y a plusieurs années... soirée délicieuse... pour moi...

A la vue de Pierre, le sourire éternel de la marquise avait soudain disparu; ce fut cependant d'une voix douce et tranquillement indifférente qu'elle répondit :

— Mais, Monsieur..., vous devez vous tromper, je ne me souviens nullement de..

— De moi?... Eh! Madame, il vous était bien permis d'oublier! qu'étais-je?... Un passant de plus dans votre vie... Un importun comme les autres... tandis que moi... j'ai gardé des courts instants passés près de vous un ineffaçable souvenir.

La marquise s'assit sans répondre, écoutant tout à coup avec un violent intérêt Salomon qui disait avec un grand geste :

Sire, je vous dois tout, ma fortune et ma vie!

André était préoccupé; il ne put s'empêcher de demander à Pierre :

— Où donc avez-vous connu madame de Guibray?...

— Pchtt!... — fit Pierre en fronçant les sourcils, — ne troublez pas ces dames qui écoutent... Madame de Guibray vous répondra tout à l'heure mieux que moi... Et, laissant à M. de la Londe le fauteuil placé derrière celui de la marquise, il s'installa derrière Josette.

Madame de Guibray n'était, en réalité, occupée que de lui; elle l'examinait de côté, d'un regard faux, glissant sournoisement entre les cils recourbés.

En vain, M. de la Londe essaya d'échanger avec elle ses impressions sur la musique de Donizetti; elle était absorbée et une imperceptible ride traversait son front pur.

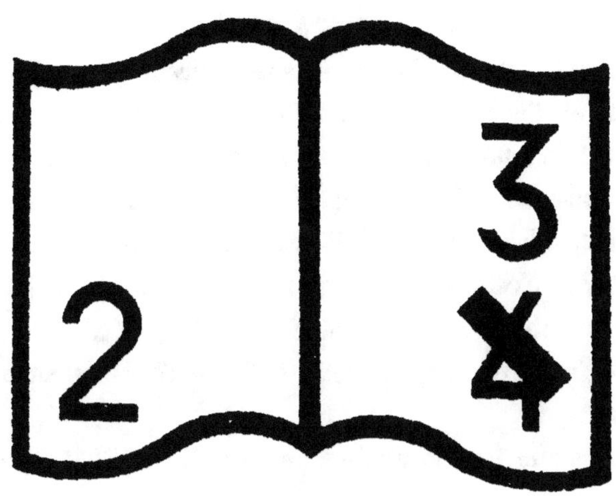

Pagination incorrecte — date incorrecte

NF Z 43-120-12

lire PAGE

au lieu de PAGE

A l'entr'acte, plusieurs visiteurs vinrent saluer Josette, et l'oncle Jean fit une seconde apparition. Il était chargé par mademoiselle Ledru de rappeler à la marquise qu'il fallait être le surlendemain, à trois heures, à la chapelle des Pères, pour répéter.

— Ah! c'est vrai! — s'écria madame de Guibray, — j'avais oublié que je chantais chez les Pères!...

— Vous avez toujours votre belle voix? — demanda Pierre.

La jeune femme allait répondre, M. de Skaër lui coupa sans façon la parole.

— Une voix admirable! Malheureusement, madame de Guibray ne consent à se faire entendre qu'à l'église. C'est une façon de nous forcer à y aller. Mon ami, il y a une petite chapelle, tout là-bas, à l'Arc-de-Triomphe, tu n'as pas idée de la collection de jolies femmes qu'on rencontre là-dedans! Madame de Guibray, madame de Jurieux, mademoiselle Ledru, la baronne Jassy; madame Haar elle-même y vient faire un essai loyal... Mais oui... Damartin veut la convertir! Et ces dames ne se contentent pas d'éblouir les yeux des malheureux fidèles, elles enchantent leurs oreilles! Elles vous font entendre une musique soi-disant sacrée! Voilà comme je la comprends, la musique sacrée! A la bonne heure!

— Est-ce que madame Moray chante aussi dans cette chapelle.

— Elle?... Ah! bien oui! Tu ne connais pas ma nièce?... Elle ne fait rien comme tout le monde!... Elle n'assiste même pas aux saluts des Pères... et pourtant, tu sais, les saluts des Pères, il n'y a pas de premières qui valent ça!... Mais, en revanche, elle va à l'église à cinq heures du matin... en janvier. C'est vrai!... je l'ai rencontrée il y a quelque temps!... Elle sortait de Chaillot, à six heures et demie! Non, vrai! c'est indiscret! on ne va pas tourmenter le bon Dieu à cette heure-là...

— Prends garde, Jean, c'est toi qui es indiscret... Que faisais-tu à six heures et demie du matin, rue de Chaillot?...

Et Josette sourit, se rappelant que madame de Villefranche habite rue de Chaillot...

— Comment? s'écria madame de Guibray d'un air surpris. Je croyais que vous n'alliez même pas régulièrement à l'église le dimanche. Et vous y allez dans la semaine? Pourquoi donc cette bizarrerie?

— Parce que, répondit Josette d'un ton cassant, je ne vais pas souvent voir les gens que j'aime à leur jour.

Elle se sentait devenir nerveuse et mauvaise. André ne paraissait pas se douter qu'elle fût là; inconsciemment, il ne s'occupait que de la marquise. Madame Moray voulut échapper à cette souffrance; d'ailleurs, l'idée du retour en coupé, seule avec son amie, lui était insupportable. Elle se leva.

— Je suis fatiguée, je rentre, — dit-elle. — Mercédès, je vais vous renvoyer le coupé... Jean... veux-tu me conduire à la voiture?... Et, comme madame de Guibray faisait quelques cérémonies, voulant partir aussi, la comtesse insista :

— Mais non... restez donc...

— Vous verra-t-on demain aux aquarellistes? — demanda Mercédès, en tendant, par-dessus l'épaule, la main à madame Moray; — c'est l'ouverture, vous savez, la vraie! Ce soir, ce doit être une affreuse bousculade, tandis que demain ce sera charmant...

Au pied de l'escalier, Josette et M. de Skaër rencontrèrent La Réole; il donnait l'ordre de faire avancer la voiture de madame de la Saussaie. Il regarda la jeune femme à la dérobée et parut satisfait en voyant sa tristesse; la lettre anonyme avait produit l'effet attendu. Lorsqu'il eut rejoint la vieille femme, qui piétinait abritée dans un coin, l'oncle Jean se mit à rire et dit à Josette :

— Ils s'envolent avant la fin... comme des amoureux!... Ce diable de La Réole!... Il doit six cents louis à Luxeuil et il le promène depuis trois mois... Or, Luxeuil, tout doux qu'il est, a fini par se fâcher et l'a prévenu que, si cette nuit, à trois heures, il ne lui a pas apporté la somme au cercle, il le fera afficher... Alors, tu comprends?...

La comtesse fit un mouvement de dégoût.

— Non, je ne comprends pas que tu plaisantes de ces situations immondes...

— Oh! quel gros mot!

— Tu ne devrais pas connaître La Réole, si vraiment tu le crois capable de...

— De tout!

— Tais-toi... je te déteste quand tu prends ce ton-là...

— Que veux-tu?... c'est mon ton! Chacun parle comme il peut... Mais je ne vais pas t'ennuyer plus longtemps, ta voiture avance... Je voulais t'égayer, moi... je trouve que ce soir tu as l'air tout je ne sais comment...

— Mais non...

— Mais si... Ah çà! si tu avais quelque chagrin, j'espère que tu me le dirais, hein?...

— Je t'assure....

— Oh! je ne questionne pas.... je ne suis pas curieux!... Souviens-toi seulement que je suis ton oncle, si peu que ça paraisse; que je t'aime bien, et que je sais être sérieux quand il le faut.

— Merci et bonsoir!

En arrivant chez elle, madame Moray monta rapidement le grand escalier fleuri et, traversant l'antichambre, dit au valet de pied qui attendait :

— Pauline peut se coucher aussi... Je n'ai besoin de personne...

5.

Elle avait hâte d'être seule. En enlevant ses longs gants de Saxe, elle marchait avec agitation, regardant son ombre qui se dressait immense sur la tenture claire. Sa longue traîne de velours blanc se repliait ou s'étalait, suivant les mouvements, comme un grand serpent déroulant ses anneaux lourds.

— Cela devait arriver un jour ou l'autre, — dit-elle tout à coup ; — ma folie a été de ne pas le prévoir.

S'arrêtant devant la cheminée, elle s'y accouda et resta à rêvasser encore, le menton dans la main, le regard perdu, sans s'apercevoir que sa traîne effleurait les tisons, et que le fouillis de plissés et de dentelle des jupons se roussissait lentement, au contact des cendres chaudes. Il fallut que Pluton, ne recevant pas ses caresses habituelles, vînt l'éveiller de cette torpeur ; posant ses grosses pattes sur la cheminée, le fantastique griffon, presque aussi grand que sa maîtresse, frotta doucement contre son épaule nue sa tête énorme.

— Laisse-moi, — mon pauvre Pluton, dit-elle ; va à ta niche !...

Le chien la regarda d'un bon œil triste et suppliant ; puis, quittant la cheminée, fit quelques sauts de gaieté, s'écrasant en retombant sur le tapis, les pattes écartées, le ventre à terre, demandant de son mieux qu'on voulût bien jouer avec lui. Josette sourit

— Tu veux absolument faire ta partie, mon vieux

Pluton?... Au fait, pourquoi serais-tu malheureux, toi aussi?...

Et elle se mit à jouer avec le chien, qui, joyeux, bondissait à travers la pièce.

La chambre de la comtesse est très grande; toute tendue, murs et plafond, en quinze-seize abricot; il faut son éblouissante carnation, pour supporter le voisinage de cette terrible nuance. Au milieu de la pièce, en face de la cheminée, un grand lit très bas, dont les rideaux de quinze-seize, semblent drapés par Moreau jeune. Sur la cheminée, une pendule de Pigalle, représentant l'Amour captif. De jolis portraits ou fantaisies de Nattier, Largillière, Aublet, Clairin et Jacquet. Les anciens et les modernes sont réunis. Josette est très éclectique; elle aime le beau, sans souci de l'époque ou de l'école.

Presque tous les meubles sont Empire; la grande psyché, les petites commodes droites sur leurs jambes grêles; le secrétaire à aigles de cuivre et fine galerie, les chaises à lyre; par-ci, par-là, on rencontre un fauteuil confortable moelleusement capitonné. Près de la cheminée, la niche de Pluton, un vrai palais donné par l'oncle Jean. C'est une gigantesque ruche d'abeilles, en paille dorée, fermée par des rideaux de peluche chaudron.

Tout en se déshabillant, Josette réfléchit. Elle a peur de revoir André. Elle craint qu'un mot affectueux ne lui ôte de nouveau son courage; elle l'aimait tant! Enfin!... C'est toujours ainsi... toutes les femmes souffrent comme elle.

Puis une soudaine révolte :

— Eh bien! non! Elle aime autrement que les autres, elle!

Et, se reprenant à espérer :

— Si pourtant il n'y avait rien? Si ce n'était qu'un marivaudage banal, exploité par La Réole, pour la détacher d'André? madame de Guibray est au-dessus de tout soupçon; sa piété, son rigorisme bien connu, la défendent des attaques... Qu'importe qu'elle soit aimée, si elle n'aime pas? Malheureusement l'évidence est là. Pourquoi tenait-elle tant à aller ce soir à l'Opéra? Au dernier moment, elle a écrit encore, pour rappeler de venir la prendre, ce mot remis à madame Morny; et les plaisanteries du dîner, sur ce pauvre Guibray qui, *pour l'instant*, gênait sa femme? enfin, par-dessus tout, la présence de M. de la Londe à l'Opéra... Elle est folle de vouloir espérer encore!... C'est fini!... bien fini! A moins qu'elle ne cède aux prières d'André...

Pour la seconde fois, depuis le commencement de la soirée, cette pensée lui vient à l'esprit, mais elle la repousse avec effroi. Être la maîtresse d'André. Ce mot la bouleverse et l'effarouche! Elle se voit semblable à madame de Jurieux, à madame de Villefranche, et aux autres femmes de ce monde à côté qu'elle exècre et méprise.

La nature de Josette a cela d'étrange que, placée dans un monde austère et vertueux, elle faiblirait peut-être. Par ignorance, elle céderait à la passion qu'elle éprouve et qu'elle inspire; elle s'abandonnerait sans savoir où elle va. Ici, la vue de toute cette boue la préserve; de toutes ses forces elle remercie Dieu de lui avoir montré où la conduirait la chute et, immobile dans son grand lit, énervée, les yeux ouverts et les lèvres sèches, elle entend jusqu'au jour le tic-tac de la pendule et la respiration régulière de Pluton.

Quand monsieur de la Londe manquait un jour aux cinq heures de la comtesse, il venait le lendemain la voir, très tôt, avant l'heure où elle sort habituellement. Redoutant de se trouver seule avec lui, craignant même de le rencontrer si elle sortait, elle courut chez sa belle-mère.

— Maman!... je vous emmène.

— Où ça?...

— Nous promener... faire des courses et ensuite aux Aquarellistes... Voyez quel admirable temps!... Nous irons dans la victoria, cela vous fera du bien par ce beau soleil...

— Non... je deviens vieille tout à fait... je ne sais plus quitter le coin de mon feu.

— Je vous en prie, — dit Josette câline.

Madame Moray ne savait rien refuser à sa belle-fille; elle se leva en souriant et répondit :

— Soit! je vais m'habiller; mais je ne comprends pas quel plaisir vous trouvez à traîner à votre suite une vieille femme maussade, dont la présence éloigne la jeunesse...

— Maussade! s'écria la comtesse, allons donc! Vous êtes très gaie, et je m'amuse bien plus avec vous qu'avec les jeunes!...

Elles sortirent ensemble. Josette, fiévreuse, animée, parlait beaucoup, cherchant à s'étourdir, et son agitation n'échappa pas à la clairvoyance de sa belle-mère.

— Maman, nous allons d'abord chez Virot; vous m'aiderez à choisir un joli petit chapeau.

— Mais celui que vous avez me paraît fort bien.

— Eh bien, nous tâcherons que l'autre soit encore mieux!... Je veux être très belle, aujourd'hui!...

Lorsqu'elles entrèrent dans la grande pièce meublée de chapeaux et de mille riens charmants, il n'y avait encore personne. Mais au fond, dans le petit salon, une dame était assise devant la glace, tournant le dos aux arrivants. Debout près d'elle, un monsieur jugeait l'effet des chapeaux essayés et donnait son avis; il avait cette attitude gauche et un peu ridicule, qu'a forcément un homme appelé en consultation chez la modiste.

En apercevant dans la glace les deux femmes qui

s'avançaient derrière lui, il fit un brusque mouvement de retraite vers la gauche et disparut au fond de la petite pièce, affectant d'être vivement absorbé par la contemplation des chapeaux.

Josette éclata de rire :

— Tiens! l'oncle Jean et la toujours belle madame de Villefranche!... Pourquoi se cache-t-il?... Ce n'est pas gracieux pour elle!... Dites donc, maman, à combien de gens pensez-vous qu'elle a déjà demandé des conseils de ce genre?...

— Josette! voyons! si elle entendait?...

— Oh! si elle entendait! — dit la comtesse d'un air grave et consterné. Et, changeant brusquement de ton :

— Ça lui serait bien égal!

Puis revenant à son idée :

— Je demanderai ça au baron Jassy, il a la manie des statistiques! Pauvre oncle Jean! A-t-il l'air assez bête, au moins!

S'installant sur le tabouret, devant une des grandes glaces, elle avait ôté son chapeau.

— Vous savez, madame Virot, une petite capote toute simple... Un rien... qui soit un amour!

Tandis qu'elle essayait, madame Moray, assise dans un grand fauteuil devant la fenêtre, admirait l'éclatante beauté de la jeune femme, que le grand jour crû de la rue de la Paix ne parvenait pas à enlaidir.

— J'aime cette petite capote, madame Virot ; c'est seulement la nuance des brides qui ne va pas avec ma robe...

— On les changera... Pouvez-vous attendre un instant?

— Sans doute...

Pendant que madame Virot donnait ses ordres, la comtesse, se penchant vers sa belle-mère, lui dit :

— Espérons que ce pauvre Jean n'est pas trop pressé, car le voilà bloqué dans son petit coin... S'il n'y avait que moi, il sortirait!... Mais, à cause de vous, il veut avoir de la tenue!... C'est d'un drôle!...

Et elle riait de bon cœur, oubliant son chagrin; d'ailleurs, sans bien s'en rendre compte, elle espérait encore un peu.

Lorsqu'elle eut sa petite capote, elle la noua à la diable, se regarda à peine et entraîna madame Moray, en jetant un dernier coup d'œil sur le salon d'essayage de l'oncle Jean.

La rue de Sèze était encombrée de voitures ; cette rue, autrefois si paisible a, depuis la construction de la galerie Georges Petit, un aspect extraordinairement animé.

Deux files serrées d'équipages et de fiacres allaient du boulevard à la place de la Madeleine, déversant leur trop-plein dans la rue Godot-de-Mauroy et dans la rue Vignon.

— Il va y avoir un monde fou ! — dit madame Moray, en descendant de voiture sans enthousiasme.

Il y avait du monde, mais pas trop et, dès l'entrée, elle se rassura.

Josette déjà était en arrêt devant les pastels de Tissot. Cette façon de procéder, attrayante dans sa sincérité bizarre, la séduit, et elle est grande admiratrice du peintre ; aussi, voyant sa belle-mère monter les marches, elle protesta :

— Comment ! vous voulez déjà voir les aquarelles ?

— Je croirais plutôt que madame Moray veut s'asseoir ! — répondit un grand garçon d'allure assez correcte, qui descendait l'escalier.

— Ah ! monsieur Lagardie ! — s'écria Josette, vous allez nous montrer l'Exposition.

— Ce me sera un grand plaisir ; mais, est-ce que vous avez vraiment l'intention de regarder les aquarelles ?

— Et pourquoi donc viendrai-je ?...

— Pour le monde... Toutes ces dames ne viennent pas pour autre chose...

— Eh bien, accordez-moi de n'être pas *toutes ces dames*, et veuillez m'indiquer ce qu'il faut voir... Où donc est ma mère ?

— Ici, — répondit doucement madame Moray, qui, arrêtée contre la porte d'entrée, hésitait entre la bouche de chaleur et les divans de la salle.

— Voulez-vous tout voir? — demanda Lagardie; — ou passons-nous les ennuyeux?

— Passons-les... Tenez, voici M. de Lafère qui sera aussi de cet avis. N'est-ce pas, Lafère?

Et, se tournant vers sa belle-mère :

— Maman, mon vieil ami Pierre de Lafère, retour de... A propos, de quel pays arrivez-vous?

— Je suis heureuse de vous voir, Monsieur, car je vous connais depuis longtemps, — répondit aimablement la vieille femme qui, enveloppant Pierre de son regard pénétrant, se dit tout de suite :

— Celui-là est un brave garçon!

— Monsieur Lagardie a l'obligeance de nous guider, — reprit Josette.

Et, les présentant :

— Monsieur Lagardie... le vicomte de Lafère... Allons! commençons notre excursion... Tiens! les Ledru! Et Paul! — ajouta-t-elle en désignant à sa belle mère le comte, qui entrait à la suit du père et de la fille.

Le souriant visage de madame Moray se rembrunit.

— Encore ces gens! — dit-elle d'un air découragé. — Je ne suis pas tranquille de savoir Paul dans ce milieu... Ce Ledru est un lanceur d'affaires, un homme taré, véreux.

Josette eut un singulier regard et murmura :

— Pourvu, mon Dieu, qu'elle ne se doute pas du reste !...

— Puis elle répondit aux saluts et « compliments empressés » des Ledru.

La jeune fille, avec sa beauté blonde et grave, et son beau sourire chaste et doux, a quelque chose d'idéalement pur. L'expression reposée de ses yeux bleus et de sa petite bouche sérieuse, aux contours naïfs, lui donne un grand charme. Pierre de Lafère, qui l'examinait attentivement, fut surpris de l'étrange attrait de cette beauté en quelque sorte biblique. Il la trouva bien plus belle que la veille à l'Opéra.

Mademoiselle Ledru avait une superbe toilette d'un luxe excessif et néanmoins « bien jeune fille ». Lagardie lui en fit gentiment compliment, et le père Ledru s'empressa de dire en riant :

— Vous savez! ne vous gênez pas... prenez des notes?

— Merci, — répondit sèchement le journaliste, — je ne fais pas les modes!

Il exécrait l'ancien notaire, qui avait toujours l'air de le traiter en inférieur; depuis longtemps, il lui réservait, comme il dit, un chien de sa chienne, et certes les occasions d'attaquer le père Ledru ne manquaient pas; une seule considération retenait Lagardie, qui est moqueur, mais pas méchant : il craignait de nuire à mademoiselle Geneviève Ledru. L'idée de faire un tort quelconque à cette jeune fille, lui était insupportable et arrêtait toujours les insinuations ou les boutades qui, sans cela, fussent tombées dru comme grêle sur la tête du spéculateur peu scrupuleux.

— Ah! comme je me dédommagerai quand elle sera mariée! — disait-il souvent.

Et personne plus que Lagardie ne souhaite le mariage de la douce Geneviève; mais, chose bizarre, elle ne semble pas devoir de si tôt se marier.

Elle a, dit-on, vingt-cinq ans, et, malgré sa beauté et ses trois millions de dot, on ne connaît personne qui se soit mis sur les rangs. C'est à tel point que les amis du journaliste lui disent en plaisantant :

— Tu n'auras d'autre ressource que de l'épouser toi-même!

Josette, craignant que la conversation ne tournât à l'aigre, voulut faire diversion :

— Quel joli talent a Béraud! — dit-elle.

M. Ledru répondit sentencieusement :

— Ce n'est pas du grand art!

La comtesse se retourna, presque en colère.

— Pas du grand art? Et pourquoi ça?... Parce que ce n'est pas ennuyeux?... Je ne sais pas si c'est du grand art, mais, dans tous les cas, c'est un art bien français!...

— Une note vulgaire! — balbutia M. Ledru.

— Vulgaire?... Vraiment?... Eh bien, mais Henri

Monnier n'avait pas la note très distinguée, que je sache, et ça ne l'empêchera pas d'être immortel!...

— Enfin, vous m'avouerez bien que toute cette nouvelle école manque de science et que pas un des nouveaux ne va à la cheville de... de Lamy, par exemple! Voyez ce cheval alezan...

— Ah! vous trouvez ça?... Vous préférez un cheval d'Eugène Lamy à un cheval de Lewis Brown?... Eh bien, pas moi!... Je les connais, les chevaux de Lewis Brown! je les rencontre, je monte dessus... ils vivent! tandis que les autres sont en carton ou en bois, et n'existent que dans l'imagination de l'artiste... Mais il paraît que c'est du grand art!...

— Vous avez peut-être raison, — dit Ledru, qui a pour principe que toute discussion ne rapportant rien est inutile.

Josette s'était éloignée. Elle « lâchait » décidément les autres, résolue à voir l'exposition pour son propre compte, laissant son mari montrer à mademoiselle Ledru les aquarelles de Leloir, tandis que Lagardie lui nommait les célébrités présentes. — Madame Moray avait fini par s'installer sous un palmier, d'où elle surveillait les opérations de chacun. — Le père Ledru, apercevant La Réole, s'empara de son bras et lui dit à voix basse :

— Ça va encore baisser...

— Encore?

— Oui... mais inutile de crier ça tout haut, n'est-ce pas?

M. de Lafère avait rejoint Josette; elle regardait distraitement la salle.

— A quoi pensez-vous?

— A rien!... je regarde!... Quel drôle de monde!... Exposants, acheteurs, modèles, amateurs...

— Sans parler de ceux qui viennent tout simplement pour se rencontrer...

— Et de celles qui viennent pour se montrer!...

— C'est pour madame de Guibray que vous dites ça?...

— Madame de Guibray? Pourquoi? Est-ce qu'elle est là?...

Josette se retourna et vit à quelques pas M. et madame de Guibray arrêtés devant les kings-charles de Lambert; ils causaient avec M. de la Londe. Rapidement, malgré elle, la comtesse s'approcha, attirée par la présence d'André. Elle ne raisonnait plus; elle était heureuse de le retrouver, voilà tout... Et lui? il venait peut-être pour la voir? N'avait-elle pas, la veille, à l'Opéra, annoncé qu'elle irait aux Aquarellistes?

M. de Lafère la suivit et, tandis que M. de Guibray, ravi de le revoir, lui sautait presque au cou et le représentait de nouveau à sa femme, Josette et André se trouvèrent un instant isolés.

— Comment m'excuser? — dit M. de la Londe avec un certain embarras. — J'ai été retenu hier au ministère; impossible de m'échapper pour aller vous voir... et tout à l'heure encore...

Il s'arrêta. La jeune femme restait muette et glaciale.

— Ainsi, au lieu de lui dire franchement : « Je ne vous aime plus! » il mentait bassement, cherchant une excuse, un prétexte... Cet être, qu'elle s'était plu à placer si haut, ne valait-il donc pas mieux que les autres?

Et, pendant que lui venait cette pensée, le franc visage de Pierre de Lafère, placé derrière André, lui apparaissant en pleine lumière, la frappait comme si elle le voyait pour la première fois.

— Est-ce que vous m'en voulez? — demanda doucement M. de la Londe, surpris de ce silence prolongé.

Josette avait retrouvé son sang-froid. Elle répondit d'un ton dégagé :

— Moi?... Et pourquoi vous en voudrais-je? Êtes-vous donc forcé de venir me voir?

Elle avait la voix brève; ses yeux prenaient la teinte vert-pâle précurseur des colères, M. de la Londe, redoutant une imprudence quelconque, se rabattit habilement vers le groupe, en admirant les soldats de Detaille. En ce moment madame Haar passait, pilotée par Damartin.

Petit, maigrelet, étriqué, l'air efféminé, Damartin, plus connu sous le nom de : « la Vieille-Rognure », est l'homme le plus spirituel, le plus laid, le plus poltron et le plus méchant de Paris. Sous une enveloppe endormie et en apparence indifférente à tout, il cache une dévorante activité et un effroyable cynisme.

Partout où il y a de la boue, il la ramasse pour avoir le plaisir d'en lancer à ses voisins, dussent les éclaboussures rejaillir sur lui. — Si redouté, qu'on n'ose le tenir à l'écart ; si amusant, qu'on éprouve, malgré tout, un certain plaisir à le recevoir, la Vieille-Rognure est l'âme de ce monde entre le zist et le zest, où l'on rencontre surtout des gens tarés, mais où se fourvoient aussi quelques honorables naïfs.

Possesseur d'une grande fortune patrimoniale, Damartin, en dépit de sa laideur chétive et malsaine, est, tant pour le bon que pour l'autre motif, le point de mire de bien des attaques féminines.

Pour l'instant, la passion qu'il semble inspirer à la splendide madame Haar l'amuse prodigieusement; cette belle créature politico-exotique l'intrigue.

Est-ce une espionne étrangère, ou une « mouche » de la police? Est-elle née à Berlin, à Pétersbourg, ou tout bonnement à Ménilmontant? C'est ce que personne ne sait et ce que la Vieille-Rognure tient à découvrir. Trop spirituel pour croire à la passion de madame Haar, il se demande quel mobile la pousse à jouer pour lui cette petite comédie amoureuse, et il saisit toutes les occasions de voir et d'étudier la superbe étrangère. Ce n'est pas tout : depuis quelques jours, il s'est, on ne sait pourquoi, mis en tête de la faire abjurer; madame Haar est juive de naissance et grecque de religion; Damartin la veut catholique... ou pas du tout, et cet ultimatum la décidera probablement à abjurer pour la troisième fois.

Près de cette grande et plantureuse femme la Vieille-Rognure est encore amoindri; il a l'air de sortir de sa poche.

—Tiens! voilà madame Haar! — dit madame de Guibray, faisant un mouvement pour aller à elle.

Son mari la retint.

—Eh bien! regardez, je vous prie, d'un autre côté... Je désire que vous vous rencontriez le moins possible avec elle...

—Pourquoi ça ?

—Parce que cette étrangère, sortie on ne sait d'où, n'est pas, pour une femme honnête, une relation convenable; elle reçoit un monde louche...

— Des gens du gouvernement, — dit Josette.

M. de Guibray se mit à rire.

— Et bien d'autres encore! Rastaquouères, Polonais, etc., etc. Enfin elle est toujours escortée de Damartin, et je ne veux pas que vous approchiez de cet être là.., il salit tout ce qu'il touche!

Et M. de Guibray enveloppa sa femme d'un regard si plein d'amour, que Pierre de Lafère en fut attristé.

— Il adore donc sa femme, ce pauvre Guibray? — dit-il à M. de Skaër, qui les rejoignait, abandonnant madame de Villefranche avec les Jurieux et le baron Jassy.

— Mais, oui, — répondit l'oncle Jean. Et montrant de l'œil M. de la Londe, il ajouta :

— Il n'est pas le seul !

— Quelle est cette jolie femme? — demanda madame de Guibray, désignant une fort belle personne qui, à deux pas de là, causait avec La Réole ; — vous devez savoir ça, monsieur de Skaër, vous qui connaissez tout le monde?...

— C'est mademoiselle Fanny Kees, Madame... artiste au Vaudeville à ses moments perdus.... Mais ces moments-là sont si rares!...

Puis, se penchant à l'oreille de Pierre :

— C'est, pour le moment, la maîtresse de Moray.

— Ta nièce le sait?

— C'est probable. Tu comprends que les bonnes petites amies et les bons petits camarades s'empressent de la tenir au courant; à mots couverts, autrement elle ne le souffrirait pas... Les femmes, pour la faire enrager; les hommes, dans le doux espoir qu'elle cherchera à se venger...

Une espece de monsieur abordait Josette, la saluant profondément :

— Madame la comtesse me pardonnera d'oser l'arrêter... Mais ma femme m'a dit que madame la comtesse est passée à la maison... Madame la comtesse sait bien ?...

— Mais non ! je ne sais pas ! — dit madame Moray, impatientée par les façons serviles de cet individu.

— C'est pour le tableau... le tableau de Courtois... Je suis Bertram, le marchand de tableaux...

— Ah ! je ne vous reconnaissais pas !... Eh bien... ce tableau... l'avez-vous ?...

— Non... Mais, si madame la comtesse tient toujours à l'avoir, nous savons où il est...

— Où ça ?...

— Chez un monsieur très chic !... Un amateur, mais un amateur qui revend quand il a eu un tableau quelque temps... et, comme il y a déjà bien un an qu'il a celui-là... Seulement, il vaut mieux que ce soit madame la comtesse qui essaie elle-même de l'avoir... puisque madame la comtesse y tient tant... C'est plus sûr... parce que nous ne faisons plus d'affaires avec ce monsieur.

— C'est bon... j'irai !... Où est-ce ?

— Je ne sais pas l'adresse, comme nous n'étions pas sûrs... Mais je vais m'informer... Je l'enverrai à madame la comtesse.

— Informez-vous aussi à quelle heure on peut parler à ce monsieur... Vous direz pourquoi. Merci...

Causant toujours avec Fanny Kees, La Réole avait tout entendu. Il eut un rire méchant, et, plantant là Fanny, étonnée :

— Pardon, un mot à dire à un ami.

Il rattrapa Damartin, qui, abandonnant enfin madame Haar à ses amis politiques et exotiques, regardait les pastels de l'entrée :

— Dites-moi, mon cher?... Pouvez-vous me rendre un service d'ami?

La Vieille-Rognure fit la grimace, attendant une demande d'argent.

— Prêtez-moi votre appartement demain, de deux à six... Voulez-vous?...

— Avec plaisir, — dit Damartin soulagé.

— J'ai à recevoir quelqu'un qui ne peut venir chez moi...

Et, baissant la voix :

— Madame Moray...

La Vieille-Rognure, du haut de sa petite aille, toisa La Réole avec un mépris infini.

— Un rendez-vous avec la belle Josette? Vous?... Allons donc!... quelle blague!... Racontez-moi ce que vous voudrez, mais pas celle-là, elle est trop forte!...

— Peu importe! — dit La Réole vexé; puis-je disposer de l'appartement?

— Absolument! Je disparaîtrai à une heure et je ne rentrerai que pour m'habiller à sept heures... Vous donnerez vos ordres à Baptiste... il est très discret... Vous permettez que je vous quitte?... il y a un courant d'air affreux, lorsqu'on ouvre cette seconde porte... Au revoir!...

Et saluant de la main, la Vieille-Rognure s'esquiva rapidement

La Réole tira de sa poche un carnet et écrivit en équilibre, mal appuyé sur le carnet trop petit, ce qui, faisant trembler et zigzaguer son écriture, la rendait méconnaissable :

« Demain, de deux à cinq, madame la comtesse peut voir le tableau chez M. le marquis de Damartin, n°..., rue Montaigne. Monsieur sera sorti et le valet de chambre aura les instructions.»

» Toujours aux ordres de madame la comtesse, j'ai l'honneur d'être son dévoué serviteur.

» BERTRAM. »

Il arracha la page, la plia, écrivit l'adresse et, sortant dans la rue de Sèze, appela un commissionnaire auquel il remit le mot.

Puis il rentra à l'exposition ; il rayonnait.

Certes, en menaçant, hier, la comtesse de la *retrou-*

ver un jour ou l'autre, il n'espérait pas que ce jour fût le surlendemain. Pourtant, il touchait au but! Avec un peu d'adresse, Josette serait à lui de gré ou de force. Il souhaitait que ce fût de bonne volonté; mais, en cas de résistance, il était bien décidé à tout et il se dit, en passant près de la jeune femme qui, dédaigneuse, affectait de ne pas le voir :

— Demain, à pareille heure, elle sera moins superbe!

Nerveux, inquiet, il frémissait en pensant au lendemain; il éprouvait pour madame Moray la seule passion qu'il eût jamais ressentie et, précisément, elle était peut-être la seule femme à laquelle il n'inspirait que du dégoût.

— Vous semblez méditer profondément?... — lui dit en riant Lagardie.

S'arrachant à sa préoccupation, La Réole répondit en désignant mademoiselle Ledru :

— C'est que je n'ai pas, comme vous, une agréable distraction... Je suis ici tout seul, moi!...

— Moi aussi! M. Moray m'a supplanté!...

Et restant arrêté, tandis que ses compagnons continuaient, sans s'apercevoir de son absence, il reprit :

— Dites donc... le père Ledru vous parlait tout à l'heure... Ça dégringole encore, je parie?

— Parbleu!...

— J'y suis de quinze mille?... Et, pour moi, c'est

beaucoup!... Ce qui me fait rager, c'est que je soupçonne Ledru de nous voler...

— Moi, j'en suis sûr...

— Mais, sac à papier! il faut le dire, alors! il faut crier, demander des comptes!...

— Mon cher Lagardie, vous êtes plus à même que qui ce soit d'attacher le grelot... Vous n'avez qu'à glisser un gentil petit entrefilet dans votre journal; il est probable que les actionnaires sérieux dresseront l'oreille.

— Eh! il y a beau temps que ce serait fait si...

— Ah! oui... c'est vrai!... la fille!... J'oubliais que vous avez un culte pour mademoiselle Geneviève...

— Que voulez-vous? elle m'intéresse, cette jeune fille, poussée comme une fleur sur ce fumier! Elle est ravissante, et bonne, simple, bien élevée, économe!

— Oh! quant à ça!

— Vous la croyez dépensière parce qu'elle est élégante? Eh bien, détrompez-vous. C'est elle qui fait valoir les moindre toilettes, toutes ses robes sont faites chez elle par une femme de chambre, ou chez de petites couturières de rien du tout.

Vous m'étonnez, — dit narquoisement La Réole.

— Je le sais bien. L'an dernier, elle se faisait habiller chez celle qui habite notre maison. Vous auriez pu aussi la rencontrer dans l'escalier...

La Réole sourit.

— C'est elle qui vous a... avoué qu'elle se faisait habiller là?...

— Mon Dieu, oui ; elle m'a dit cela tout gentiment... Pourquoi riez-vous?...

— Parce que vous êtes d'une candeur!... Croyez-moi, mon cher, si vous ne vous abstenez que par respect pour la fille... vous pouvez taper sans scrupule sur le père!...

— Croyez-vous donc?...

— Je crois que, tout homme d'esprit que vous êtes, vous vous fourrez le doigt dans l'œil jusqu'au coude.

Son mauvais sourire s'accentuait davantage, il continua :

— Vous savez, je parle sciemment... mademoiselle Ledru ne venait pas dans « notre » maison pour s'y faire habiller... Au revoir!

— Canaille, va!... — murmura Lagardie, le regardant s'éloigner; puis, réfléchissant :

— Est-ce que je ne serais qu'une fichue bête?... C'est possible, après tout... C'est égal, ce qu'il vient de faire là n'est pas plus propre que ça!...

Écœuré, le journaliste alla s'asseoir près de la vieille madame Moray, qui, toujours plantée sous le palmier, attendait patiemment sa belle-fille, et regardait, un lorgnon d'écaille à la main.

— Vous étudiez le monde, Madame?

— Le monde... si vous voulez...

— Un singulier monde! — dit M. de Lafère, que la présence du baron Jassy éloignait momentanément de Josette.

— Oui, — répondit madame Moray, — bien peu, parmi tous ces gens-là, sont dans une situation nette; sur presque tous on sait quelque chose...

— Ou on ne sait rien!... ce qui est pis encore...

— Vous avez raison, monsieur de Lafère, pas un n'a un passé absolument connu, et, de plusieurs on ignore même le présent...

— Cependant, — demanda Lagardie, — les Guibray, par exemple?...

— Eh bien, mais nul ne sait où M. de Guibray a pêché sa femme.

— Elle est charmante!...

— Euh! euh! ça dépend des goûts.

— Et les Jurieux? — dit encore Lagardie, sachant madame Moray incapable de calomnier personne et désireux de se procurer ainsi des renseignements sûrs.

— Les Jurieux!... Ils ont vécu d'expédients dans quelque coin inconnu, jusqu'au jour où ils se sont mis à jouer à la Bourse. Chacun joue de son côté; le mari est toujours dans la poche de Sinaï... ou d'un autre financier quelconque, qui le traite comme un nègre, mais lui donne des renseignements, flatté qu'il est d'être lié avec le vicomte de Jurieux; — un vrai vicomte! de vieille race, qui possède un titre qui ne lui a rien coûté!!! La femme, encore jolie, quoique fanée, se procure aussi des renseignements, par tous les moyens et à toutes les sources... Le baron Jassy a depuis quelque temps, dit-on, accaparé le monopole... les cheveux noirs et le teint mat de madame de Jurieux ont tourné la tête au pauvre homme...

— Vous le plaignez?

— Dieu m'en garde!... je constate au contraire avec plaisir que ce prince de la finance, comme vous dites dans vos articles, a son petit point faible tout comme un autre... Très gentille, du reste, cette petite de Jurieux!... Vive, remuante, l'esprit mousseux! Ce n'est pas comme madame de Villefranche, que j'aperçois là-bas avec M. de Skaër... il est vrai que celle-là est si belle qu'elle peut se passer d'esprit...

— Elle n'est pas aussi nulle que vous le croyez, — dit M. de Lafère; — elle a de l'intelligence et aurait même du cœur à l'occasion. Ce qui la fait mal juger, c'est qu'elle est nonchalante, distraite, rêvassante... c'est une chercheuse d'infini...

— Je crois plutôt, — dit Lagardie, — que c'est une infiniment chercheuse.

— Au lieu de dire des méchancetés, regardez la belle madame Haar.

— Merci... je la sais par cœur... On ne voit qu'elle.

Josette s'était approchée.

— Pauvre maman! Vous vous ennuyez?

— Mais non !... Ces messieurs ont eu pitié de moi et nous causons...

— Vous causez ? Alors, je reste ! Il n'y a pas grand chose à regarder, d'ailleurs ! Heilbuth et Madeleine Lemaire sont absents ; il n'y a pour moi que Lewis-Brown, Béraud, Duez et Lambert ; les autres sont si ennuyeux !... Vous ne savez pas, maman ? je vais probablement avoir le tableau de Courtois !... Celui que j'ai manqué l'an dernier...

— La petite femme ?...

— Oui... Comment, vous vous souvenez ?...

— Dame ! vous m'en avez tant parlé !... Figurez-vous, — continua la vieille dame, se tournant vers Lagardie et Pierre, — que, quand Josette a en tête un tableau qu'elle ne peut se procurer, elle ne parle plus d'autre chose et elle le guette au passage, avec une ténacité de vieux braconnier.

— Peignez-vous encore ? — demanda Pierre.

— Toujours.

— Et vous aimez toujours les oseurs ? Vous souvenez-vous de votre horreur des poncifs ?

— Elle a été en grandissant ! ... C'est-à-dire qu'elle est aujourd'hui plus forte que jamais, mais j'ai traversé une crise ! Oui !... à vingt ans, j'ai aimé Bouguereau ! Il est juste de dire que ça n'a pas duré !...

Et revenant à son idée :

— Donc maman, j'aurai la petite femme !... elle est

chez un monsieur qui veut bien la vendre... On m'enverra l'adresse... Qu'est-ce que vous regardez?...

Et la comtesse, suivant des yeux la direction dans laquelle regardait sa belle-mère, vit madame de la Saussaie et le vicomte de Luxeuil.

— Franchement, — dit à demi-voix madame Moray, — quand on voit ceux-là, les autres semblent presque honorables!

— Pauvre femme! — dit Lagardie, qui éclata de rire.

— C'est elle que vous trouvez à plaindre? — demanda Josette.

Et elle ajouta :

— Je trouve qu'il eût été préférable pour M. de Luxeuil de m'épouser, comme il en avait le projet... A propos!... il paraît que ma tante de Jouan a une véritable entreprise de mariages!... Un appartement somptueux, où elle donne des dîners succulents! Tiens! au fait! c'est vous, monsieur Lagardie, qui m'avez raconté ça...

Madame de la Saussaie et M. de Luxeuil étaient maintenant tout près d'eux.

Grande, forte, vigoureusement bâtie, madame de la Saussaie, qui a été remarquablement belle, est encore bien. Elle avoue trente-neuf ans, en a cinquante-quatre et se peint assez habilement pour dissimuler quatre ou cinq années. L vicomte de Luxeuil, mince, fluet, excessivement blond, le teint rose, les cils pâles, la figure poupine, paraît plus jeune que ses trente-cinq ans ; il est de ceux qu'on appelle indéfiniment : *un petit jeune homme*, alors même que la quarantaine a sonné depuis longtemps.

En ce moment, ils semblaient discuter vivement à propos d'une aquarelle très décolletée.

— Tout ce que vous voudrez, — disait le vicomte, de sa petite voix perçante, — mais je ne crois pas à ces poitrines-là, moi !... elles n'existent que dans les tableaux !...

Madame de la Saussaie se récriait indignée, mais parlant bas.

— Comment vous ne croyez pas, malhonnête ? et vous criez ça à tue-tête... Tenez ! vous n'avez aucun tact !

— Ce n'est pas La Réole qui aurait fait une pareille gaffe, — dit Lagardie, — il était dressé, La Réole ! Et malin... Il jouait la grande passion ! Avec les femmes de cet âge-là, il n'y a que ça !... Allons ! il est cinq heures, il faut que je me sauve !

— Et mes cinq heures ! — s'écria Josette, je n'y pensais plus !...

Elle n'y pensait plus, parce qu'elle n'y pensait jamais qu'à cause d'André ; elle savait que, chaque jour, M. de la Londe était fidèle à son *five o'clock ;* que lui importait à présent ? Elle rentrerait toujours assez tôt! Elle était de plus en plus fiévreuse, mais moins triste qu'en arrivant; l'attitude d'André atténuait en quelque sorte son chagrin. M. de la Londe s'était diminué à ses yeux, elle l'aimait moins depuis qu'elle le trouvait moins parfait.

Madame de la Saussaie avait vu mesdames Moray; elle accourut à elles, tandis que Luxeuil, embarrassé de son personnage, restait le nez collé contre la grande aquarelle de Vibert.

— Ma chère belle, — dit madame de la Saussaie à Rosette, dans ce langage précieux qu'elle affectionne, — vous viendrez à mon bal, n'est-ce pas? Je n'ai pas la prétention de donner une fête aussi réussie que celle des Ledru, mais ce sera gai, vous verrez... En quoi vous costumez-vous chez Ledru?... Et chez moi?

Puis, s'adressant à madame Moray :

— Chère mamada, je compte aussi sur vous...

La vieille femme remercia froidement; elle ne sortait jamais. Néanmoins, on sentait au ton du remerciement que, fût-elle allée dans le monde chaque soir, elle n'eût pas été chez la protectrice du vicomte de Luxeuil.

— Votre mari est-il encore ici? — demanda madame de la Saussaie à Josette.

— Oui... le voilà... Vous voulez lui parler?...

— Je voudrais lui demander un renseignement très

important... il a beaucoup d'*Alliance universelle*, n'est-ce pas?

— Mais... Je ne sais pas du tout.

— Oui, — dit vivement madame Moray, — il en a... je le sais, moi.

— Eh bien, La Réole me disait tout à l'heure que cette valeur baisse si rapidement qu'on s'attend à une catastrophe... J'en ai pour une somme très considérable, et je ne serais pas fâchée de savoir à quoi m'en tenir!... Comme votre mari est, non seulement actionnaire, mais aussi ami de la maison, je pense que Ledru doit le mettre au courant de la situation réelle, des hauts et des bas...

— Plutôt des hauts! — murmura Lafère, si bas que madame Moray seule entendit.

— Paul! — appela-t-elle d'une voix un peu étranglée, en allant vers son fils, — Paul, madame de la Saussaie veut te parler!

M. Moray sembla ennuyé et, s'excusant, quitta mademoiselle Ledru. — Madame de la Saussaie l'entreprit aussitôt et, le poussant insensiblement dans un angle où elle l'emprisonna, se mit à parler avec animation.

— Je crois, maman, que nous pouvons nous en aller! — dit Josette.

Elle voyait l'inquiétude de sa belle-mère, et préférait qu'elle ne questionnât son fils qu'à la maison.

V

La vieille femme, en dépit de son calme habituel, était fort agitée; dès qu'elle fut en voiture, elle interrogea sa belle-fille.

— Paul ne vous a rien dit au sujet de cette *Alliance universelle?*

— Absolument rien. Vous savez qu'il ne cause pas souvent avec moi... et qu'il évite avec un soin tout particulier de traiter les questions financières... Il prétend, avec raison, que je n'y entends rien.

— Mais il a cru à cette valeur! Il en a acheté tant qu'il a pu!

— Que voulez-vous que j'y fasse?

— Il peut être ruiné!...

— Eh bien, il sera ruiné! Ma fortune personnelle suffira pour deux!... Avec cent vingt mille livres de rente, on ne meurt pas de faim!... A cela il n'a pas touché, puisque mon tuteur a tenu à me marier sous le régime dotal... Depuis longtemps je sais que Paul joue et que, par conséquent, il peut perdre... Cela ne me regarde pas... Son argent est à lui!

— Mais il peut, dans ces sales tripotages, perdre non seulement son argent, mais son honorabilité!...

Josette tressaillit imperceptiblement.

— Elle est aussi à lui; — répondit-elle après un instant de silence; — il n'a pas d'enfant; sa réputation lui appartient.

— Oh! — s'écria la pauvre mère bouleversée, — vous le détestez donc?

— Moi? pas le moins du monde! Seulement je connais son caractère, son prodigieux entêtement; à quoi sert de se heurter à des murailles?

— Si pourtant on essayait de l'arracher à ces gens, de lui prouver qu'on le dupe?

— C'est tenter l'impossible, et j'avoue que, pour ma part, je ne me sens pas le courage de recommencer ce que j'ai fait autrefois. Nous avons, au début, essayé toutes deux de maintenir Paul dans un autre milieu; vous cherchiez à retenir vos anciennes relations, je voulais, moi, recevoir des gens de mon monde. Les uns et les autres se sont peu à peu retirés; il n'est pas très agréable, comme vous le disiez hier, de se rencontrer dans un salon avec M. La Réole, qui, jusqu'à ces derniers jours, était un habitué, madame Haar, les Ledru, voire même avec la toujours belle madame de Villefranche; j'en passe et des meilleurs. Pour Paul, au contraire, ce monde est le seul; il n'en comprend pas d'autre : laissez-le s'y amuser.....

— Mais je ne peux prendre les choses avec cette indifférence!... Je suis sa mère !

— Ce qui n'empêche pas qu'il reçoit assez mal les observations que, de loin en loin, vous croyez devoir risquer à ce sujet...

— Si vous essayiez, vous, Josette? Il accepterait peut-être de sa femme...

— Sa femme! — dit amèrement la comtesse, — oh! si peu!...

Elle ajouta d'un ton bref :

— Il est inutile d'insister, je ne parlerai pas à Paul.

Madame Moray regarda sa belle-fille avec tristesse.

— Je vois, — lui dit-elle doucement, — que vous avez un chagrin, un ennui quelconque... Vous n'êtes pas ainsi sèche et mauvaise sans raison! Depuis ce matin, mon enfant, vous n'êtes pas vous-même.

Josette ne ment jamais à ceux qu'elle aime.

— Oui, — répondit-elle, — j'ai un grand chagrin... je l'ai eu, c'est-à-dire...

Et, saisissant la main de sa belle-mère, elle lui dit tendrement :

— Pardon, maman, vous voudrez bien, n'est-ce pas, oublier ma méchante humeur?

— Chère petite!... depuis six ans que vous êtes ma fille, c'est la première fois que je vous vois ainsi... Je sentais qu'il fallait un motif sérieux... dites-moi, est-ce que ce... chagrin vous vient de Paul?

— Ah! grand Dieu non! — fit Josette, d'un air insouciant et lassé.

Madame Moray soupira; il y avait dans ce : « Ah! grand Dieu, non! » une absolue indifférence. La jeune femme semblait dire clairement : « Comment voulez-vous qu'un chagrin me vienne de lui? il ne peut me causer ni chagrin, ni plaisir; il ne compte pas! »

Madame Moray souffrait, sans s'étonner toutefois.

Depuis longtemps, elle voyait l'abandon complet dans lequel son fils laissait la jeune femme; il remplissait Paris du bruit de ses aventures galantes, sans se demander si cette façon de comprendre le mariage plaisait à Josette. Souvent, la belle-mère avait admiré la patience et le tact de sa belle-fille; une nature moins parfaitement honnête se fût vengée de tant d'offenses; elle était femme, après tout, cette belle créature délaissée, et de plus, elle aimait! Car madame Moray avait deviné l'amour de Josette; depuis deux ans, elle lisait clairement dans le cœur de la comtesse, et elle l'admirait sincèrement. Cette mère si dévouée, cette épouse irréprochable, jugeait sainement, bien que le bonheur de son fils fût en jeu.

Paul était, à ses yeux, très coupable. Pourquoi laissait-il cette jeune femme adorablement belle, seule, isolée, abandonnée à elle-même, au milieu de ce monde facile, où toute faute est tolérée, acceptée, étalée même, sinon au grand jour, du moins à un jour discret; où l'on *blague* les femmes vertueuses et les ménages unis? Et elle marchait droit, sans un faux pas, en dépit de ses excentricités d'allures.

Cette enfant, élevée sans mère, avait une rigidité de principes et de croyances, qui stupéfiait madame Moray. Certes, elle aimait son fils, mais elle adorait sa belle-fille et souffrait de la voir malheureuse.

Rapprochant la tristesse de Josette de l'attitude constamment empressée de M. de la Londe près de madame de Guibray, la vieille femme comprenait vaguement le motif du « grand chagrin » dont lui avait parlé sa belle-fille; elle demanda, ayant l'air de plaisanter, pour ôter à sa question toute apparence d'enquête :

— Ainsi donc, nous avons un bien gros chagrin?

— Oui, maman... ce matin surtout!... Oh! ce matin, j'étais vraiment malheureuse, allez! A présent, ça va mieux! J'ai réfléchi, j'ai compris que j'étais une sotte... je vais redevenir gaie... vous verrez!...

Et regardant la physionomie inquiète de sa belle-mère :

— Allons, bon !... c'est vous qui êtes triste, à présent !... Encore cette bête d'histoire de l'*Alliance universelle*, je parie ?... Et vous vous inquiétez probablement pour rien... La mère La Saussaie est une vieille folle, qui ne sait jamais un mot de ce qu'elle dit !

Le soir, après dîner, tandis que M. Moray fumait un cigare avant de sortir, la comtesse fut pleine d'entrain ; elle causa gaiement, effleurant vingt sujets, lançant de ces mots de gamin de Paris, qu'à la profonde stupéfaction de l'excellent M. Jost, elle affectionnait déjà autrefois.

— C'est inouï, — disait le pauvre homme ; — au fond de la Bretagne, elle parlait ainsi, sans avoir pourtant jamais entendu personne s'exprimer de la sorte... Car ce n'était certes pas moi, ni même madame la baronne de Jouan...

— Et l'oncle Jean, monsieur Jost ?... Vous oubliez l'oncle Jean !...

— Oh ! M. le comte venait si rarement à Skaër... et il se surveillait tant quand vous étiez là...

— C'est vrai !... d'ailleurs, j'ai parlé comme çà de naissance !... Je me souviens que je parlais cette langue harmonieuse à Fenris, lorsque nous étions perchés tous deux sur les rochers de la baie de Skaër.

— Viendrez-vous au courses demain ? — demanda M. Moray.

— Non... demain j'irai au Conservatoire.... Mais, auparavant, je dois voir un tableau chez Damartin...

— Ah bah !... chez Damartin ?

— Oui... il y a un tableau que je désire et qu'il veut vendre... on me prévient que je puis passer chez lui demain... il n'y sera pas...

— Le tableau ?...

— Eh non ! Damartin !... il sort de deux à six...

— Naturellement... il va à Auteuil tous les dimanches... mais je suis étonné qu'il y aille demain...

— Pourquoi ça ?

— Parce que, si j'étais lui, je resterais chez moi quand vous devez y venir...

— Ça ne l'avancerait pas à grand'chose !

— Je l'espère bien !... Mais quand on est fat, on attend toujours un incident... un hasard... Ah ! vous allez comme ça chez la Vieille-Rognure toute seule !...

— Toute seule, ou pas toute seule !... Maman viendra peut-être avec moi ?...

— Ah ! non ! par exemple !... Assez de tableau ! en voilà pour quelque temps ! — dit en riant madame Moray.

— Vous savez que je plaisante, — reprit Paul Moray. — Laissez maman tranquille, vous pouvez fort bien aller voir sans chaperon le tableau de la Vieille-Rognure... Cette pauvre maman !... elle a avalé tantôt une heure et demie d'aquarelles!... C'est d'un dur!... Je ne pouvais pas lâcher les Ledru, moi,...... sans ça!

— Tiens! Pourquoi donc ne pouvais-tu pas les lacher? — demanda madame Moray d'un air naïf.

— Dame! — répondit-il un peu embarrassé, — quand on a promis à des amis de les accompagner...

— Ah!... ce sont tes *amis!* Je ne savais pas...

— Mais...

— Et tu leur a promis de les accompagner?... dis-moi... est-ce que tu connais quelque chose aux aquarelles, toi?...

— Non... mais...

— Mais, — reprit la vieille femme se lançant malgré elle, — ils désiraient se produire en public escortés par toi... Je comprends ça! tu es, pour la petite Ledru, un cornac très présentable, et tu es en même temps « le monsieur » qu'on montre aux actionnaires qui veulent tâter... on te désigne comme un ami intime de la maison!... Cela fait bien!... Ce financier louche pouvait plus mal choisir!

M. Moray était pourpre.

— Louche! — dit-il violemment — l'homme le mieux posé... le mieux pensant...

— Parbleu! il faut bien qu'il soit « bien pensant »!... C'est son seul moyen de se décrasser! C'est grâce à ça qu'il fait marcher sa boutique, et que le prince de Kildare et quelques noms ronflants aidant, il pince les gogos honnêtes comme toi et bien d'autres!... Car, on a beau dire qu'il n'y a plus d'honnêtes gens, il y en a toujours lorsqu'il s'agit de se faire duper!... dans ces cas-là, il en sort de terre!

— Ma mère... l'*Alliance* est une société...

— Très chic!... oui... je sais!... C'est pour ça que tu en es! on y reçoit, ou soi-disant, la bénédiction du pape pendant les assemblées d'actionnaires! c'est honteux! on se sert de la religion pour exploiter plus en grand! cela, joint à la satisfaction d'appeler le prince de Kildare « mon cher prince », aux réunions du conseil, vaut bien de risquer la ruine, et même la police correctionnelle, n'est-il pas vrai?... Car tu en es, de ce conseil!... Ah! ne nie pas! Tu ne me l'as pas dit... mais je le sais.

— Eh bien, quand cela serait, que vous importe?...

— Il m'importe beaucoup de voir ton nom mêlé à ces tripotages; sans même parler du préjudice moral que cela te cause, tu peux perdre beaucoup d'argent et...

— Ah! de grâce, — dit M. Moray d'un ton cassant, — ne parlons pas affaires! Je dîne ici le moins souvent que je le puis... je m'arrangerai pour y dîner plus rarement encore. Il est tout naturel que Ledru ait des ennemis. Chacun le sait déterminé à tomber la banque juive et à la veille d'y parvenir.

— A moins, — dit tranquillement Josette en s'asseyant au piano, — que ce ne soit la banque juive qui le tombe.

— Peut-on savoir quel est le grand financier qui vous renseigne si bien ? — demanda en ricanant le comte.

— Aucun, je suis tout simplement les évolutions de madame de Jurieux. Elle a beaucoup de flair, madame de Jurieux ! Tous les désastres et toutes les fortunes de ces derniers temps ont été prévus par elle !

» Elle s'éloigne de ceux qui dégringolent pour se rapprocher de ceux qui grimpent... Eh bien ! voyez : elle a, depuis quelques mois, lâché M. Ledru pour se consacrer uniquement au baron Jassy, d'où je conclus que le baron Jassy tient la corde ; et voilà.

— C'est subtil, grogna M. Moray, qui se leva et sortit du salon.

— Vous voyez, maman, il eût mieux valu ne lui parler de rien, — dit Josette qui feuilletait des partitions ; — ça l'irrite inutilement... Tenez, regardez M. Jost, il ne parle pas trop, lui !

Et elle désigna le vieillard qui, consterné, avait assisté à la discussion sans souffler. — M. Jost sourit :

— Mon enfant, je me repose ! Pendant dix ans, vous m'avez tant fait parler !...

— C'est vrai, mon bon monsieur Jost ; je vous faisais bien enrager, mais je vous aimais bien tout de même, vrai !

L'arrivée de M. de Lafère et de l'oncle Jean ne put distraire madame Moray de ses préoccupations. La pauvre femme se demandait pourquoi son fils s'était ainsi abandonné à ce Ledru.

Les allures cafardes de cet homme et de sa société financière lui faisaient horreur; elle éprouvait, à la vue de l'ex-notaire, une sensation répulsive qu'elle avait vainement cherché à vaincre au début.

VII

Lorsque, le lendemain, Josette sortit, le temps était gris et sombre; un de ces temps neigeux sans neige, par lesquels le ciel de plomb parait si bas, qu'il semble presque qu'on puisse le toucher. Les Champs-Élysées étaient lugubres; à peine quelques fiacres montaient l'avenue, remplis de ces figures étranges et patibulaires qui composent à présent en grande partie, *le monde des courses*; car ces têtes bizarres, nées des courses suburbaines, ont peu à peu inondé le turf élégant.

Singulier amalgame de calicots et de lads, de garçons de café et de marchands de lorgnettes; on ne saurait dire au juste à quelle catégorie sociale appartiennent ces types particuliers.

Le coudoiement forcé de ce monde ignoble avait insensiblement dégoûté la comtesse des courses. Sans analyser ce qu'elle éprouvait, elle était choquée de cette promiscuité, et n'allait plus que de loin en loin à Auteuil ou à Longchamps.

La victoria filait rapidement ; elle s'arrêta rue Montaigne.

En descendant, Josette, qui avait eu très froid, dit au valet de pied :

— Retournez à la maison, vous prendrez ma grande pelisse de fourrure et vous reviendrez m'attendre ici.

Elle entra seule et demanda au concierge :

— Le marquis de Damartin ?

— A l'entresol, la porte à droite.

— La Vieille-Rognure a une bien belle sonnette, — se dit la comtesse en tirant l'anneau, formé de deux colossales griffes de tigre, suspendu à une chaîne d'argent. — C'est très chic, mais un peu trop bibelot.

Un valet de chambre élégant, à face canaille et futée, ouvrit.

— Je viens pour voir un tableau, — dit madame Moray.

— Si madame veut entrer?

Le domestique fit traverser à Josette une antichambre sombre, à peine éclairée par une lampe opalée, et l'introduisit dans un salon charmant, tout plein d'objets d'art, de tableaux et d'armes anciennes, arrangés avec goût. Partout, de lourdes tentures, épaisses et assourdissantes; dans la cheminée, un grand feu de bois, illuminant toute la pièce de sa lueur rose.

La jeune femme enveloppa l'appartement d'un regard et, cherchant son petit tableau qu'elle n'apercevait pas, elle se retourna pour parler au valet de chambre, mais il s'était discrètement retiré; au même instant, une portière se souleva et La Réole parut.

— Ah! — fit simplement Josette, comprenant dans quel piège elle tombait.

Puis, abaissant ses longs cils, elle attendit.

La Réole comptait sur une explosion de colère; ce calme le déconcerta quelque peu.

— Vous ne pensiez pas me trouver ici? — demanda-t-il après un silence.

Relevant vivement la tête, la comtesse, au lieu de répondre, interrogea :

— Me direz-vous ce que vous y venez faire?

— Mais j'y viens pour vous voir!... Puisque je ne vais plus chez vous, il faut bien que je vous rencontre chez les autres...

— Et M. de Damartin s'est prêté à cette jolie machination?

— Nullement; je lui ai demandé son appartement pour y recevoir quelqu'un...

— Et c'est alors qu'il m'a fait prévenir que je pouvais voir aujourd'hui son tableau ?...

— Jamais de la vie !... Pour une fois que cette pauvre Vieille-Rognure est innocent comme l'enfant qui naît, il faut lui rendre justice !... Le tableau n'est pas ici...

— Mais ce marchand qui...

— Innocent aussi, le marchand ! Tout le monde est innocent, excepté moi !... Que voulez-vous ? Il fallait être moins sévère !... Vos refus ont exalté une passion déjà très violente, et, pour satisfaire cette passion, je suis résolu à ne reculer devant rien...

— Bah ! vraiment ? — dit moqueusement madame Moray, qui, se remettant, redevenait elle-même.

Elle fit quelques pas, cherchant la porte par où elle était entrée.

— Inutile... — insinua La Réole, — elle est fermée.

Josette commença à avoir vraiment peur.

— Cessons cette plaisanterie, — dit-elle ; — je veux sortir, entendez-vous ?

— J'entends bien, mais il ne me plaît pas que vous sortiez : vous seriez capable de ne pas revenir. Allons ! le mieux est de prendre votre parti en brave, et vous vous en irez dans une heure ou deux... si vous êtes bien sage.

La comtesse sentait une colère plus forte que la peur lui monter au cerveau ; colère d'autant plus terrible qu'elle cherchait à la contenir.

— Expliquez-vous, — dit-elle sourdement.

— Je ne demande que ça, — répondit-il.

Et, s'avançant vers elle, il la prit dans ses bras.

D'un bond, elle se dégagea, courant vers la sonnette, mais elle réfléchit que tout était prévu, qu'on ne viendrait pas à son appel et sa main retomba sur la cheminée.

— Ah! il paraît que vous avez enfin compris ce que je veux? — dit La Réole, étranglé par l'émotion très vive qu'il éprouvait.

Josette, promenant machinalement sa main sur la peluche de la cheminée, venait d'y trouver un petit poignard court, épais, à lame triangulaire et affilée; pas un joujou, une arme solide et pratique.

— J'ai compris, en effet, — répondit-elle, — et je vous préviens que, plutôt que de me laisser toucher par vous, je suis décidée à tout, moi aussi!...

Elle fit un mouvement; La Réole s'élança, en disant, d'un air narquois :

— Comme Lucrèce? Oh! ce serait trop dommage! Tudieu! je ne vous savais pas si Romaine que ça!

La comtesse sourit, d'un sourire aigu, montrant ses dents blanches.

— Me tuer?... moi?... Imbécile!!!

Le saisissant par l'épaule, si brusquement qu'elle le fit trébucher, elle le poussa devant la glace, le collant à la cheminée de façon à empêcher tout mouvement du côté qu'elle ne tenait pas.

— Mais regardez-moi donc, — dit-elle, d'une voix que la fureur faisait trembler; — est-ce que j'ai la tête d'une femme qui se tue?... Vous vous méprenez, monsieur de La Réole, ce n'est pas moi que je veux tuer, c'est vous!... N'est-ce pas bien plus moderne?

La Réole voulut faire bonne contenance, sourire, mais le cœur lui manquait.

La main de la comtesse pesant, sans effort apparent, sur son épaule, le faisait, malgré lui, fléchir sur ses genoux.

En levant les yeux, il se voyait dans la glace, blême, effaré, terrifié de sentir qu'elle était la plus forte; un peu en arrière, il apercevait Josette, presque plus grande que lui, froidement menaçante et résolue; dans sa main droite, elle tenait toujours le petit poignard, sans toutefois faire mine de vouloir s'en servir.

D'un coup d'épaule, il essaya de faire lâcher prise à la jeune femme; mais elle le serra plus solidement encore et levant le bras, lui dit tranquillement :

— Vous voulez donc que je frappe?

— Eh bien, soit! — s'écria-t-il, espérant la toucher, — tout plutôt que vivre sans vous!... Frappez!... je vous en prie!...

— Ah! ne me dites pas ça! — répondit Josette, chez laquelle le gamin reparaissait toujours; — c'est imprudent!... Si vous saviez à quel point j'en ai envie!...

Elle ajouta :

— A présent, voulez-vous me laisser sortir?

Et, voyant qu'il hésitait :

— Vite, n'est-ce pas? je perds patience. Je ne suis pas du tout née pour le drame, moi! Ce que ça m'ennuie!...

— Eh bien, laissez-moi, — dit La Réole, — je vais vous ouvrir... je vous en donne ma parole d'honneur...

— La seule qui ne vous engage en rien?... Non... je n'ai pas confiance!...

Tandis qu'il marchait vers la porte, madame Moray lui incrustant toujours ses doigts dans l'épaule, le regardait avec regret. Quel dommage de ne pas tuer cet homme!... Dire qu'elle le tenait si bien!... et que ça rendrait service à tant de gens, sans parler d'elle-même; car il allait inventer quelque nouvelle infamie, bien sûr ...

La Réole devina ce qui se passait en elle : les yeux verts de Josette lançaient les méchantes flammes pâles qu'il connaissait si bien; il devint humble :

— Me pardonnerez-vous jamais? — demanda-t-il.

Sans répondre, elle lui fit ouvrir la porte toute grande et ne le lâcha qu'en apercevant le valet de chambre, qui se levait lentement de la chaise gothique placée devant la table de l'antichambre.

Alors, tandis que La Réole s'inclinait, elle lui dit en le regardant avec dégoût :

— Croyez-moi, retournez à vos amours ordinaires; décidément, les fantaisies désintéressées ne vous réussissent pas...

Josette descendit en courant l'escalier, craignant encore quelque nouvelle surprise; la peur la prenait bien plus forte que tout à l'heure. Tant que l'énergie était nécessaire, elle avait été énergique; mais à présent la réaction se faisait avec une violence extrême : les larmes lui montaient aux yeux; elle avait les jambes molles et la tête vide; elle souffrait beaucoup.

Quand elle fut en voiture, elle se remit vite, riant presque de son aventure et se « blaguant » elle-même.

— Devais-je être assez ridicule, avec mon petit couteau?... Il est vrai qu'il n'avait pas l'air très spirituel non plus, le beau La Réole!... il avait une peur bleue!... J'espère que, à présent qu'il m'a vue sous cet aspect de virago, il sera calmé!... C'est égal, si madame de la Saussaie avait été cachée sous un fauteuil, La Réole aurait bien pu perdre une partie de son prestige!... La vérité, c'est que cette histoire est absurde! Qu'est-ce que je vais dire, moi, quand on me demandera si j'ai mon tableau... Et combien je l'ai payé?...

J'espère que Paul n'y pensera pas... Et à maman... Eh bien, à maman, je lui raconterai ce qui s'est passé...

Elle avait baissé les deux glaces et aspirait avec joie l'air humide et pénétrant.

— Quel bonheur de se sentir libre, de respirer! J'étouffais dans ce salon. C'était l'angoisse. Oh! j'ai eu un instant horriblement peur... je n'espérais pas être la plus forte!... Ce pauvre La Réole! il faut qu'il ne soit guère vigoureux pour n'avoir pu m'échapper.

Soudain elle pensa à André.

« S'il savait cela!... Bast! ça lui serait bien égal, à présent! Est-ce qu'il se souvenait d'elle, seulement? Depuis six jours il n'était pas venu la voir, pas même aux heures où il savait rencontrer du monde, s'il voulait éviter d'être seul avec elle.

De son côté, La Réole se trouvait bien maladroit de n'avoir pas su tirer mieux parti de la situation.

— J'ai été grotesque devant elle!... Mais aussi ce n'est pas une femme, c'est un hercule!... j'ai l'épaule meurtrie! c'est qu'elle m'aurait tué sans faire ni une ni deux, j'en suis bien convaincu...

Apercevant planté dans le tapis le petit poignard que la comtesse avait jeté en s'en allant, il le retira.

— Bigre!... je crois bien qu'elle m'aurait tué avec cet outil-là!... il est fiché dans le parquet à ne pouvoir l'enlever!... Je vais le prendre à la Vieille-Rognure, ce poignard!... ce sera mon fétiche!... Et, qui sait? la veine va peut-être me revenir?... Je n'attends pas qu'il rentre, cet excellent Damartin; je n'éprouve pas le besoin de le voir... il flairerait que son appartement ne m'a pas servi à grand'chose... je vais m'habiller; le dîner de Moray est à sept heures et demie et, avant, il faut que je parle à Ledru... pour savoir à quelle sauce on sera mangé... il n'a aucune raison pour me ménager, moi!... Ce pauvre Moray!... il va boire un de ces bouillons!... Je ne pense pas que sa femme aille lui raconter la petite anecdote d'aujourd'hui?... Ce serait complet!...

VIII

M. Moray avait invité à dîner au café Anglais, La Réole, M. de Jurieux, M. de Guibray, l'oncle Jean, Damartin et Lagardie. Fanny Kees devait faire les honneurs de ce dîner, suite d'un pari perdu par le comte à une séance d'escrime.

Fanny Kees est une belle fille, blonde artificielle, aux yeux noirs, aux cils recourbés, aux lèvres d'un rouge improbable et superlativement élégante! Le comte tient avant tout à l'élégance, et il a, avec la couturière de sa maîtresse, des conférences presque aussi longues qu'avec son tailleur à lui.

Fanny est, sans contredit, la femme la mieux habillée de Paris : d'ailleurs, banale en diable, chaque parole qu'elle prononce et chaque toilette qu'elle arbore ont l'air d'avoir souvent servi.

La pauvre fille s'ennuie à mourir; M. Moray trouvant que les relations féminines qu'elle pourrait avoir n'ont pas suffisamment bon genre, ne lui en permet aucune.

Il veut, en revanche, qu'elle ait « un salon » où se presseront tous les hommes chics du jour, et Fanny en a par-dessus la tête, des gens chics; quand elle a la veine de tomber sur quelqu'un de moins chic et de plus amusant, elle lui fait fête, mais ce n'est pas du tout le compte de son seigneur et maître; il déclare « mal élevés » tous ceux qui ne sont pas absolument ternes. A son avis, deux sujets de conversation sont seuls admissibles. Les racontars financiers et les potins de cercle; hors cela, rien!

M. Moray est de plus en plus hanté de l'idée persistante d'entrer au Jockey. Pour lui, c'est le brevet définitif d'élégance, le complément obligé du titre. Malheureusement, cela ne s'achète pas aussi facilement.

— Je veux bien te présenter, — lui a dit plusieurs fois l'oncle Jean, — mais je te préviens que tu seras refusé avec un accord touchant.

M. Moray n'ose braver cet avertissement. Être refusé au Jockey lui porterait un coup terrible; depuis quatre ans, il souhaite ardemment qu'une occasion quelconque le mette à même d'affronter la présentation.

— Ah! s'il y avait une guerre!...

Et il verrait sans déplaisir une nouvelle invasion qui, lui permettant de se couvrir de gloire, lui ouvrirait toutes grandes les portes du paradis rêvé.

Souvent aussi il a cherché et trouvé les occasions de rendre service aux élus, espérant, à un moment donné, être payé de retour, et s'arrangeant même de n'être payé que de cette façon.

C'est grâce à lui que le comte de Louvain et le duc d'Étiolles ont pu entrer, au bon moment, dans les combinaisons de l'*Alliance universelle;* grâce à lui aussi que le petit de Chabanys paya le soir où il perdit tant chez le colonel.

M. Moray a été ainsi plusieurs fois, dans un but qu'il n'a pas encore atteint, la providence du noble faubourg; d'Étiolles, auquel il s'est ouvert franchement de son désir d'entrer au Jockey, lui a répondu :

— Ma foi, mon cher, je ne vous conseille pas de vous présenter, pour le moment du moins... Le cercle a, depuis quelque temps, le nez tourné à la politique, il souffle un vent légitimiste qui ne vous vaudrait rien...

— Pourquoi donc? — s'est écrié M. Moray; — je suis légitimiste, moi!

Et d'Étiolles, sublime d'impertinence :

— Vous? pas possible!... Ce serait inexcusable!

Le fait est que M. Moray est légitimiste; il l'est

même de très bonne foi, car il trouve, avec raison, que c'est de beaucoup l'opinion la mieux portée. Selon lui, les orléanistes manquent d'élégance et les bonapartistes de tenue ; de plus, la situation de légitimiste non rallié, a ce très grand avantage qu'elle n'engage à rien aujourd'hui.

L'exclamation étonnée du duc d'Étiolles le vexa.

— Mais, — protesta-t-il, — je suis Breton, et dans mon pays...

— Parfaitement !... la vieille Armorique !... Connu !... Je sais que votre femme est Bretonne.

— Moi aussi !... Mais je n'ai pas conservé de propriétés là-bas.

— Vous aviez une habitation ?...

— Non... des... des bois seulement, — marmotta le comte en rougissant, comme cela lui arrivait chaque fois que les chantiers du père Moray se dressaient devant ses yeux anoblis ; — mais ma femme a le château de Skaër... qu'elle tient à garder... je ne sais pas pourquoi...

— Eh bien ! mais, qui vous empêche de prendre là-bas une situation politique ?...

Et d'Étiolles ajouta en riant :

— Quand vous serez député royaliste, je me charge de vous faire passer au club comme une lettre à la poste !

Ce fut pour M. Moray un trait de lumière. Précisément un député du Morbihan venait de mourir; le comte exposa à Josette son désir de le remplacer.

— Êtes-vous fou? — répondit-elle en éclatant de rire; — mais vous n'auriez pas une voix! Vos belles manières, vos airs dédaigneux, vous ont fait exécrer à Skaër!

— Mais vous?...

— Moi!... vous voulez que... Ah! non! Je ne le prends pas à la pose avec les paysans, moi; mais je ne peux pas les souffrir!...

— Cependant...

— Oui, oui, je sais... vous me reprochez d'être populaire!... C'est vrai, j'aime les gens du peuple, les ouvriers, les voyous même!... Ils ont une énergie, un ressort, une crânerie qui me plaisent!... Mais les paysans, poltrons, sournois et vicieux à la sourdine, me font horreur! Quand j'habitais Skaër, je m'arrangeais pour les voir le moins possible... Ne comptez pas sur moi pour votre campagne électorale...

— Si Jean voulait?

— Eh bien, demandez à Jean...

Vainement, M. Moray avait cherché, depuis quelques jours, à parler à l'oncle Jean; il n'avait pu le joindre une seule fois. Madame de Villefranche l'absorbait tellement, qu'on ne le voyait plus. C'est alors que l'idée de l'inviter au dîner du pari, était venue au comte. Rarement M. de Skaër était de ces parties là;

si peu imposant qu'il soit, c'est l'oncle de Josette, et M. Moray se sent, malgré lui, gêné par sa présence. Cela n'arrange pas du tout Fanny; comme toutes ses pareilles, elle raffole du comte de Skaër et répète sans cesse à son neveu :

— Votre oncle est plus drôle que vous!

Elle a bien raison, Fanny!

L'oncle Jean est beaucoup plus drôle que M. Moray! et si gentil pour ces demoiselles! Pas de préjugés ni de bégueulerie! Il se campe carrément à côté d'elles au premier rang d'une avant-scène, ne se fait jamais prier pour leur accorder un petit tour aux Poteaux le matin, enfin les traite tout à fait en *femmes du monde*, ce qu'elles prisent fort. Depuis quelque temps, il est un peu moins empressé quand il s'agit de Fanny; il n'ose se montrer trop prévenant pour la maîtresse de son neveu; il a beau, pour se rassurer, se dire : « Que tout ça est bien égal à Josette », il n'a pas la conscience parfaitement tranquille.

Le début du dîner fut lugubre. M. Moray, compassé comme toujours, couvait des yeux la toilette de Fanny, un chef-d'œuvre! Pour lui, avoir l'air ennuyé est le comble du chic, du chic anglais bien entendu, le seul qui compte à ses yeux. Plus il s'amuse, moins il en a l'air, et si bien prise est l'habitude, qu'il ne souffre plus du tout de cette raideur obligatoire.

La Réole, furieux de sa ridicule aventure du matin,

n'était pas à l'aise avec M. Moray ; il craignait presque que la comtesse n'eût parlé.

M. de Guibray s'ennuie toujours quand sa femme n'est pas là.

Le vicomte de Jurieux, inquiet des évolutions de *l'Alliance universelle*, se demandait si elle n'allait pas remonter. Pour lui, ce serait un désastre, et, avec cette maudite valeur, il sait qu'il faut s'attendre à tout.

Lagardie, ayant passé la journée aux courses, dévorait sans mot dire, avec un de ces beaux appétits que donne le grand air.

Damartin, placé à la gauche de Fanny, qui semble préoccupée, débite d'une voix nasillarde et monotone, quelques spirituelles méchancetés, auxquelles elle répond distraitement.

— Sapristi ! mes enfants, — s'écria tout à coup l'oncle Jean, — vous n'avez pas une façon gaie de faire la fête !

— La fête ? — dit M. Moray, qui parvient à avoir un léger accent anglais, — qui parle ici de faire la fête ?...

— Mais moi, parbleu ! C'est embêtant, ces dîners-là !

Le comte, suivant son idée fixe, et voulant tout de suite tâter M. de Skaër, répondit en souriant presque :

— Je ne fais plus la fête !... Je suis sérieux ! Avec l'aide de Dieu et la vôtre, mon respectable oncle, je veux devenir...

— Je sais... je sais... ta femme me l'a dit...

— Eh bien?

— Eh bien, mon ami, une promenade à Skaër, dans cette saison, me sourit médiocrement, tu sais...

— Alors, non?

— Je ne dis pas ça!... mais enfin... je demande à réfléchir!... je verrai... ça dépendra.

— De quoi?

— Je ne sais pas... je te dirai ça...

Ce que l'oncle Jean ne pouvait pas dire, c'est que, le matin même, la toujours belle madame de Villefranche, lui avait proposé le traditionnel voyage qu'elle propose à tous ceux qui ont le bonheur de lui plaire sérieusement.

M. de Skaër était ennuyé de se sentir aussi épris; souvent, il avait été le confident de ses prédécesseurs et s'était fortement moqué d'eux. La Réole avait voyagé en Suisse; Guibray aux Pyrénées; d'Étiolles, le plus long caprice de la belle Grecque, avait été, pendant six mois, caché à Venise.

L'oncle Jean pensait que, lui aussi, il allait être obligé d'en passer par là, et l'idée de faire servir son petit voyage à l'élection de son neveu, lui paraissait assez cocasse pour qu'il désirât la mettre à exécution.

— Pensez-vous que j'aie une chance? — demanda M. Moray.

— Dame! mon ami, je ne sais pas trop! On t'a trouvé fier là-bas !...

— Mais on vous adore...

— Ce n'est pas une raison pour te nommer, toi qu'on n'adore pas... Ah çà! quelle fichue fantaisie as-tu là?...

— Je veux... me rendre utile... — dit M. Moray.

En répondant, il regardait le fond de son assiette, sur lequel il voyait se dessiner nettement le légendaire balcon de la rue Scribe.

— C'est magnifique! — reprit l'oncle Jean incrédule. — Et ce désir de te rendre utile t'a poussé comme ça, subitement?...

— Mais... oui...

— C'est dommage que l'élection ne soit pas en été, — dit Lagardie, — le déplacement serait plus agréable, et nous irions, tous en chœur, travailler au bonheur du pays!...

L'oncle Jean, à moitié résigné, soupira malgré lui :

— Josette pouvait mener cette affaire bien mieux que moi; elle est populaire comme tout, Josette!

— Oui... mais elle ne veut pas... elle prétexte son antipathie pour le paysan...

— C'est vrai, — dit étourdiment l'oncle Jean, — cette antipathie n'est comparable qu'à l'horreur qu'elle a du bour.....

Il s'arrêta brusquement au milieu du mot, rappelé à

lui par la physionomie narquoise de Damartin. Au reste, il pouvait se rassurer; le *comte* Moray a trop complètement oublié son origine pour être froissé; il lui semble, au contraire, que cette façon libre de parler des bourgeois devant lui, prouve qu'on ne le considère pas comme appartenant à l'espèce. Il répondit à M. de Skaër :

— C'était néanmoins très simple... mais vous connaissez Josette et son entêtement bien breton...

— C'est bon! nous parlerons de ça à un autre moment... — dit brièvement l'oncle Jean, peu soucieux que, devant Fanny, il fût question de sa nièce.

M. Moray comprit la leçon et se tut; il y eut un silence; puis, M. de Jurieux n'y tenant plus, demanda :

— Moray... savez-vous ce que fait réellement *l'Alliance?*

— Elle baisse! Tout le monde le sait! On l'a bien vu hier, j'imagine...

— Je vous demande s'il n'y a pas un coup?... Si on ne rachète pas?...

— Mais... je ne sais rien...

— Comment! — dit Damartin, de sa voix appuyée et traînante, — Ledru ne vous raconte pas les dessous?... C'est pas gentil!... car, franchement, il vous devrait bien ça!

Fanny, se retournant très vite, regarda attentivement son voisin; la Vieille-Rognure mangeait sa mousse au chocolat en caisse, de l'air le plus innocent du monde.

— Moi, — dit Lagardie, — je considère comme perdus les fonds confiés à M. Ledru...

— Que voulez-vous dire ? — demanda M. Moray.

— Que le bonhomme nous vole !... Tantôt j'avais envie de gifler son museau de fouine.

— N'empêche, — reprit La Réole, — qu'il nous roulera tous, c'est un malin !...

— Et puis, — dit M. de Skaër, — on est bien fort quand rien ne vient arrêter l'élan. Le père Ledru fait n'importe quel tripotage malpropre, et si, dans l'avenir, il ne trouve plus à négocier ses valeurs, eh bien, il lui reste sa fille !...

— Oh ! — fit M. de Guibray, — scandalisé.

— Ce pauvre Guibray !... dit moqueusement Damartin, — vous l'arrachez toujours à son nuage...

Fanny, subitement intéressée, demanda :

— Est-ce que vraiment le père Ledru est de cette force-là ?

— Oui, naïve enfant ! — répondit Lagardie, dont l'appétit était à présent calmé.

— Ce Lagardie a décidément un ton détestable, — pensa le comte.

Les familiarités du petit journaliste le crispaient.

Fanny était sa maîtresse, à lui, *le comte Moray*, et

ce titre devait, croyait-il, anéantir tout un joyeux passé; quelquefois il ennuyait tellement Fanny, la morigénant sans motif, lui prescrivant la tenue qu'elle devait avoir avec ses anciens amis, que la pauvre fille avait des envies folles d'envoyer, comme elle dit, tout promener. La générosité du comte la retenait; habituée à un luxe excessif, elle sentait qu'elle ne pourrait ni s'en passer, ni le retrouver avec un autre que lui. Qui donc lui donnerait ainsi de l'argent sans compter? choisirait ses chevaux et ses toilettes? Personne ne s'entend comme M. Moray à monter une maison, à organiser une fête. D'ailleurs, pas encombrant; pas assez même depuis quelque temps.

Après dîner, tandis que le comte offrait les cigares, Fanny Kees, s'approchant de La Réole, lui dit à demi-voix :

— Je voudrais vous parler...

— J'écoute...

— Pas ici...

— Alors j'irai vous voir?...

— Non... C'est moi qui irai chez vous... A quelle heure y serez-vous, demain?...

— Mais quand vous voudrez, — dit La Réole surpris.

— J'irai à trois heures.

— Je vous attendrai.

— Positivement, — affirmait l'oncle Jean, — il est impossible de s'ennuyer plus ferme qu'on ne s'ennuie ici!... Je ne sais pas si vous êtes comme moi?... Non?... Je parie bien que Fanny est de mon avis, elle!... Elle n'a pas prononcé quatre mots!... Dieu sait pourtant que, d'habitude, elle jacasse comme une pie borgne! C'est que, vraiment, il n'y a pas moyen d'être gai... Vous êtes navrants!...

— Mais, — dit M. Moray, — je ne pense pas qu'il soit nécessaire de pousser des cris de joie?

— Moi si!... J'aime à pousser des cris de joie!... Et comme je m'aperçois que ça détonnerait ici... je vais ailleurs... Tu m'as assez vu, n'est-ce pas? Bonsoir, Fanny... bonsoir, tous!...

Au moment de sortir, M. de Skaër ajouta tout bas en serrant la main à son neveu :

— Tu sais, Paul, sérieusement, gare à *l'Alliance!* J'ai vu Jassy avant dîner, il était rayonnant!

IX

Le lendemain, La Réole allait et venait dans son appartement, mettant des fleurs dans les vases irisés; plaçant à son jour le tableau posé sur un chevalet; tapotant les coussins de peluche et disposant, bien en évidence, les petits cadres contenant des photographies de femmes.

L'appartement de La Réole serait fort joli sans l'encombrement exagéré de bibelots, d'étoffes et de tableaux entassés pêle-mêle, qui lui donnent un peu l'aspect d'un magasin de bric-à-brac. Partout des tableaux et des statuettes de prix; sur la cheminée, une admirable pendule Louis XVI, en sèvres bleu-turquoise, formant vase de fleurs et deux coupes de même nuance, mais d'une autre époque Puis, çà et là, un éléphant d'ivoire japonais ancien, un écran Louis XIV à vieille tapisserie effacée, où, sur un fond mélangé d'or, se détachent en teintes plates des figures naïves. Un fauteuil Louis XIII, en cuir de Cordoue, une collection de groupes et d'animaux de Saxe, et des plats anciens.

Beaucoup de toiles d'artistes connus ou en passe de l'être; La Réole a toujours flairé les gloires à naître et a su se faire offrir une pochade ou un petit tableau, qu'il ne se gêne nullement pour vendre, lorsque l'objet en question a acquis une valeur artistique ou marchande. Quand ses ressources habituelles lui font pour un instant défaut, et que la bourse et le jeu « ne vont pas fort », il négocie un bibelot quelconque. Tous les commissaires-priseurs connaissent bien le marquis de La Réole, et s'étonnent qu'il possède encore tant de belles choses, car ils l'ont toujours vu vendre et jamais acheter. C'est que tous les objets d'art, étoffes anciennes, statuettes et bijoux qui remplissent l'appartement sont des souvenirs offerts au séduisant marquis par des amies d'un jour.

C'est une nymphe de Clodion, lutinant un faune velu; un splendide brocart tissé d'argent; une peau d'ours blanc, à griffes d'onyx; un déjeuner de vermeil, sur lequel se détache en relief le chiffre de La Réole, amoureusement enlacé d'un autre chiffre; une chaise de satin feuille-de-rose, brodée au passé par une main adroite; un paravent Louis XVI; des éventails anciens, en vernis Martin et en soie peinte et brodée; un éventail, signé Leloir, dans un cadre de peluche; des boîtes et des tabatières en or, en émail, en écaille blonde ornée de perles; un tympanon incrusté de nacre; puis dans une grande vitrine hollandaise, une quantité de bijoux; porte-bonheurs, colliers de perles, bagues et épingles de toute sorte; boutons de chemise et de manchettes, en perles roses, noires et blanches, en lapis et en œils-de-chat.

La Réole possède certainement plus de bijoux que la plupart des femmes; c'est ce qu'il préfère, et, quoique trop vraiment élégant et correct pour en porter, il ne se sépare jamais de ses chers souvenirs sans un douloureux serrement de cœur.

La chambre à coucher est tendue de satin noir; le marquis affirme que cela sied à tous les types. Noir aussi est le cabinet de toilette.

Le pavé, la table et la baignoire sont en marbre noir. Le reste tout en glaces; la pièce est éclairée du plafond par un grand carreau voilé de gaze rosée. Sur la toilette, cuvette et garniture d'argent, aux armes du marquis; sur une mignonne table de cloisonné, un nécessaire; chaque pièce est en or, également marquée aux armes. Près de ce nécessaire, un jeu de brosses en écaille blonde, à chiffre d'or.

On ne croirait pas, à coup sûr, être chez un homme, encore moins chez un décavé.

La Réole se demande ce que peut vouloir Fanny, et, quoique blasé et indifférent aux bonnes fortunes improductives, sa fatuité l'engage à se préparer à tout. Il a donné congé à son valet de chambre et, lorsque Fanny sonne, c'est lui qui va ouvrir.

— Comment! vous-même? — dit-elle étonnée.

— J'ai cru comprendre, à votre air mystérieux d'hier, que vous désiriez n'être pas dérangée.

— Comment l'entendez-vous?

— Comme vous voudrez.

— J'attends de vous un service...

— Je regrette que vous n'en attendiez que ça...

— Inutile de marivauder... Ce que j'ai à vous dire est sérieux...

— Pas possible!... Voulez-vous entrer au moins

Et La Réole, relevant la draperie qui masquait la porte, fit entrer Fanny dans le salon.

— Ah! — s'écria-t-elle, — c'est joli chez vous!

— Quelques modestes bibelots...

Déjà Fanny Kees avait, d'un rapide coup d'œil, inspecté les moindres recoins.

— Modestes! — répondit-elle; ce n'est pas comme les bijoux, alors! Peste!!!... vous possédez-là une jolie collection!

— Des souvenirs...

— Tout ça?...

— Ôtez donc votre manteau?...

— Non, merci. Vous avez vraiment de très jolies choses!

— Vous êtes indulgente!... Voyons, débarrassez-vous de ce manteau et de ce chapeau qui vous cachent.

Et La Réole voulut détacher l'agrafe de la pelisse de loutre qui enveloppait Fanny; elle le repoussa :

— Laissez donc!... Votre insistance est inconvenante, mon cher!... Ah çà! que croyez-vous donc que je viens faire chez vous?

— Je l'ignore.

— Je vais vous le dire : depuis quelque temps, M. Moray est préoccupé, distrait...

— La Bourse est mauvaise...

— Il ne s'agit pas de la Bourse, mais de... Oh! la jolie personne!

Et Fanny Kees, prenant un cadre d'émail posé sur la petite table près de laquelle elle était assise, examina attentivement la photographie qui s'y trouvait.

— N'est-ce pas, — répondit La Réole, avec un embarras affecté; — c'est... c'est une cousine...

— Ah!... tous mes compliments!... Elle est adorable, votre... cousine! Qu'est-ce que je disais... J'y suis!... Eh bien, non, la Bourse n'est pour rien dans les préoccupations de M. Moray... Il a une maîtresse.

— Allons donc!...quand c'est vous qui, hier encore...

— Oh! il me garde!... jusqu'à nouvel ordre... Mais je vois clairement ce qui se passe...

— Il est fou de vous!

Fanny haussa les épaules.

— Mon pauvre La Réole, inutile de dire des bêtises entre nous!... vous savez fort bien que M. Moray n'est pas du tout fou de moi...

— Cependant...

— Cependant, il m'entoure d'un luxe royal? C'est vrai, mais qu'est-ce que ça prouve? Que Moray, vaniteux comme un paon, tient à avoir la maîtresse, la maison, les domestiques et les équipages les mieux tenus et les plus chics de Paris; vous voyez que je constate, sans fausse modestie, la seule valeur que j'aie à ses yeux?... Il me conserve beaucoup par vanité et par pose; un peu par habitude, mais nullement par amour. — Comme je vous le disais, il ne m'aime pas, et je crois même que, jusqu'à aujourd'hui, il n'avait aimé personne...

— Et aujourd'hui?

— Il est amoureux d'une femme de son monde.

— Vous rêvez! — dit La Réole, convaincu que M. Moray n'avait pas d'autre maîtresse que Fanny.

Et il ajouta, moitié narquois, moitié galant :

— Il n'y a pas, dans notre monde, de femme qui puisse vous faire oublier!

— Oh! je vous en prie, pas de banalités! — reprit Fanny agacée; — je sais ce que je dis...

— Mon Dieu, il est possible que Moray ait quelque caprice, quelque passagère fantaisie...

— Je vous parle, au contraire, d'une passion sérieuse; — Moray est ou va être l'amant de mademoiselle Ledru...

— De mademoiselle Ledru? — s'écria La Réole saisi; — mais vous êtes folle!...

Que Geneviève Ledru eût un amant, cela surprenait le marquis moins que tout autre; mais il était stupéfait et mécontent de ne s'être douté de rien. Il reprit :

— Mademoiselle Ledru? Mais vous ne l'avez donc jamais regardée?...

— Que si! Une tête d'ange, n'est-ce pas?... des bandeaux plats et une bouche sévère! Malheureusement, je n'y crois pas, moi, à ces anges-là!...

— Mais, enfin, quelles preuves...

— Aucunes... Néanmoins, je suis sûre qu'elle est la maîtresse de M. Moray!

La Réole réfléchissait.

— Admettons que cela soit, — dit-il après un silence; — qu'y puis-je faire, moi?

— Voici : il y a ce soir une fête chez les Ledru...

— Oui... un bal costumé ..

— C'est bien ça!... M. Moray, qui devait m'accompagner aux Italiens, tient absolument à conserver sa liberté... Hier, il s'est brusquement dégagé en me disant que, aujourd'hui, il ne sera pas libre... Il est évident qu'il ne veut pas manquer un instant à cette fête!...

— C'est bien possible...

— C'est certain, et voici ce que je vous demande... Vous allez chez les Ledru?

— Oui...

— Eh bien, vous surveillerez M. Moray et mademoiselle Ledru, et vous me rendrez un compte fidèle de ce qui se passera; sans me ménager... la vérité absolue... est-ce entendu?

— De la police, alors?... Rien que ça! Préfet de la police secrète de Fanny Kees! Sans attributions nettement définies et sans émoluments fixés. Quel avantage trouverai-je à cette ingénieuse combinaison?

— Puis-je, oui ou non, compter sur vous?

— Comme ça... tout de suite?... sans avoir le temps de se recueillir... Savez-vous que c'est tout bonnement une petite infamie que vous me demandez là?... Comment! j'irai espionner dans une maison amie, un de mes amis?... Car, enfin, je suis très lié avec Paul Moray!...

— Alors vous refusez?

— Non, mais encore faut-il que je me tâte... Ça en vaut vraiment la peine!...

— Il est si important que je sache à quoi m'en tenir! Voyons, La Réole, — supplia Fanny, — faites ça pour moi, voulez-vous?

— Et si je le fais?...

— Eh bien, vous n'aurez pas obligé une ingrate, je vous le promets... Dites donc... c'est émaillé de jolies femmes, chez vous! une vraie galerie!

Et, tout en arpentant le salon, Fanny regardait les photographies, bien mises en lumière; quelques cadres étaient drapés d'étoffes chatoyantes; d'autres se détachaient devant des bouquets de fleurs.

— Si vous vouliez figurer dans la galerie, vous en seriez la reine? — dit courtoisement La Réole.

Elle répondit en riant :

— Ma foi, non! c'est trop compromettant!... Au revoir, je compte sur vous...

— Je n'ai rien promis...

— Vous tiendrez d'autant mieux!... A demain... Dans tous les cas, je vous attendrai... dans tous les cas, vous entendez bien?

Après le départ de Fanny, le marquis resta longtemps songeur.

Elle devait avoir raison!

Depuis quelque temps, en effet, Paul Moray était toujours fourré chez les Ledru, montait à cheval avec eux, les accompagnait au théâtre et semblait s'occuper beaucoup de Geneviève.

Quelle étrange fille que cette Geneviève!

Même dans ce milieu vicieux et corrompu, elle est une exception, exception d'autant plus monstrueuse qu'elle s'abrite sous les dehors de la vertu.

Loin d'adopter les allures libres des femmes qu'elle fréquente, elle affecte, au contraire, une excessive retenue, et tout le monde a d'elle l'idée exprimée par Lagardie : « C'est une fleur poussée sur un fumier. »

Malheureusement la vue du fumier éloigne les partis acceptables; on admire la belle Geneviève, on la plaint, mais on ne l'épouse pas.

Or La Réole avait, l'année précédente, été son amant; non par passion ou par entraînement, bien qu'elle fût assez charmante pour expliquer toutes les folies, mais parce qu'il avait flairé là une affaire plus sûre et surtout plus agréable à conclure que les autres.

Le père Ledru donnait, disait-on, trois millions de dot à Geneviève; il avait, pour ce prix élevé, le droit de se montrer exigeant, et La Réole se rendait compte qu'il ne pouvait vraiment pas être l'objectif d'un père de famille soucieux du bonheur de sa fille.

Donc, s'il demandait la main de la petite Ledru, il était sûr de se la faire refuser séance tenante; mieux valait procéder en rendant d'abord le mariage indispensable, et le marquis voyait qu'il n'aurait pas de peine à atteindre ce but.

Geneviève Ledru entendant parler sans ménagement devant elle des bonnes fortunes et des aventures célèbres de La Réole, avait commencé par l'examiner avec une profonde curiosité. Bientôt sa beauté de mauvais aloi, son charme câlin, son vice aimable, avaient fasciné la jeune fille.

Prodigieusement flattée de voir ce grand mondain, si adoré de toutes les femmes, uniquement occupé d'elle, elle s'était abandonnée peu à peu, sans même se douter du danger qu'elle courait et, lorsque enfin elle comprit que le marquis, dédaignant son argent, ne voulait que sa personne, son orgueil se trouva satisfait. Non qu'elle fût touchée de cet amour, qu'elle croyait désintéressé ; mais parce que sa vanité de parvenue, jointe à une absence totale de sens moral, la portait à se réjouir d'avoir conquis à première vue l'homme le plus aimé du Paris élégant.

Geneviève Ledru ressemble, au physique, à sa mère, une ravissante Anglaise, aussi glaciale que jolie, morte depuis quelques années, que Ledru avait épousée on ne sait trop comment, pendant le voyage qui suivit la vente forcée de son étude.

Moralement, la jeune fille est le portrait de son père.

Calculatrice, sans cœur, ne connaissant aucun frein, froidement coquette, bassement sensuelle et par-dessus tout hypocrite, elle cache son penchant instinctif au vice sous des dehors austères et une apparence virginale, ce qui fait que, n'était la situation douteuse de M. Ledru, toutes les mères souhaiteraient mademoiselle Geneviève pour femme à leurs fils et pour amie à leurs filles, auxquelles elles se contentent de la citer comme un modèle de tenue et de grâce modeste.

Dire que Geneviève Ledru aima La Réole, serait inexact, elle n'aime rien; mais, à défaut d'amour, elle éprouva pour lui une admiration sans bornes, qui ne cessa que le jour où il lui offrit de *réparer*.

Ce jour-là, furieuse de voir qu'il s'était joué d'elle, la jeune fille refusa formellement de devenir marquise.

Devinant quel rôle ingrat lui serait réservé dans l'avenir, elle congédia La Réole désappointé, et depuis lors, il eut beau chercher à découvrir dans sa vie quelque nouvelle aventure qui la mît à sa merci, suivre, espionner, être sans cesse à l'affût, questionner adroitement les uns et les autres, il ne trouva rien.

Il est ravi de connaître cette liaison et il se dit qu'elle aurait dû lui sauter aux yeux. Certes oui, il remplira la mission dont il est chargé, et elle sera bien remplie, car ce n'est pas seulement pour Fanny qu'il va travailler ce soir, mais aussi pour lui.

Marchant de long en large dans le salon, il dresse son plan.

S'il pouvait avoir une preuve? une vraie preuve lui

donnant barre sur eux? Alors peut-être la belle Geneviève céderait à ses prières par crainte du scandale. D'ailleurs, elle a beau dire, il la tient encore un peu. Grâce aux lettres qu'elle lui a écrites dans un instant d'emportement, et qu'il peut produire si tel est son bon plaisir, elle épouserait difficilement un autre que lui. Ah! ces lettres, comme elle les regrette! Elle ne ferait plus aujourd'hui de ces fautes-là! Il l'a dressée! Du diable s'il se doutait qu'il travaillait pour ce nigaud de Moray, par exemple!

Quel être bizarre que la femme! En quoi Moray peut-il séduire celle-là? Elle est trop intelligente pour ne pas s'apercevoir qu'il n'est qu'un sot!...

N'importe, il veut savoir! Hier encore, le père Ledru lui a répété qu'il désirait que quelques-uns de ses invités fussent masqués, ou du moins méconnaissables, afin d'égayer un peu son bal; les fêtes d'Arsène Houssaye l'empêchent de dormir! Eh bien! il passera rue de Presbourg un quart d'heure incognito, après quoi il rentrera tout simplement en habit; personne ne soupçonnera sa première apparition et il apprendra peut-être la vérité.

Et Josette? s'il pouvait aussi se venger d'elle, mais vraiment cette fois!

Le marquis se répète, que, dans tous les cas, le plus pressé est d'arriver à un bon mariage, afin de sortir de la situation fâcheuse où il se trouve.

Beaucoup de gens commencent à lui faire grise mine; les bruits qui courent sur son compte s'accentuent; son crédit s'use; il faut, à tout prix, se tirer de ce mauvais pas.

Et La Réole, se regardant tristement dans la glace, constate avec chagrin qu'il jouit de ses derniers beaux jours.

X

Lorsqu'à minuit M. Moray et Josette arrivèrent chez les Ledru, la fête battait son plein.

Rue de Presbourg, la circulation était difficile; les voitures prenaient la file, marchant au pas, avançant péniblement, avec une énervante lenteur, et tournant dans la grande cour, entre deux haies de sergents de ville.

Jusqu'au dernier moment, Josette avait hésité à aller au bal; mais M. Moray avait tant insisté qu'elle s'était décidée à l'accompagner pour éviter la discussion qu'elle voyait poindre.

Un costume de gitane accentuait sa singulière beauté; gitane bien fantaisiste, toute en grosse soie bourrue d'un blanc laiteux; ses lourds cheveux noirs étaient bizarrement tordus. Une écharpe brodée d'argent plaquait la tunique sur les hanches.

Le comte, après avoir successivement essayé cinq ou six costumes, avait fini par adopter l'habit rouge et la culotte courte.

L'hôtel de M. Ledru est immense, majestueux et cossu. Ce que le financier est parvenu à y entasser de dorures, de glaces, de mosaïques, de statues et de tableaux — généralement mauvais — est inimaginable. Partout, jusque dans les plus insignifiants détails, la richesse s'étale brutalement sans art, pour le seul plaisir de s'étaler.

La foule encombrait déjà le grand escalier à fresques peintes sur fond d'or, éclairé, ce soir-là, à la lumière électrique.

Assis au premier étage, sur la rampe, les jambes pendantes dans le vide, Damartin, en polichinelle de la comédie italienne, interpellait gouailleusement les arrivants et regardait avec complaisance les grappes de femmes étagées sur les marches.

A la porte du salon d'entrée, M. Ledru et sa fille recevaient leurs invités.

Lui, en habit noir; sa face glabre de laquais émergeant d'un col trop haut, déjà fripé par la chaleur. Elle séraphiquement belle en Marguerite de Faust ; ses longs cheveux blonds nattés tombant jusqu'aux genoux.

— Comme vous venez tard! — dit-elle, en serrant la main de Josette, tandis que son regard, passant par-dessus la jeune femme, allait se poser sur M. Moray.

M. Ledru arrondit le bras, et, s'adressant à la comtesse :

— Voulez-vous me permettre de vous conduire dans le salon japonais?... C'est là qu'est le dessus du panier!... Vous allez voir ça! Vous m'en direz des nouvelles?...

Il y a chez les Ledru le salon japonais, comme aussi les salons Louis XIV, Louis XV, Louis XVI et Empire, la salle à manger Louis XIII, en chêne sculpté et vieilles tapisseries, et la galerie Renaissance de rigueur.

M. Ledru a dit au tapissier en renom.

— Arrangez-moi ça comme vous l'entendrez. Qu'il y en ait pour tous les goûts, et que ça soit distingué surtout, hein?

Et le tapissier, voyant qu'il avait affaire à un parvenu de la pire espèce, a compris qu'il devait, pour se mettre à sa portée, meubler l'hôtel le plus banalement du monde. Tout est luxueux, confortable, on sent que « ça a coûté beaucoup d'argent »; mais il n'y a aucune note personnelle, et il est impossible de soupçonner la présence d'une femme dans la maison.

Les salons que traversa Josette étaient encombrés de costumes superbes. La plupart des invités avaient le visage découvert, mais néanmoins la comtesse rencontra quelques loups, mantilles épaisses, voiles de gaze et de dentelle, ou têtes grimées, absolument méconnaissables.

Ce que M. Ledru appelle le dessus du panier était effectivement réuni dans le petit salon japonais. Josette aperçut en entrant un futur souverain, fils de roi, de passage à Paris depuis quelques semaines. Sous le nom de comte de Brixen, l'Altesse parcourt l'Europe. Joyeux vivant, bon prince dans toute l'acception du mot, le comte s'amuse partout où il en trouve l'occasion, sans beaucoup se soucier de la « qualité » des milieux qu'il daigne honorer de sa présence. En habit, sans croix ni ruban, une fleur à la boutonnière, il causait gaiement avec madame Haar, plus majestueusement belle que jamais.

L'énigmatique étrangère était en sphinx. Une cuirasse d'écailles bronzées moulait la taille et les hanches, découvrant totalement les épaules et les bras. Une sorte de coiffe brillante entourait son front, avivant l'éclat de ses grands yeux sombres.

Le prince semblait captivé de telle façon, que Damartin avait pris le sage parti d'aller attendre dans l'escalier la fin d'un entretien qui menaçait de se prolonger.

Madame de Jurieux, en Manon Lescaut, était en conférence sérieuse avec le baron Jassy, le gros Zutler et le comte Sinaï.

— Vous voyez, — disait le baron, — aucun des gens honorables du conseil n'est ici ce soir! On lâche Ledru!

— Ça ne signifie rien! Le prince ne va que dans son monde : rien d'étonnant à ce qu'il ne soit pas ici! car, entre nous soit dit, cette petite fête est charmante, mais un peu mêlée.

— Et puis, le conseil ne peut vraiment pas lâcher Ledru aujourd'hui, là, en conscience.

— Eh bien, vous verrez si je me trompe, — appuya le baron, tandis que le visage pâle de madame de Jurieux s'illuminait à l'espoir de la culbute probable de *l'Alliance universelle.*

Au fond du salon, madame de Guibray, adorablement jolie sous le casque de Minerve, papotait d'une voix douce, avec plusieurs femmes relativement bien posées, que leurs maris, pour des raisons financières et politiques, amenaient chez Ledru, où elles venaient à contre-cœur et se sentaient dépaysées.

Plusieurs fois, André de la Londe était venu rôder autour de la marquise, implorant un regard; elle n'avait pas semblé se douter de sa présence.

Lagardie, debout dans l'embrasure d'une porte, racontait à madame de Villefranche, admirable en vestale, une histoire qui paraissait l'égayer prodigieusement.

Quand il eut installé Josette, M. Ledru retourna occuper sa place à l'entrée des salons.

En le voyant revenir, sa fille prit le bras du comte Moray, resté près d'elle, et lui dit tout bas, l'entraînant en riant vers la grande salle à manger encore déserte :

— Allons nous promener! J'en ai assez, à la fin, de rester vissée contre cette porte! Papa ne s'en ira pas, lui! Pas de danger! On lui a dit qu'il viendrait encore des gens sans invitation, comme la dernière fois!... Alors il guette...

Et devenant câline :

— Comment me trouvez-vous, ce soir?

— Vous êtes la plus belle, et aussi la plus aimée!

— Est-ce vrai, ça, au moins?

— Ne le savez-vous pas?

— Si... et pourtant cette fille...

— Pauvre Fanny! elle qui me sert de paravent!

— De paravent, seulement?...

— Mais tu sais bien que je t'adore! — dit M. Moray, s'inclinant vers elle.

Instinctivement la jeune fille se retourna pour voir si personne n'avait pu entendre; elle tressaillit et serra le bras du comte.

Un grand domino de satin flamme-de-punch, à reflets changeants, les avait rejoints. Il était impossible de deviner son visage, entièrement couvert de satin, à l'exception de ses yeux, de grands yeux de gazelle, qui apparaissaient voilés seulement d'une dentelle.

Très surpris, le comte se remit vite, et, s'approchant du domino qui se dirigeait vers le buffet sans paraître les voir :

— Où vas-tu?

Le domino, sans s'arrêter, répondit d'une voix étouffée par l'étoffe qui lui couvrait le visage :

— Tu es trop curieux!

Et, entrant dans la galerie où on dansait, il se perdit au milieu des valseurs.

— Il nous espionnait! — dit Geneviève très inquiète.

— Que non!

— J'ai peur que si... Qui est-ce?

— Une femme laide, sans nul doute! elle est trop soigneusement emmitouflée pour être jolie.

— Une femme, — dit Geneviève pensive; — êtes-vous sûr que ce soit une femme? Elle est si grande!... et ses épaules sont hautes et carrées!...

— Parbleu!... des talons-échasses et un domino engonçant pour être bien méconnaissable!

— Je ne la vois plus, — reprit mademoiselle Ledru; — je voudrais pourtant savoir...

— Désirez-vous que je la cherche? que je la fasse parler?... Je saurai peut-être qui elle est et si elle a entendu...

— Oui... Je vous en prie!... Je ne suis pas tranquille!... Voici justement M. de Luxeuil qui vient réclamer une valse que je lui ai promise... A tout à l'heure!...

Tandis que Luxeuil emmenait triomphalement sa danseuse, M. Moray se mit à la poursuite du domino flamme-de-punch. Il le rejoignit dans la galerie; mélancoliquement adossé dans un coin, le domino regardait danser; pour la seconde fois, le comte l'interpella :

— Toujours seule?

— Tu vois.

— Veux-tu causer?

— Ça dépend; es-tu amusant?

— Et toi, es-tu jolie?

— On le dit.

— Es-tu libre?

— Jamais.

— Bigre!... Est-ce que je te connais?

— Personne ne me connaît; je viens ici pour la première fois.

— Ah bah!... Alors, tu ne sais pas qui je suis?...

— Pas précisément... Mais je te devine à moitié...

— A moitié?... C'est trop ou pas assez!...

— Eh bien, donne-moi ta main et je te saurai tout entier...

— Oh! oh! tu es donc sorcière? — dit M. Moray en tendant la main.

— Peut-être! — répondit le domino qui la prit dans les siennes, gantées jusqu'au-dessus du coude de gants parfumés et dit, après l'avoir attentivement examinée :

— Tu es marié?

Le comte fit un signe affirmatif.

— Tu as aussi une liaison... c'est-à-dire deux liaisons?...

M. Moray regardait le domino avec une certaine méfiance; il demanda, voulant plaisanter :

— Trouves-tu que ce soit trop?

— Non... mais, au lieu de courir, tu ferais mieux de surveiller ta femme...

Le comte haussa les épaules; le domino reprit :

— Ta femme qui te trompe...

Il attendit un instant pour voir l'effet produit et se sauva en lançant ces deux mots :

— Avec André!

Surpris et furieux, M. Moray voulut le retenir, le rattraper; mais il lui glissa entre les doigts et disparut dans la foule, remontant vers le salon d'entrée. Le comte se mit aussitôt à sa poursuite, mais il fut arrêté par un incident assez drôle.

Le petit de Chabanys, absolument gris, venait d'entrer; il arrivait sans invitation selon son habitude. Bon petit garçon, pas plus bête qu'un autre, mais un brin toqué, il s'amusait depuis quelque temps à raconter partout, d'un air majestueusement prudhommesque, qu'il ne consentirait jamais à se faire présenter à ce vieux filou de père Ledru, mais que, trouvant ses bals fort beaux, il aimait à y aller et n'en manquait pas un.

Effectivement, il arrivait un peu tard, évitait soigneusement de rencontrer les maîtres de maison et s'amusait de tout son cœur, par cette raison toute simple, — expliquait-il, — qu'il pouvait se tenir plus mal que chez des gens de sa connaissance. Ces propos ayant été rapportés au père Ledru, il s'était promis de guetter l'insolent jusqu'à l'aurore, s'il le fallait.

Il n'attendit pas aussi longtemps, et, vers une heure, au moment où le petit de Chabanys, rose comme une pomme à cidre, l'œil humide et la bouche en cœur, posait un pied confiant sur son seuil, il le cueillit au passage.

D'abord un peu saisi, le jeune homme retrouva vite son étonnant aplomb et, M. Ledru lui demandant sévèrement :

— Qu'est-ce que vous venez faire ici?

Il répondit d'un air gracieux :

— M'amuser, j'espère!

— Monsieur! — s'écria le financier indigné et toujours majestueux, — on ne vient pas chez moi sans y être invité!

— Vous badinez!

— Je ne vous connais pas, moi!

— Eh bien! Monsieur, vous perdez beaucoup; je suis charmant, dans l'intimité surtout...

— Sortez! — cria le père Ledru exaspéré.

— Là, vrai, vous avez tort! — reprit le petit de Chabanys avec le tranquille entêtement des ivrognes, — je ne consomme pas et j'orne!...

Plusieurs personnes s'étaient approchées pour écouter; on riait. La grande silhouette du comte de Brixen se dessina dans l'encadrement de la baie qui conduit au salon japonais. Le petit de Chabanys l'aperçut.

— Monseigneur! — appela-t-il, — que Votre Altesse daigne intercéder, pour un fidèle compagnon de jeu, près de l'honorable président de *l'Alliance!*

D'Étiolle, pensant qu'il était temps d'intervenir, s'avança et, prenant Chabanys par le bras :

— Allons, viens! — dit-il impérieusement, — cette fumisterie a assez duré.

Et, l'emmenant, il fendit la foule, amassée autour d'eux.

M. Moray se faufila à leur suite, profitant du passage ouvert, inspecta rapidement l'escalier, descendit au vestibule, remonta, parcourut de nouveau tous les salons, redescendit encore et ne vit pas le domino flamme-de-punch.

Comme il remontait, définitivement cette fois, pour rendre compte de sa mission à Geneviève, il croisa La Réole, qui descendait.

— Est-ce que vous partez? — demanda M. Moray.

— Pas encore, mais je voudrais respirer si c'est

possible! Il fait là dedans une chaleur!... Et vous?... est-ce que vous arrivez?...

— Nous sommes là depuis une heure...

— J'ai eu le plaisir d'apercevoir madame Moray; je ne dis pas : de la saluer, car vous savez sans doute que...

— Oui... je sais... il y a une pique! Vous êtes probablement venu la voir un jour où elle avait ses nerfs...

Et, le souvenir de Josette le ramenant au domino, le comte ajouta :

— Dites donc, La Réole, vous n'auriez pas par hasard aperçu un domino flamme-de-punch?

— Si!... très grand, n'est-ce pas?

— Immense!... je le poursuis sans parvenir à l'atteindre... C'est le rassemblement causé par ce pochard de Chabanys qui me l'a fait manquer...

— Eh bien, je l'ai vu votre domino... j'ai même voulu le faire parler, mais ça n'a pas pris!... Qui est-ce?

— Si je le savais, je ne courrais pas après lui!

— Vous êtes dur!... Ce doit être une belle gaillarde, solidement charpentée, à en juger par ce qu'on devinait... Vous avez toujours aimé les grandes femmes?

— Il s'agit bien de ça! — dit M. Moray agacé. — Où est-il?

— Le domino?... Mais dans un des salons, je suppose...

Et voyant M. Moray s'éloigner, La Réole lui cria :

— Bonne chasse !

En se retournant, il se trouva nez à nez avec Lagardie, qui, d'un air étonné :

— Déjà revenu !... Eh bien, vous n'avez pas été long à vous glisser dans votre habit rouge, vous ?

— Moi ? — fit La Réole, jouant l'étonnement.

— Comme si je ne vous avais pas reconnu !... là, tout à l'heure... J'ai été retenu au journal horriblement tard, et, au moment où j'arrivais, je me suis heurté à un impétueux et impénétrable domino... Quand je dis : impénétrable, j'excepte les yeux sur lesquels j'ai failli m'emballer... Peste ! les jolies femmes doivent rudement vous les envier, ces yeux-là ! Par bonheur, j'ai reconnu à temps à qui ils appartenaient. En vous arrêtant, je vous aurais gêné, car vous sembliez pressé...

— Mais vous avez des hallucinations, mon cher Lagardie ; je suis arrivé ici à minuit et je n'ai pas bougé...

— Je suis trop discret pour insister — dit Lagardie se reculant pour laisser passer madame Moray, qui arrivait au bras du *comte* de Brixen.

En apercevant l'Altesse, Damartin abandonna sa rampe et s'écria plaisamment, se précipitant tête baissée dans le salon :

— A moi le tour !

— Il est mal élevé, mais drôle, ce marquis de Damartin, — dit le prince à Josette; — ne raconte-t-on pas qu'il veut épouser madame Haar?

— Oh! épouser, je ne crois pas, Monseigneur!

— Ah! c'est vrai! vous autres Français vous n'épousez que quand vous ne pouvez faire autrement.

— C'est que nous ne divorçons pas non plus comme vous, pour un oui ou pour un non, Monseigneur.

— Vous chassez demain avec nous, comtesse?...

— Demain?...

— Mais oui... Nous chassons chez vous. Le comte a organisé une battue à laquelle il a eu l'aimable pensée de m'inviter... et je comptais bien vous y voir...

— A une battue? jamais, Monseigneur! Je ne chasse pas à tir... Je ne savais même pas qu'on chassait demain.

— Mais oui, nous sommes très nombreux... On m'a nommé le baron Jassy, le comte Sinaï, M. Zutler, le prince de Kildare, M. Chatou, le marquis de La Réole, M. Ledru...

— Oh! — fit Josette surprise, — Votre Altesse royale va chasser avec ces gens-là?...

— Et pourquoi donc pas, comtesse?

— Mais... parce que ce sont des tripoteurs d'affaires... plus ou moins douteuses... des individus dont la situation sociale est... indécise...

— Oh! cela m'est égal!... Je rencontre souvent

moins bien que ceux-là... Oui... dans les tripots... J'aime beaucoup le jeu, comtesse, presque autant que la chasse, et j'ai pour principe de ne jamais regarder les mains qui tiennent les cartes... Ne comprenez-vous donc pas que l'on agisse ainsi?

—Non, Monseigneur,—répondit sincèrement Josette.

Le prince sourit.

— Oh! vraiment? On m'avait bien prévenu que vous êtes fort originale!

— Tiens! — fit la comtesse, surprise, — qui donc a parlé de moi à Votre Altesse?

— Un de vos meilleurs amis, qui est aussi un des miens, le vicomte de Lafère.

Josette entendit ce nom avec joie; elle attendait presque celui d'André, pensant que sa carrière avait pu le rapprocher du comte de Brixen. Tout heureuse de voir qu'il s'agissait de M. de Lafère, elle questionna.

— Où donc avez-vous connu Pierre, Monseigneur?

— J'ai voyagé avec lui aux Indes pendant un an; vous voyez qu'il est difficile de connaître davantage quelqu'un. Il était très triste à cette époque. Je me suis tout de suite attaché à le distraire, mais je n'ai pas réussi!... Il souffrait d'un mal profond... un chagrin d'amour!...

— Ah! — dit d'un ton indifférent Josette, dont le cœur se serra.

— Oui!... c'est un mal que vous ignorez, n'est-il pas vrai, comtesse?

— Et vous, Monseigneur?

— Moi aussi, je l'avoue; vous comprenez, — continua le prince d'un air bonhomme, — nous sommes des privilégiés, nous autres : sans être bien séduisants, nous obtenons toutes les faveurs souhaitées... Tout nous est trop facile, et cette excessive facilité a le très grand inconvénient de calmer nos désirs avant même qu'ils soient exaucés...

— Vraiment? — dit madame Moray, souriant, malgré elle, de la fatuité naïve avec laquelle le prince parlait de ses bonnes fortunes royales.

— Mais oui, — répondit-il. — Cela vous étonne, comtesse?

— Beaucoup, — dit Josette en riant.

— Dites moi, — reprit le comte de Brixen, — est-il donc vrai que cette grande femme blonde, costumée en Minerve, qui était près de vous tout à l'heure, ait épousé le marquis de Guibray?

— Oui, Monseigneur.

— Épousé... complètement... ou comme M. de Damartin épousera madame Haar?

— Tout ce qu'il y a de plus complètement...

— Oh! ce pauvre marquis! Il est venu chez nous autrefois, comme deuxième secrétaire à l'ambassade, et il était aimé de tous!...

— Pardon, Monseigneur, — dit Josette très intriguée, — mais tout à l'heure, Votre Altesse a paru surprise que M. de Guibray ait épousé sa femme, et maintenant encore vous venez de dire : « Pauvre marquis ! » Pourquoi donc cet étonnement et cette pitié?

— Oh! rien ! un souvenir!...

— Un souvenir... de Mercedès?

— Mercedès? — dit interrogativement le prince.

Josette se reprit :

— De madame de Guibray, veux-je dire...

— Ah ! — ricana le comte de Brixen, — elle s'appelle Mercedès, à présent? Au fait, je me souviens! C'est à Madrid qu'elle est allée habiter...

— Je vous en prie, Monseigneur, expliquez-vous plus clairement?

— Non, non. Vous questionnerez Lafère, il vous renseignera.

— Monseigneur, M. de Lafère a vu avant-hier madame de Guibray dans ma loge à l'Opéra. Il lui a rappelé qu'il l'avait autrefois rencontrée, mais elle ne s'est pas souvenue de lui.

— Parbleu! elle est très forte!

— Comme Votre Altesse, il a semblé surpris du mariage de M. de Guibray, mais sans vouloir s'expliquer davantage.

— Je le reconnais bien là, ce Lafère, toujours chevaleresque! Eh bien, moi, qui n'ai pas pour me taire les mêmes raisons que lui, je vais vous dire qui est cette belle madame de Guibray que tout le monde admire; car il est plus fâcheux pour vous, comtesse, de vous montrer à l'Opéra avec une telle femme, que pour moi de chasser avec des financiers tarés.

Madame de Guibray, née Annie Straubach, fut épousée par un brave garçon de vieille noblesse, officier dans notre garde et aide de camp de mon oncle, le grand-duc Herbert. Il rencontra cette fille, Dieu sait où, et l'épousa contre la volonté de sa famille.

Comme bien vous le pensez, il dut quitter l'armée, et se trouva, sans carrière et sans le sou, — car il n'avait pas reçu de dot, — avec une femme qui voulait le luxe à tout prix. Leur maison devint une maison de jeu, et ils gagnèrent quelque argent; mais ce fut même insuffisant pour payer les toilettes de la belle Annie.

Alors, elle avisa promptement au moyen de gagner davantage et reprit, pour son propre compte, le métier qu'elle avait fait jadis étant aux gages des autres. En apprenant cette nouvelle infamie, le mari se brûla la cervelle et Annie devint la femme à la mode, notre plus élégante horizontale... On dit ainsi en français, n'est-ce pas?

C'est à cette époque que j'envoyai Lafère chez elle, lorsque, au retour de l'Inde, il voulut bien s'arrêter quelque temps dans notre triste pays. Plus tard, j'appris qu'ayant amassé trois ou quatre cent mille francs (chez nous, c'est beaucoup pour ces demoiselles), Annie s'était, moyennant une forte somme, fait adopter par une vieille Espagnole de bonne maison et qu'elle avait été s'établir à Madrid comme « jeune fille » à marier...

— C'est effectivement en Espagne que M. de Guibray l'a épousée, — dit Josette stupéfaite.

— Pauvre Guibray! il ne se doute guère que sa femme est cette fameuse Annie dont il a tant entendu parler là-bas!...

— Mais c'est affreux!... — murmura Josette...

— Affreux, s'il apprenait la vérité, — reprit le comte de Brixen; — mais tant qu'il croit être le mari d'un ange, il est très heureux. Ces femmes-là ont souvent soif de vie honnête, et, quand elles ont de l'argent, elles peuvent s'accorder ce luxe-là; elles l'ont bien gagné, les malheureuses! J'ai cependant cru remarquer tout à l'heure, dans le jardin d'hiver, que madame de Guibray parlait d'un peu près à un beau garçon, fort élégant ma foi!

— André!... — dit machinalement Josette!...

— Pardon... vous disiez, comtesse?... — demanda le prince, n'ayant pas compris.

— Je disais que ce monsieur est M. de la Londe.

— Le diplomate?

— Précisément, Monseigneur.

— Ah! on le dit fort intelligent et en passe d'arriver à un poste élevé, — continua le prince; — il fera sagement de se garer d'Annie : elle est fatale! mademoiselle Ledru aussi doit être fatale! Elle me glace, malgré sa beauté!

Ils arrivaient près de Lafère, qui, debout dans l'embrasure d'une porte, regardait danser un menuet.

Le prince l'appela :

— Eh! Lafère! Voyez-le donc, comtesse, perché dans son coin comme un grand oiseau triste! Qu'est-ce qu'il attend?

— J'attends, — répondit le vicomte, — que madame Moray veuille bien me donner une valse; il est deux heures, et il me semble qu'à cette heure avancée un vieux comme moi peut valser.

— Tenez, — dit le prince, — je vous confie la comtesse, à condition que vous allez intercéder pour moi. J'ai une ridicule envie de danser un bout de cotillon, de le causer, plutôt... Obtenez que la comtesse m'accorde cette danse...

Josette ouvrait la bouche pour refuser : un regard de Pierre l'arrêta; elle répondit :

— Votre désir est un ordre, Monseigneur.

— Je ne l'entends pas ainsi, — fit gentiment le comte de Brixen; — je ne veux en rien contrarier vos projets, comtesse. Réfléchissez en valsant; pendant ce temps, je vais faire ma cour au baron Jassy; on dit que c'est une puissance avec laquelle il faudra prochainement compter.

L'orchestre jouait une valse moderne, étrange, saccadée, fatigante à suivre.

— Voulez-vous partir, malgré cette horrible musique? — demanda Pierre.

— Mais oui, — dit Josette, en riant, — si vous attendez qu'on joue *Indiana* ou *les Gardes de la reine*, Vous attendrez longtemps.

— C'est que je ne la trouve pas entraînante, cette musique de l'avenir! N'importe, essayons!

M. de Lafère est un excellent valseur et la comtesse éprouva un vrai plaisir à valser avec lui; il la reposait de ses danseurs ordinaires.

La jeune génération valse assez bien, mais pas « finement »; la génération précédente, celle des hommes de trente-cinq à quarante ans est, à ce point de vue, très supérieure.

Pierre glissait rapidement, sans secousses, évitant les chocs et les arrêts brusques, et Josette s'abandonnait confiante, suivant les mouvements, appuyant bien sa taille souple, contre le bras qui l'entourait.

Ils valsèrent longtemps; M. de Lafère n'avait jamais senti la jeune femme aussi à lui.

Il se laissait aller au bonheur de la serrer dans ses bras, oubliant qu'avec la valse ce bonheur allait finir.

— Ah! voilà une vraie valse! — dit Josette, lorsque, la musique cessant, ils furent forcés de s'arrêter

— Vous êtes fatiguée?

— Du tout!... Vous savez? je ne vous quitte plus!... Je suis trop contente de vous avoir trouvé...

— Et moi donc!

— Je ne croyais pas que vous iriez chez les Ledru?...

— Moi non plus! C'est le prince qui a demandé une invitation!... il tenait à m'avoir, ne sachant pas s'il rencontrerait des gens de connaissance...

— Ah! le fait est que vous détonnez joliment ici, tous les deux!... au milieu des rastaquouères, des financiers borgnes et de... A propos!... le prince m'a raconté l'histoire de madame de Guibray!

— Ah! ça ne m'étonne pas... il ne peut pas tenir sa langue!...

— Oh! — dit Josette, — je ne suis pas bavarde et d'ailleurs l'amitié que j'ai pour Guibray m'empêcherait de parler...

— Qu'est-ce qu'il vous a encore raconté, le prince?... Je parie qu'il vous a fait la cour?...

— Pas encore.

— Ça viendra!... Vous savez qu'il est très... redoutable?

— Je ne le redoute pas...

— Pourquoi?

— Parce qu'à présent, je ne redoute plus personne.

— Ah! vous êtes plus malade encore que je ne le croyais!

Josette entraînait Pierre vers le petit salon.

— Tournons à droite, voulez-vous? Je vois à deux pas ma tante de Jouan, et ça m'ennuie de lui dire bonsoir.

— Tiens! vous lui parlez donc?

— Il le faut bien! Je la rencontre partout. La situation était très gênante; lorsque nous nous trouvons nez à nez, je la salue et ça se borne là.

La baronne de Jouan, en domino, mais sans loup, était assise dans le grand salon Louis XV. Tous ceux qui entraient ou sortaient défilaient forcément devant elle. Elle examinait les physiques, détaillait les costumes, supputait les âges et les fortunes, et apprenait adroitement ce qu'elle a intérêt à savoir.

Elle causait pour l'instant avec le duc d'Étiolles, auquel elle faisait admirer les nombreuses perfections de mademoiselle Geneviève Ledru, qui, devant eux, dansait un quadrille.

— C'est tout à fait la femme qu'il vous faut! — disait madame de Jouan.

— Je ne trouve pas, — répondait d'Étiolles, accentuant en parlant le sifflement impertinent qui lui est familier; — mais, dans tous les cas, je ne serais pas du tout le mari qui lui convient...

— Et pourquoi donc cela?

— Parce qu'elle est trop riche pour qu'on me la donne, et trop mal née pour que je la demande...

Et, comme madame de Jouan faisait un mouvement de surprise, le duc reprit vivement :

— Entendons-nous : quand je dis mal née, je ne parle pas de l'origine ! J'épouserais, si ça me chantait, la fille d'un balayeur, à condition que ce balayeur fût un brave homme ; mais la fille du père Ledru... ah ! non !

Madame de Jouan se tut, et d'Étiolles, qui ignorait que la vieille femme fît métier de marier les gens, demanda naïvement :

— Mais quel intérêt avez-vous donc à me faire épouser cette jeune fille ?

— Aucun, — répondit madame de Jouan d'un ton pointu ; — je pensais vous rendre service, voilà tout.

Elle se leva d'un air de reine offensée et, acceptant le bras que le duc se crut obligé de lui offrir, alla rejoindre M. Ledru, qui prenait le frais dans le jardin d'hiver. En la voyant approcher flanquée du jeune homme, le visage blafard du père Ledru s'éclaira et, dès que d'Étiolles se fut éloigné, il lui dit d'un air triomphant :

— Eh bien ! ça mord ?

— Ah ! ouiche ! — répondit la baronne furieuse ; — il ne veut pas en entendre parler !

— Parce que ? — interrogea le père Ledru désappointé.

— Parce que, à ce qu'il dit, on n'épouse pas votre fille!

Le financier blêmit davantage encore.

— Il a dit ça? — grommela-t-il. — Eh bien! il me le payera....

Madame de Jouan voulut le calmer.

— Voyons, raisonnons paisiblement, — dit-elle d'un ton persuasif; — on trouvera un autre mari à Geneviève! Il n'y a pas que celui-là!... Tenez, que diriez-vous de M. de Luxeuil? Il est vicomte, et d'aussi vieille souche que les d'Étiolles... à peu de choses près...

— Peuh!... enfin, je ne dis pas absolument non... Nous verrons ça... Seulement, il est bien entendu que cela change totalement le taux auquel je dois rétribuer... vos bons procédés...

— Oh! — fit madame de Jouan, terrifiée, regardant anxieusement autour d'eux, pour voir si personne n'avait entendu.

M. Ledru fut trompé par cette exclamation; croyant qu'elle protestait, il reprit avec volubilité :

— Mais cela va sans dire!... Nous avons traité pour un duc très honorable et vous voulez me coller un vicomte qui ne l'est pas!... Allons donc! faut pas la faire à papa, celle-là!

Son teint s'allumait; son accent faubourien lui revenait par bouffées.

— Vous ferez ce que bon vous semblera, — dit madame de Jouan; — je ne me mêle plus de rien...

— Oh! madame la baronne; — supplia Ledru, devenant soudain obséquieux.

— Seulement, — continua-t-elle d'un ton incisif, — si j'ai un conseil à vous donner, c'est de vous dépêcher de marier votre fille; parce que, d'ici à peu de temps, elle pourrait bien n'être pas un très bon parti...

Puis, d'un air gracieux, elle se tourna vers un monsieur en costume sévère qui la saluait profondément, et ne daigna plus accorder à Ledru la moindre attention.

— Depuis quand donc êtes-vous de retour, mon cher Duplan?

— Depuis hier, Madame, — répondit le nouveau venu, restant gauchement planté devant elle, gêné par sa fraise trop raide et son pourpoint de velours noir trop étroit.

M. Hubert Duplan est un homme d'environ quarante-cinq ans, frais, joufflu, grassouillet et gonflé d'importance.

Fils d'un maquignon de la plaine de Caen, et, en dépit de cette origine, ne connaissant rien aux chevaux, le jeune Hubert abandonna la carrière paternelle et fut chercher fortune au loin. Successivement mineur au Pérou, colporteur, déchargeur de bateaux à New-York, il alla en dernier lieu s'échouer à Tunis, où il devint commissionnaire en marchandises.

Ayant, à défaut d'intelligence, une finesse normande et une ténacité que rien ne peut abattre, il fit rapidement fortune, et sut se rendre tout à fait indispensable au Bey. Chargé par lui des commissions les plus délicates et les plus imprévues, Duplan s'en acquitta fort bien, paraît-il, et fut nommé pacha en reconnaissance de ses bons et loyaux services.

Revenu en France depuis un an à peu près, possédant une dizaine de millions, qu'il n'a ostensiblement volés à personne, Hubert Duplan est dévoré du désir d'être reçu dans le *grand monde*, et surtout de s'y marier.

Il est juste de dire que ses idées sur le grand monde sont assez vagues, puisqu'il considère la maison du directeur de *l'Alliance universelle*, comme le rendez-vous de toutes les élégances.

S'il pouvait se faire inviter aux fêtes de la princesse de Gordes, joindre à ses nombreuses décorations la Légion d'honneur, et épouser une jeune fille de grande maison, il ne souhaiterait plus rien.

Vaniteux, ignorant comme pas un, sottement confiant en lui-même, et malgré tout bon garçon, Hubert Duplan (il tient beaucoup à son prénom d'Hubert, qu'il trouve très aristocratique) commet à chaque instant des maladresses stupéfiantes, sans se douter que ses élégants amis se moquent de lui. Dieu sait pourtant qu'ils ne s'en privent guère; ils sont une bande à laquelle il sert de cible; Lagardie et M. de Skaër surtout sont impitoyables, et M. Ledru lui-même le maltraite en acceptant avec empressement ses capitaux.

Duplan, sur lequel la baronne de Jouan a jeté son dévolu pour le marier, dès qu'il est apparu dans le monde, est touché jusqu'aux larmes de la bienveillance dont cette « grande dame » veut bien l'honorer, et le jour où la baronne lui présentera la carte à payer il sera froissé dans ses plus douces illusions.

— Vous arrivez de Nice? — demanda madame de Jouan.

Duplan s'apprêtait à répondre. Lagardie, qui s'aprochait suivi de M. de Skaër, ne lui en laissa pas le temps.

— Parbleu! Nice ne pouvait se passer de lui au moment du carnaval!... Il n'est question que de lui dans les récits des fêtes! Son yacht par-ci, ses fusils par-là!... Et ses chevaux! ses voitures!... Tout ce qu'il a, enfin! A la bataille de fleurs, on reconnaissait ses bouquets entre mille, tant ils étaient plus beaux que ceux des autres!

— Et il ne pouvait pas rester là-bas! il a fallu qu'il arrivât tout exprès pour nous éclipser ce soir! — dit M. de Skaër d'un ton sérieux.

Duplan protesta.

— Oh ! un costume tout simple !

Et il ajouta confidentiellement :

— Je vous avouerai même que je regrette de m'être costumé ; je vois qu'il est beaucoup plus comme il faut d'être en habit rouge ou en manteau vénitien...

— Eh bien, là, vrai, c'eût été dommage de ne pas mettre ce costume, — reprit Lagardie, l'examinant d'un air d'admiration. — Il est très réussi ! On voit qu'il doit être d'une exactitude !... De quelle époque est-il, au juste ?

— Je suis en amiral Coligny ! — déclara Duplan. — Au commencement, j'ai hésité.... Oui ! je ne pouvais me décider à représenter cet homme assassiné... je trouvais ça triste !...

— C'est demain, je parie, que vous allez nous sortir un joli costume pour chasser chez mon neveu, — dit l'oncle Jean ; — quelque chose d'épatant, hein ?... Vous savez, le comte de Brixen est de la battue ?...

— Vraiment ! — murmura Duplan saisi ; — vous me présenterez ?...

— Il y aura les Jassy, Sinaï, Zutler, le prince de Kildare, — dit M. de Skaër, continuant son énumération, pour éviter de répondre à la question posée.

— Ah ! le prince de Kildare ! J'ai précisément quelque chose à lui demander... Vous me présenterez, n'est-ce pas ?...

Lagardie éclata de rire ; cette phrase : « Vous me présenterez? » revient tellement souvent dans la conversation de Duplan, toujours désireux de faire ce qu'il appelle « des connaissances utiles », qu'elle est passée à l'état de scie dans un certain milieu.

Un peu déconcerté, le parvenu se retourna vers madame de Jouan.

— Imaginez-vous, madame la baronne, que j'ai pour cinq cent mille francs d'*Alliance*, et je pense qu'il serait peut-être prudent de vendre?

— Il n'est plus temps ! — répondit la vieille femme.

— Sapristi ! — s'écria Duplan; et tournant brusquement le dos à la baronne, il s'élança à la recherche de M. Ledru, pour lui demander des éclaircissements.

— Pauvre diable ! — dit Lagardie, le voyant arrêté par La Réole, — il va se *faire taper* d'une autre somme probablement.

Il était trois heures, la cohue diminuait un peu. Josette causait toujours avec M. de Lafère lorsque André s'approcha d'elle.

— Peut-on encore vous demander une valse?

— Non, je suis fatiguée, et, comme j'ai promis le cotillon, je me repose !

Instinctivement, sans bien se rendre compte de ce qu'elle éprouvait, elle refusait de danser avec M. de la Londe, tout simplement pour conserver la douce impression causée par la valse précédente.

— Je vais saluer madame de Villefranche, qui me regarde d'un air furibond, — dit M. de Lafère, cherchant un prétexte pour s'éloigner discrètement.

Josette allait le retenir, mais déjà André lui avait offert son bras.

— Voulez-vous au moins, à défaut de valse, m'accorder un instant de causerie? — demanda-t-il doucement. — Depuis plusieurs jours, je désire vous parler.

Et se dirigeant vers la serre déserte :

— Asseyons-nous là-bas... Nous serons mieux, loin de la foule?...

M. Moray venait à eux; il les croisa sans s'arrêter, leur lançant un singulier regard.

Quand ils furent passés, il fit un mouvement pour les suivre, puis s'arrêta inquiet, hésitant; à ce moment, M. Ledru lui posa la main sur l'épaule :

— Monseigneur veut vous parler, — dit-il, montrant le prince qui attendait à quelques pas.

Force fut à M. Moray, de se rendre à l'appel de l'Altesse.

Dans la serre, Josette s'était assise sur un fauteuil de bambou; André, attirant une pile de coussins, s'assit près d'elle.

— Qu'avez-vous donc de si important à me dire? — demanda insouciamment la jeune femme.

— Je veux avoir avec vous une explication franche.

— Ah bah !

— Ne soyez pas mauvaise... J'ai agi inconsciemment, poussé par je ne sais quelle invincible puissance... J'ai été fou...

— J'espère pour vous que vous l'êtes encore !... Écoutez, mon cher André, toute explication est pénible et inutile; je sais, je comprends sans que vous me l'expliquiez, ce qui s'est passé en vous...

— Mais...

— Vous avez cru m'aimer, jusqu'au jour où vous avez reconnu que je suis l'amie d'enfance, presque la sœur, tandis que madame de Guibray est *la femme*... Votre cœur se trompait, et je l'aidais à mon insu à faire fausse route; vous étiez toujours pour moi le prince Charmant de notre première entrevue; je m'abandonnais à cet amour de petite fille, sans penser qu'il existait d'autres amours.

— Josette !...

— Je vous ai dit ce que vous aviez à me dire, n'est-ce pas Oh ! ne protestez pas ! vous avez ouvert les yeux, et telle est l'entente qui règne entre nous, que les miens se sont ouverts aussi, presque à la même heure...

— Vous êtes adorablement bonne ?... Répétez-moi encore que vous me pardonnez... sans arrière-pensée...

— Je vous pardonne, sans arrière-pensée...

Josette disait vrai; elle pardonnait franchement à André; et là, seule près de lui, dans cette atmosphère chargée de parfums violents, elle n'éprouvait pas le plus léger trouble. Le cœur et les sens restaient froids; il lui semblait que le chagrin des jours passés était un mauvais rêve.

— A présent, que nous sommes redevenus bons amis, — dit-elle, — laissez-moi vous donner un conseil...

— Je vous en prie!

— Je puis, n'est-ce pas, vous parler sans ambages, puisque, grâce à vos maladresses successives, votre passion est connue de tout le monde?

— Mais....

— Prenez garde à Guibray!... Non seulement il adore sa femme, mais il a pour elle un culte presque religieux... Il sera terrible pour celui qui brisera son idole, lorsqu'il le découvrira...

— Ma chère, — dit tout à coup d'une voix railleuse M. Moray s'avançant dans l'allée, — je suis désolé de vous déranger, mais le cotillon commence et le prince vous cherche de tous côtés.

— Il cherche mal! — répondit Josette en souriant.

Et, se levant, elle rentra dans le salon, sans remarquer l'air sombre et préoccupé de son mari.

Après avoir vainement parcouru le bal sans retrouver sa danseuse, le comte de Brixen s'était résigné à l'attendre à la place choisie par lui, dans l'immense cercle de sièges destinés à asseoir les danseurs du cotillon.

M. Ledru aperçut le prince installé paisiblement sur un excellent fauteuil. Aussitôt, il s'élança radieux :

— Comment, Monseigneur? Votre Altesse va danser le cotillon?

— Si vous le permettez, monsieur Ledru...

— Oh! Monseigneur! mais c'est vous... c'est Votre Altesse, veux-je dire, qui va le conduire... avec ma fille. Elle sera bien heureuse de...

— Pardon, j'ai une danseuse, — dit froidement le prince.

M. Ledru protesta :

— Monseigneur... je ne souffrirai pas que...

— N'insistez pas, monsieur Ledru, — dit d'Étiolles — on ne propose pas de danseuse au prince, il choisit qui bon lui semble.

— Ah! — murmura le financier contrarié.

Et, s'éloignant, il grommela :

— Il est rudement malhonnête, étant chez moi, de ne pas choisir ma fille...

En voyant que la comtesse Moray dansait avec le prince royal, Geneviève Ledru fut profondément irritée et froissée dans son amour-propre de parvenue.

Elle conduisit avec Luxeuil le cotillon qui, d'ailleurs, ne fut ni long ni gai.

Le manque de jeunes filles attriste un bal, et, sauf la maîtresse de la maison, il n'y avait pas une seule jeune fille; dans ce monde irrégulier, les mères dissimulent leurs filles pour se rajeunir, ou du moins ne les amènent pas sur le théâtre de leurs succès. Le respect de l'enfant, sinon de soi-même, est un sentiment qui survit malgré tout dans les âmes les plus dépravées.

Madame de Villefranche ne conduit sa fille, élevée aux Oiseaux, que dans un monde irréprochable.

Madame de Jurieux a confié la sienne à sa mère, qui habite la campagne, et toutes les femmes de ce même milieu se gardent d'y produire leurs enfants.

Les quelques braves bourgeois qui n'ont pas tourné le dos à l'ex-notaire et vont chez lui par curiosité, pour y entrevoir ce qu'ils prennent pour *le monde élégant*, n'y amèneraient pour rien au monde leur progéniture.

Le reste des invités est un bizarre mélange d'artistes, de boursiers, agents d'affaires, Espagnols, Russes, Hongrois et Polonais, chez lesquels la *jeune fille*, la vraie, n'existe pas. Le Polonais domine chez le président de *l'Alliance universelle;* on y rencontre tant de comtesses polonaises et d'infortunés princes de même nationalité, opprimés, dépossédés, etc., etc., qu'on se demande, en voyant rouler ce flot, comment il reste encore des habitants dans le pays.

Après le cotillon, on soupait à de petites tables de deux et quatre couverts, mais Josette désira partir.

A son grand étonnement, M. Moray ne fit aucune objection, et, au lieu de rester comme elle s'y attendait, en disant de lui renvoyer la voiture, il se disposa à l'accompagner. Tandis que le comte saluait Geneviève, la jeune fille demanda rapidement, à voix basse:

— Vous ne savez rien ?

— Non... — répondit M. Moray; —

— Que complotez-vous donc là? — fit M. Ledru, s'approchant d'eux. — Allons, Geneviève, la comtesse attend... et ce cher Moray est obligé de se lever de bonne heure pour prendre le train demain matin...

— Mais vous aussi, j'espère? — dit M. Moray, redoutant que le financier ne fût retenu à Paris par la crainte d'un désastre quelconque.

La réponse de M. Ledru le rassura.

— Certainement, moi aussi!... je serai le premier arrivé à la gare du Nord. Vous verrez ça !

Pendant que le comte prenait congé de M. et de mademoiselle Ledru, Pierre de Lafère emballait Josette dans sa longue pelisse de velours gris-argent, doublé de renard bleu.

— Bonsoir! — dit-elle, en lui tendant la main.

Pierre prit la main de la jeune femme et la baisa, un peu plus longuement peut-être que ne le permet l'absolue correction. Josette ressentit une impression étrange. La chaleur de ce baiser la pénétra profondément ; elle frissonna, ferma les yeux à demi et, énervée, s'adressant à M. Moray, qui s'empressait de passer son pardessus :

— Allons, vite !... il y a très longtemps que j'attends !

— Vous n'êtes pas aimable pour M. de Lafère qui vous tenait compagnie ! — dit en riant M. Moray.

Josette descendait l'escalier, elle se retourna :

— Je l'aime trop pour être aimable pour lui !

Et, de l'éventail, elle adressa à Pierre, penché sur la rampe, un signe d'adieu.

Dès qu'ils furent montés en voiture, M. Moray dit à la comtesse :

— Ma chère Josette, j'ai une requête à vous adresser... J'espère que vous voudrez bien y faire droit...

— Quelle est cette requête ?

— Je serais très heureux de vous voir à la battue de demain ?

— Moi ?... — fit elle stupéfaite.

— Oui, vous !

— Mais vous n'y songez pas ?.... Vous savez bien que jamais...

— Jamais, c'est entendu... Mais demain ?

— Ce serait parfaitement ridicule ! Je ne chasse pas ordinairement, j'aurais l'air d'aller à cette battue pour le prince.

— Si cependant je vous priais... formellement de m'accompagner ? — dit le comte d'un ton sec.

Josette dressa brusquement l'oreille.

— Hein ?... Qu'est-ce que vous avez dit ?

— Je dis que j'ai demain une raison... sérieuse de désirer votre présence à cette chasse.

— Eh bien, dites quelle est cette raison, et, si elle est bonne...

— Permettez-moi d'être seul juge de cela.

— Permettez-moi, dans ce cas, de n'accorder aucune attention à ce caprice.

— Josette ! — s'écria M. Moray, — prenez garde !

— A quoi ? — demanda-t-elle tranquillement.

Le comte allait s'emporter oubliant son flegme de commande, mais il se contint ; il connaissait assez le caractère de Josette pour savoir qu'il n'obtiendrait rien d'elle. Il se tut et dit bonsoir à sa femme sans insister davantage.

Rentré chez lui, Paul Moray fut surpris de se sentir aussi préoccupé.

Les paroles du domino lui revenaient continuellement à l'esprit :

« Ta femme te trompe avec André. »

Ainsi, cette Josette en qui il avait eu toujours une absolue confiance, le trompait! Était-ce possible?

Cette découverte lui causait une vive humiliation plutôt qu'un chagrin réel.

M. Moray avait adoré sa femme, il ne l'avait jamais aimée; mais l'idée d'être un mari trompé le bouleversait.

En réfléchissant, il s'avoue qu'il a bien fait tout ce qu'il fallait pour en arriver là. Non seulement il a trompé Josette, mais il l'a abandonnée à elle-même. Il était facile de prévoir que l'isolement moral dans lequel elle vit dans ce milieu antipathique à sa nature et à ses goûts, finirait un jour par la lasser.

Elle s'était mariée confiante, aimante, mais voulant tout à elle l'affection à laquelle elle avait droit.

Plus tard, elle avait accepté bravement l'abandon absolu et, malgré le continuel affront infligé par la scandaleuse conduite de son mari, elle avait, par sa grande dignité de vie, fait respecter la maison qu'il ne respectait pas.

Il se montrait en public avec des filles, risquant de rencontrer sa femme à chaque instant, et lui imposait les étrangères et les déclassées, objets de ses caprices passagers.

Josette ne pouvait rien ignorer et elle pardonnait, ou du moins ne se plaignait jamais.

Il a été aveugle et fou! Elle se venge, c'était fatal!

Mais c'est surtout contre André qu'une sourde colère s'amasse dans l'âme de M. Moray. Lui ! un ami d'enfance ! Il a abusé de la confiance avec laquelle on lui ouvrait les portes à deux battants !

Car le domino a dit vrai : à l'instant le comte vient d'en acquérir la preuve ; Josette a formellement refusé de l'accompagner à cette battue, et pendant la soirée André s'est excusé de ne pouvoir y assister comme c'était convenu. Sans nul doute, ils comptent se voir aujourd'hui plus librement encore !... Et il ne peut pas les surveiller ! Il faut faire les honneurs de la chasse. Sans la présence du prince royal, il prierait M. de Skaër de le remplacer ; mais, à cause du prince, c'est impossible ! D'ailleurs, il ne veut pas s'abaisser à vérifier.

— Au fait, que fera-t-il ?

— S'il aborde franchement la question avec Josette, elle lui répondra en lui rappelant qu'au début de leur mariage, lorsqu'il voulait s'affranchir des conventions sociales, il lui a souvent répété :

« Que dans les ménages élégants on ne devait pas être *tout le temps sur le dos l'un de l'autre :*

» Qu'il était tout naturel que chacun vécût de son côté :

» Qu'elle avait grand tort de se choquer des irrégularités de vie de ses amies, » etc., etc., etc.

Il peut aussi se battre avec M. de la Londe, c'est-à-dire se couvrir de ridicule, en apprenant bruyamment à tout Paris que sa femme le trompe ; tandis qu'à l'heure présente quelques personnes seulement s'en doutent.

Il faut cependant qu'il se venge de cet homme qui lui a pris Josette !

Car depuis qu'il croit que sa femme est la maîtresse de M. de la Londe, une bouffée d'amour brutal lui monte au cerveau. Il revoit Josette, insolemment belle dans son costume de gitane, et il reconnaît que pas une des femmes qui étaient à cette fête ne peut lui être comparée.

Certes, Geneviève Ledru est jolie, mais pas comme Josette ! Pourquoi l'a-t-il délaissée ?

Et, cherchant à s'excuser :

André aussi la délaisse ! Ce soir il ne s'est occupé que de madame de Guibray...

Comment l'atteindre, lui ?

Comment se venger de l'injure qu'il lui a faite ?

En ce moment, le comte serait capable de tout pour nuire à M. de la Londe ; mais, son habileté bourgeoise reprenant le dessus, il comprend que, pour mieux arriver à son but, il doit paraître ignorer ce qu'on lui a fait découvrir ; il continuera donc à accueillir aimablement, comme par le passé, l'ami d'enfance de Josette ; si l'occasion de se venger ne se présente pas d'elle-même, il saura la faire naître.

Et, un peu calmé, M. Moray sonna son valet de chambre, qu'il avait d'abord renvoyé, prit une douche, jongla élégamment avec de mignons haltères, et s'étendit sur son lit en attendant l'heure du départ.

XI

Josette se leva à neuf heures et s'habilla pour monter à cheval.

En arrivant dans la cour, elle vit qu'un piqueur sortait de l'écurie Bacchus, un cheval de pur sang, récemment arrivé de l'entraînement, et qu'un accident de ferrure avait, pendant quelques jours, empêché de marcher.

— Ah! — dit madame Moray, — vous le promenez?

— Oui, madame la comtesse, il est tout à fait guéri et il fait une vie à tout démolir! depuis cinq jours, il n'est pas sorti!...

— Et bien, je vais le monter...

— Oh! il va être insupportable! il n'est déjà pas commode quand on le sort tous les jours!...

— N'importe, il m'amusera, au contraire... Seulement c'est vous qui m'accompagnerez...

Quelques instants plus tard, Josette sortait de l'hôtel sur Bacchus, qui, au pas, tirait déjà à lui arracher les bras.

La comtesse montait généralement seule avec un piqueur, quand son oncle de Skaër ne l'accompagnait pas.

Depuis longtemps elle ne sortait plus avec M. Moray. Lui, se promenait de préférence à quatre heures et aimait les nombreuses cavalcades, que Josette détestait.

La joie de Paul Moray était d'escorter au bois un escadron de Mexicaines bronzées ou de blondes misses, et si, par hasard, il montait le matin, c'était pour aller rejoindre à Madrid Fanny Kees, avec laquelle il déjeunait.

La comtesse n'avait fait que quelques pas, lorsque l'oncle Jean la rejoignit.

— Comment? tu n'es pas à la battue? — s'écria-t-elle très surprise.

— Non, — dit M. Skaër, un peu embarrassé, — j'irai rejoindre après le déjeuner... J'en aurai encore assez!... Tu sais, moi, je n'aime pas beaucoup les petites fêtes où il y a des têtes couronnées... Je trouve que ça jette un froid!...

— Mon pauvre Jean! avoue donc que tu es... commandé pour ce matin. Tu as bien tort de finasser avec moi, va!

— Eh! crois ce que tu voudras, tu m'ennuies.... Dis donc, il a l'air agréable à monter, Bacchus?

Effectivement, en approchant du rond-point de l'Étoile, le cheval, effrayé par les tramways, bondissait sur place, pointant et ruant alternativement, avec cette violence bête du cheval de pur-sang non dressé.

— C'est la faute de Toby, — dit Josette, — il s'est entêté à lui mettre une bride!... J'ai beau le prendre sur le filet, il sent le mors et ça le gêne, ce cheval!

— Si tu parviens à traverser la place, nous marcherons ferme dans l'avenue, ça le calmera.

Dès qu'ils eurent atteint l'allée des cavaliers ils trottèrent.

Bacchus tirait, mais pas assez pour que Josette, qui a d'excellents bras, ne pût l'empêcher de prendre le galop.

— Il va comme un vétéran de manège, — disait l'oncle Jean. — Tu montes décidément pas mal du tout!

Comme ils arrivaient à la porte Dauphine, un train passait en sifflant. Bacchus s'arrêta si court, qu'il eût lancé par-dessus ses oreilles quelqu'un de moins souple que Josette. Il resta un instant planté sur ses jambes raidies, tremblant, le cou tendu, les oreilles piquées, l'œil énorme, reniflant le vent.

— Bravo! — s'écria en riant l'oncle Jean — ne bouge pas! Tu as le bon chic d'un Crafty!... Enfoncé, Alfred de Dreux et ses chevaux en robinet de bain!... A la bonne heure! Voilà une vraie encolure!... Il a l'air d'avoir deux mètres des oreilles au garrot, ton cheval!

Josette riait aussi, lorsqu'un second coup de sifflet fit sortir Bacchus de son immobilité; il sauta hors de l'allée si rapidement, qu'un arroseur n'eut pas le temps de détourner son tuyau; le jet, frappant le cheval au poitrail, l'affola complètement; il fit deux bonds prodigieux et, baissant la tête, trop brutalement pour que Josette pût le reprendre, partit à fond de train dans la direction de Paris.

D'abord, la jeune femme le laissa filer, ne voulant pas lui échauffer la bouche et croyant qu'il prenait seulement son galop d'entraînement. Lorsqu'elle le sentit emballé pour tout de bon, elle essaya de l'arrêter, lui tordant la tête, mais il détala plus vite encore.

A la hauteur de la rue de Presbourg, il prit le milieu de l'avenue, courant droit sur l'Arc de Triomphe.

Au moment où il touchait les chaînes qui entourent le monument, Josette, sentant venir la chute, ferma les yeux pour ne pas voir contre quoi elle allait se briser.

Une terrible secousse la jeta en arrière, sans aucun mal et, toute surprise, elle regarda.

A sa droite, un homme, suspendu à la bride de Bacchus et arc-bouté contre son épaule, l'asseyait sur ses jarrets, quelque effort qu'il fît pour se dégager.

Josette sauta à terre et saisit la bride de l'autre côté.

Déjà la foule s'amassait. M. de Skaër, Pierre de Lafère et le piqueur avaient rejoint. Une masse de cavaliers amis ou inconnus, voyant la comtesse à pied et n'ayant pas assisté à « l'accident », s'empressaient pour savoir si elle n'avait pas de mal.

Un peu pâle, ravissante, moulée dans sa courte amazone sombre, Josette remerciait chaudement l'ouvrier qui avait arrêté son cheval.

— Sans vous, je me tuais probablement.

Puis, comme décontenancé, il cherchait à s'esquiver, elle le retint par le bras.

— Eh bien, vous n'allez pas partir comme ça?

Et, allant à M. de Skaër :

— Jean, — demanda-t-elle tout bas, — donne-moi de l'argent... beaucoup... ?

— Beaucoup!... Si tu crois que j'ai beaucoup d'argent, tu t'illusionnes... — murmura l'oncle Jean, qui porta la main à sa poche.

L'ouvrier, un grand garçon de trente-cinq ans, en bourgeron et petit chapeau mou, vit ce mouvement; sa bonne figure ouverte et intelligente se rembrunit; il rougit jusqu'aux cheveux.

Josette s'en aperçut; elle s'arrêta chagrine, interdite, ne sachant comment réparer sa maladresse; puis tout à coup, s'avançant vers l'ouvrier, sans se soucier de la foule qui l'entourait, elle lui tendit gentiment sa joue, en disant :

— Voulez-vous m'embrasser?

— Si j'veux? j' le crois!

D'un bon mouvement gauche et naïf, il s'essuya lentement la bouche du dos de la main et appliqua un gros baiser sonore sur le frais visage de la comtesse.

— Quel type que cette Josette! — dit l'oncle Jean à M. de Lafère. Puis s'adressant à sa nièce :

— Rentres-tu à pied ou veux-tu monter dans un fiacre?

— Comment rentrer?... Ce serait une jolie leçon pour Bacchus!... Je vais le remonter tout de suite, au contraire!

Et s'approchant du cheval encore tremblant, elle le caressa, lui parlant doucement.

— Tu es enragée! — dit M. de Skaër, l'aidant à remonter. — Du reste, tu as raison : une bête rentrée à l'écurie sur une pareille faute est une bête fichue!...

M. de Lafère vint s'aligner près de Josette, qui, en grande conversation avec l'ouvrier, lui faisait promettre d'amener ses enfants le jour même chez elle et lui donnait l'adresse.

— Je vois que vous êtes toujours aussi imprudente? — dit-il d'un ton de reproche.

— Tiens! vous êtes là? — fit madame Moray toute contente; — je ne vous avais pas vu!

— Il est pourtant là depuis le commencement, — affirma l'oncle Jean; — il montait l'avenue quand tu la descendais d'un si joli train.

Et, regardant Bacchus avec cette tendresse de l'amateur qui pardonne tout à un bon cheval :

— Car il a du train, l'animal! Je ne sais pas pourquoi ton mari prétend qu'il n'est bon à rien! Il fait une vraie boulette en le retirant de l'entraînement... Dis-moi, as-tu eu peur?

— Dame! oui. Mais seulement en arrivant sur... l'obstacle; jamais l'Arc de Triomphe ne m'avait paru aussi grandiose!

— C'est égal, tu as repris tes couleurs; tu es fraîche comme un camélia rose!... Ce n'est pas comme ce pauvre Pierre... il est livide!... regardez-le!...

— C'est que j'ai été bouleversé, — dit M. de Lafère. — Toi aussi, d'ailleurs.

M. de Skaër ne répondit rien; il était visiblement

préoccupé et se retournait à chaque pas, regardant derrière lui dans l'avenue.

Josette se mit à rire.

— Tu es inquiet ?... Le fait est que, si tu avais manqué inutilement la battue, ce serait ennuyeux !

La princesse de Gordes les croisait, adressant à madame Moray un gai bonjour. Pierre de Lafère salua, tandis que l'oncle Jean s'absorbait dans la contemplation de la villa Saïd.

— Tiens ! — demanda Josette, — est-ce que vous êtes en froid, madame de Gordes et toi ?...

— Nous sommes plus qu'en froid...

— Ah bah ! vous étiez si bons amis ? Qu'est-ce qu'elle t'a fait ?

— Ce qu'elle m'a fait ?... Je vais vous le dire, car c'est renversant !...

» Il y a quinze jours, elle m'invite à dîner pour dimanche dernier ; j'accepte. Ses dîners sont exquis, son hospitalité tout écossaise, et on ne s'embête jamais chez elle. Dimanche matin, je reçois un petit mot sur une carte moyen-âge, parfumée à faire éternuer ; je lis difficilement ce mot, grâce à un immense lion passant, qui couvrait aux trois quarts la carte, mais enfin je parviens à comprendre qu'elle me prie de passer chez elle avant deux heures ; elle a quelque chose à me demander...

— Ah ! — dit Josette intéressée.

— Non... ce n'est pas ce que tu crois...

— Mais je ne crois rien...

— Eh bien, moi, je croyais; parce que d'ordinaire, quand la princesse dit à un homme, qui n'est pas encore croulant, qu'elle a quelque chose à lui demander, il peut, sans fatuité exagérée...

— Voyons, Jean !... — dit Josette grondeuse.

— Demande à Lafère si la... bienveillance de la princesse n'est pas un fait acquis à l'histoire contemporaine. Enfin, moi, à tort ou à raison, j'entrevois une aventure tout ce qu'il y a de plus dix-huitième siècle, et je me précipite avenue Montaigne avant d'aller aux courses...

» On m'introduit dans le petit salon où j'attends, plus ému que vous ne le supposez... Ma foi, oui !... je la trouve très... émotionnante, la princesse, et je suis un des rares habitués qui...

— Jean... je t'en prie !

— C'est bien. Je glisse sur mes impressions personnelles, puisqu'elles ne semblent pas t'intéresser. — Donc, la princesse paraît; mais pas du tout telle que je l'attendais! Pas de peignoir écumeux et embaumé; pas de toilette d'intérieur conquérante et coquette! Au contraire, une femme sanglée dans un costume Henri II, à plis secs et cassants, qui craquent à chaque mouvement; au haut des manches, des bourrelets plaçant les épaules presque sur la ligne des oreilles; une fraise raide, dont la vue produit la sensation d'une éraflure; un chapeau empanaché et des gants!... Brr!...

» J'étais très refroidi; néanmoins je veux lui baiser la main, et pour ce, je renverse la manchette du gant, afin de trouver une petite place de peau, ... tu sais?... Ah! bien oui!... elle se laisse faire avec impatience, m'indique un fauteuil et me dit:

« Mon cher Skaër, je vous demande pardon de vous avoir ainsi dérangé, mais ce que j'ai à vous demander ne souffrait pas de retard. »

» Je commence à protester de mon entier dévouement; alors, elle me regarde d'un air narquois et me défile sa petite histoire.

» Il s'agit de ne pas venir dîner chez elle le soir comme elle m'y a convié... Elle a, n'étant pas au courant des potins, invité madame de Villefranche; or, tout le monde sait, paraît-il, que je suis au mieux avec elle et je dois comprendre que la princesse, dans sa situation, est obligée à certains ménagements... Qu'est-ce que vous dites de ça?

— Et toi, qu'est-ce que tu as dit?

— Je lui ai affirmé qu'elle pouvait être tranquille et que, ni ce soir ni jamais, je ne *refourrerais les pinces chez elle*. Faut-il qu'elle soit méchante, hein? Pourquoi me faire cette ridicule sortie?

— Parce qu'elle n'aime pas qu'on s'amuse sans

elle, et que madame de Villefranche, les Jurieux, madame Haar, les Jassy, Damartin, toi et quelques autres, vous formez une bande joyeuse, dont les ébats la gênent.

— Peut-être aussi est-elle jalouse? — dit M. de Lafère.

— Jalouse? — s'écria l'oncle Jean, stupéfait de bonne foi.

— Eh! oui, jalouse. Avec tout ton aplomb, tu manques totalement d'outrecuidance et tu as fort bien pu ne pas voir que madame de Gordes jetait inutilement de doux regards sur toi...

— Tu es trop bon...

— Tu sais que tu peux t'en aller quand tu voudras?... — dit Josette, montrant de l'œil madame de Villefranche qui, accompagnée d'une véritable suite, venait d'apparaître dans l'allée.

— Je surveillerai ta nièce, — promit Pierre en souriant; — tu peux me la confier : j'empêcherai les imprudences.

— Je n'en doute pas... Mais c'est que tu ignores les caprices de Josette : elle ne permet à personne de l'escorter quand elle n'est pas avec son mari ou avec moi.

— Je ferai une exception pour Pierre, — dit vivement la comtesse — il n'est pas un étranger, lui!...

— Mais, — fit l'oncle Jean très surpris, — tu n'as

jamais voulu monter avec André, qui n'est pas non plus un étranger, je présume !

Et, sans voir le trouble de sa nièce, il reprit :

— Voilà qui est flatteur pour toi, Pierre !

— Crois-tu ? — répondit M. de Lafère, qui sourit tristement.

Pressé de s'en aller, l'oncle Jean prit le trot, envoyant de la main un adieu amical.

— Vraiment, cela ne vous contrarie pas que je vous accompagne ? — demanda M. de Lafère à la comtesse.

— Cela me fait au contraire un grand plaisir.

Et elle commença à babiller gaiement, rappelant les excursions d'autrefois, les galops interminables à travers les grandes landes, les chasses accidentées, les noms des piqueux et des chiens.

— A la bonne heure ! Là-bas, on pouvait marcher, tandis qu'ici c'est une bousculade !

L'allée s'encombrait effectivement de plus en plus.

Le murmure monotone et régulier des voix, accompagné par le bruit du piétinement des chevaux sur le sol mou, s'élevait peu à peu, devenant véritablement agaçant.

Çà et là, une phrase nette se détachait du bruissement confus, lancée au passage par les cavaliers qui se croisaient sans s'arrêter, s'interpellant, et se parlant retournés sur leurs selles.

« A tout à l'heure !

— Oui... je finirai par le tour des obstacles...

— C'est un nouveau cheval?

— Non... un vieux!... il arrive de la campagne! ça l'a retapé... faut pas le dire!...

— Je lâche l'allée!... il n'y a plus moyen de circuler... Venez-vous?...

— Impossible!... je file. Il faut que je sois à Dupleix, à la demie...

— Si nous suivions le bon conseil de l'officier qui lâche l'allée? — proposa Josette. — Allons dans la partie abandonnée, le long de la piste d'Auteuil... Nous aurons le soleil et nous ne serons pas dérangés à chaque instant... Tenez, nous pouvons couper par ici, c'est plus court.

Et, tournant à la route des Lacs, elle prit une petite allée déserte.

— N'est-ce pas qu'on est mieux ici? — demanda-t-elle interrogeant Pierre; — il n'y a pas un chat!

Au moment où elle disait : « Il n'y a pas un chat », madame de Guibray parut, venant au-devant d'eux. A sa droite marchait Luxeuil : son mari et M. de la Londe suivaient. Elle allait s'arrêter en apercevant Josette; mais la comtesse coupa le mouvement n'ayant pas l'air de le voir, et passa en disant :

« Bonjour!... Ça va bien depuis ce matin?

— Très bien! — répondit madame de Guibray d'un ton sec.

Et s'adressant à Luxeuil, assez haut pour être entendue de tous :

— Oh! oh! voilà du nouveau!

Puis, se retournant, elle regarda avec insistance la comtesse et M. de Lafère...

Pierre pâlit de colère. Josette haussa les épaules.

— *Du nouveau*, c'est vous! — dit-elle en riant.

M. de Lafère ne riait pas. L'insinuation venant de cette femme, l'avait exaspéré et, sans rien dire, il mâchonnait furieusement sa moustache.

— Savez-vous que vous avez l'air très, très méchant? — reprit gaiement la comtesse, qui, pour la première fois de sa vie, regardait avec attention son camarade d'autrefois.

Le vicomte de Lafère est trop grand et a les traits trop accentués; ses cheveux, d'un brun doré, onduleraient s'il ne les coupait très court. Le visage est hâlé par l'air de la mer et le soleil des pays chauds, à l'exception du front lisse et blanc, coupé d'une grande ride, visible seulement aux instants de contrariété ou de colère. Les yeux d'un gris velouté, pailleté d'or, surmontés de sourcils droits très rapprochés à la racine du nez, ont un regard profondément intelligent, tendre et bon, mais traversé parfois d'un éclair de dureté. La bouche grande, aux lèvres charnues, habituellement sérieuse, a dans le sourire un charme infini. Les dents fines, courtes et blanches, apparaissent éclatantes sous une moustache rousse et ébouriffée.

Les mains sont superbes, les pieds très petits.

Chose rare chez les hommes trop grands, M. de Lafère a une tournure d'une élégance extrême.

— Allons, — dit Josette lorsqu'elle eut terminé son examen, — ne prenez pas ainsi une figure de croquemitaine!.... madame de Guibray a fait une réflexion déplacée, je le reconnais. Mais c'est fini,.... N'y pensez plus.

— J'y pense, au contraire, et je me sens une prodigieuse envie de raconter à quelques bonnes langues l'histoire de cette austère personne.

— Vous ne ferez pas ça!... Et Guibray?

— C'est vrai!... Ce pauvre diable!... Bast! sans que je m'en mêle, tout se découvrira un jour ou l'autre. Il suffit pour cela que le comte de Brixen recommence le récit qu'il vous a fait hier soir, en présence de gens moins discrets que vous, le petit Lagardie, par exemple!

— Je l'ai trouvé très aimable, le comte de Brixen...

— Il l'est pour qui lui plaît!... La politesse banale des souverains n'est pas du tout son fait... Mais vous l'avez charmé comme les autres...

Et brusquement :

— C'est vrai, dites, que vous vous souvenez encore de la Bretagne et des amis que vous y avez laissés?

— Je me souviens d'eux d'autant mieux qu'ils sont mes seuls amis...

Et, voyant l'air surpris de M. de Lafère :

— Mais oui... Votre mère, mon tuteur, vous..... et c'est tout!...

— Mais ici?...

— Ici?.. il... reste M. Jost et ma belle-mère... Oui! ma belle-mère!... Cela vous étonne, n'est-ce pas?... Il est si peu accepté qu'une belle-mère et une belle-fille vivent en bonne intelligence... Eh bien! madame Moray et moi, nous nous aimons tendrement; je crois que, si j'étais vraiment sa fille, l'affection qu'elle a pour moi serait la même.

— Enfin, êtes-vous heureuse?

— Autant qu'on peut l'être quand on a passé à côté du bonheur, — répondit simplement Josette.

La physionomie de Pierre s'attrista; il pensa que la comtesse faisait allusion à André et qu'elle le regrettait toujours.

— Oui, — reprit Josette, abattant nerveusement de son petit bâton de frêne brut cerclé d'argent, les branches sèches qui avançaient dans l'allée, sortant du taillis; — oui, je n'ai pas su diriger ma vie. Je suis, dans certains cas, positive et pratique, et stupidement rêveuse dans d'autres... J'ai aimé, sans raison, quelqu'un qui ne m'aimait pas, et je me suis entêtée dans cet amour ridicule, sans même voir ce qui se passait autour de moi...

» Puis comme il faut, en France, qu'à tout prix une

femme se marie, j'ai épousé sans entrain, comme aussi sans regret, quelqu'un qui ne m'inspirait ni passion ni éloignement. Plus tard, le mariage ne m'ayant donné ni jouissances vives, ni chagrins profonds, je suis retournée vers le rêve qui, cette fois, venait au-devant moi... Je puis parler de cela maintenant que c'est bien fini....

— Fini? — interrogea Pierre anxieux, — en êtes-vous sûre?

— Oui, — affirma Josette, — j'ai eu du chagrin d'abord... Oh! beaucoup!... le désespoir d'un enfant auquel un autre arrache son jouet... Puis une rage sourde contre cet autre et contre le jouet qui s'est laissé arracher... La crise finie, j'ai songé au passé avec regret, avec étonnement et enfin avec une sorte de honte, jusqu'au moment, très prochain, où je n'y penserai plus du tout...

— Je suis heureux de vous entendre parler ainsi; je souffrais tant de vous savoir malheureuse!

— Mon pauvre Pierre!... Vous êtes meilleur que moi!... Je n'ai rien deviné autrefois, ni votre affection si vraie, ni le motif de votre départ, au moment de mon mariage! Ce n'est qu'en vous retrouvant, il y a huit jours, si dévoué et si bon, que j'ai compris où était le bonheur!...

M. de Lafère, les yeux brillants de joie, regardait Josette.

— Alors, — dit-il d'une voix tremblante, — je ne vous faisais pas horreur?

Elle éclata de rire.

— Horreur? Et pourquoi? Est-ce que j'étais avec vous de façon à vous donner cette idée sangrenue?

— Non... c'est-à-dire si... Vous vous moquiez toujours de moi... je croyais que vous me trouviez repoussant...

— Parce que je riais de vos grands bras, de vos longues jambes et de votre air sérieux?...

— Vous me compariez à Don Quichotte...

— Justement... vos jambes...

— Vous disiez qu'il y avait dans la salle de billard de Skaër, un portrait de Cyrano de Bergerac qui me ressemblait...

— C'est vrai!... le nez!...

— C'est bien ce que je disais... vous me trouviez affreux, — murmura Pierre.

— Affreux, c'est convenu!... Parlons d'autre chose... Vous n'allez plus voyager, j'espère?

— Si... peut-être... Dans tous les cas, j'ai promis à ma mère six mois entiers, que je vais lui donner...

— Alors vous irez à Kerhoët cet été?

— Certainement. Ma mère arrive dans quelques jours et nous partirons ensemble à la fin de mai.

— Eh bien, moi aussi, j'irai passer tout l'été en Bretagne! Je supprimerai Deauville et Biarritz...

— Vrai?

— Mais oui... Cela vous étonne?

— Un peu... Il me semble impossible que vous restiez longtemps à Skaër... vous, si mondaine...

— Encore!... Ah! décidément vous y tenez!... Je vous assure que je n'aime pas le monde et qu'il me rend la pareille... Mais nous bavardons là... Quelle heure est-il?.... Je ne veux pas faire attendre ma belle-mère...

Ils arrivaient à l'entrée de l'avenue; elle allait partir bon train, mais Pierre l'arrêta :

— Doucement, s'il vous plait! Je suis responsable de vous; j'ai garanti à Jean que je vous ramènerais sans accident.

La comtesse désigna légèrement du bout de son stick, un groupe de cavaliers qui descendaient l'avenue devant eux.

— Le voilà, Jean!... Il est amoureux comme un collégien... C'est très drôle!... Il couve des yeux madame de Villefranche et ne lui permet pas le plus innocent flirtage.

— Il est dur pour les habitués des Poteaux, car ce flirtage était une des grandes attractions de la promenade du matin.

— Oui... elle n'est pas... sauvage, madame de Villefranche; mais elle est très bonne femme, elle! et ne cherche pas à poser pour l'austérité.

— Avouez, — dit en riant M. de Lafère, — que ça lui serait difficile.

Josette, distraite, regardait l'avenue ensoleillée. Des nuées d'officiers passaient à fond de train, lançant des plaques de sable aux cavaliers paisibles. Des bébés graves, l'air important, descendaient vers Paris sous la conduite d'un vieux piqueur ; les petites filles, plus volontaires, cherchant à bousculer et dépasser les garçons, allongeant tant qu'elles pouvaient le train de leurs poneys. Puis des femmes correctes et sanglées, parmi lesquelles madame de Guibray, l'air chaste, impassible et froid, suivie de son mari et de M. de la Londe, tous deux également en adoration devant elle, ne la quittant pas du regard et s'épiant jalousement à la dérobée.

Au milieu de l'avenue, des voitures élégantes et coquettes, la plupart conduites par des femmes, quelques-unes longeant le bord de l'allée pour se rapprocher des cavaliers.

Le côté des piétons, peuplé d'enfants, de femmes de jeunes filles, de chiens pomponnés, frisés au petit fer ou habillés de paletots. Les grandes ombrelles rouges apparaissaient déjà, malgré les fourrures, protégeant les teints délicats contre le dur soleil de mars. C'était un riant coup d'œil, tout plein de notes gaies et d'un joli mouvement de vie élégante.

— A quoi pensez-vous? — demanda Pierre, voyant la comtesse songeuse.

— Je pense que si, à présent, j'étais emballée, j'aurais beaucoup plus peur.

— Pourquoi donc?

— Parce que, pour l'instant, je trouve très bon de vivre.

— Et ce matin?

— Ça m'était égal!... je craignais de me faire mal en tombant, mais pas du tout de mourir...

En effet, Josette était heureuse de vivre, et elle eut, en déjeunant en tête-à-tête avec sa belle-mère, des accès de folle gaieté qui stupéfièrent madame Moray.

XII

A la gare du Nord, les chasseurs s'étaient retrouvés à l'heure dite, à l'exception de la Vieille-Rognure, arrivé, selon son habitude, tellement en retard, qu'on avait été obligé de le hisser dans le train déjà en marche, malgré les protestations des employés.

Les invités de M. Moray remplissaient deux compartiments.

Duplan avait amené un valet de chambre et un chien ! On lui persuada difficilement de se séparer du valet de chambre ; mais, quant au chien, un superbe retriever irlandais orange, aux longues oreilles tombantes, à l'œil doux, il fut impossible de le décider à le quitter.

En vain M. Moray chercha à lui démontrer qu'un chien était inutile en battue, il ne voulut rien entendre; il avait payé son rétriever un prix fabuleux et tenait à l'*étrenner* en belle compagnie! Il le fit donc, bon gré, mal gré, monter avec lui dans le compartiment. Le comte de Brixen, qui s'amusait beaucoup de ce type de parvenu orgueilleux et naïf, insista pour qu'on gardât le chien. L'ex-commissionnaire en marchandises lui exprima sa reconnaissance de ce bon procédé, avec cette gaucherie ample qui réjouit si fort Lagardie; puis, profitant de la bienveillance du prince, il lui fit admirer une à une toutes les beautés du chien :

« Il avait des yeux d'homme! et puis, monseigneur n'avait peut-être pas remarqué qu'on lui voyait la chair aux tempes, très grande preuve de race!... les chiens de pur sang sont seuls chauves aux tempes... Du reste il avait les papiers... les ancêtres d'*Eros* étaient inscrits au *Kennel stud-book!...* »

— Tiens! — s'écria tout à coup La Réole, interrompant l'énumération de Duplan et s'adressant à M. Moray, — où donc est La Londe? je ne l'ai pas vu...

— Il n'est pas venu, — répondit brièvement le comte, — il m'avait prévenu hier soir qu'il serait retenu à Paris.

— Il n'ose quitter *l'objet aimé!* — dit Damartin de sa voix la plus pointue.

Et, comme M. Moray, ne pensant qu'à Josette, faisait un mouvement involontaire, la Vieille-Rognure reprit :

— Ça vous étonne?... Vous êtes encore de ceux qui gobent la vertu de la belle Mercédès, vous?

— Ah! la marquise de Guibray a une réputation de vertu? — demanda le prince royal, qui caressait doucement les jolies oreilles d'Eros.

— Oui, Monseigneur, madame de Guibray passe pour... invulnérable, — répondit Lagardie.

La Vieille-Rognure protesta.

— Invulnérable?... En voilà une sévère!... Monseigneur, ceux qui disent ça n'ont pas regardé madame de Guibray !... J'appelle sur ses narines l'attention de Votre Altesse!... Des narines roses, mobiles, fureuses, à la barbe du profil grec qui n'en peut mais!... Si ce sont là des narines vertueuses, je veux bien l'aller dire nu-pieds à Rome !...

— Oh ! moi, je vous crois sans peine, — affirma le comte de Brixen, si nettement que Lagardie le regarda surpris.

La Réole revint à la charge.

— Eh bien, moi, qui ne crois pas beaucoup à la vertu...

— Il est payé pour ça ! — marmotta la Vieille-Rognure entre ses dents.

Sans prendre garde à cette demi-interruption, La Réole continua :

— Je suis convaincu que madame de Guibray est irréprochable, du moins en ce qui concerne La Londe; si la passion qu'il affecte était sincère, il ne l'afficherait pas ainsi... La marquise lui sert tout simplement de paratonnerre!... Et les plus malins n'y voient que du feu!...

M. Moray regarda attentivement La Réole, puis d'un ton enjoué :

— C'est bizarre! Cette nuit, au bal, j'ai causé avec un domino inconnu qui pense comme vous... ou à peu près... Un domino flamme-de-punch que...

— Flamme-de-punch! — s'écria le père Ledru, qui, depuis le départ, n'avait pas ouvert la bouche. — Vous l'avez vu!... Ah! bien, ma fille me l'a assez fait chercher, ce satané domino!... Je ne sais pas ce qu'elle lui voulait...

— Je l'ai vu aussi, moi, — dit Damartin. — J'ai même remarqué ses yeux... quand il montait l'escalier... Mâtin! quels yeux!...

Lagardie se mit à jouer d'un air indifférent avec la bretelle de la portière, pensant à part lui :

— Quelle *crasse* médite-t-il donc, et à qui en a-t-il?... Pourquoi est-il venu en domino chez le père Ledru?... Ce n est pas uniquement pour intriguer Moray, je présume? Et mademoiselle Geneviève qui voulait aussi retrouver ce domino?... Pourquoi?...

Tandis qu'il se creusait la tête pour deviner dans

quel but La Réole tenait à dissimuler sa présence au bal, à un certain moment de la nuit, la Vieille-Rognure qui ne peut rester cinq minutes sans taquiner quelqu'un, prit le parti de s'attaquer à M. Ledru.

— Vous semblez soucieux, mon cher monsieur Ledru. Rien de fâcheux ne motive ce souci, j'espère?...

— Non... Je suis un peu fatigué... Je n'ai dormi que deux heures! — répondit le financier, cherchant à détendre sa physionomie préoccupée.

— C'est vrai!... nous vous avons encombré de nos personnes jusqu'au jour... Nous ne pouvions nous dédécider à partir!...

— Le souper était tellement bon! — dit Duplan, dont la face goulue s'éclaira au souvenir du pâté de foie gras, des truffes et du champagne si copieusement absorbés pendant la nuit.

Cet homme, riche à millions, ne pouvait se mettre au diapason de la fortune. Assez adroit pour acquérir, il était incapable de bien jouir de ce qu'il avait acquis. Il conservait les mêmes appétits qu'au temps où il crevait de faim, et abusait de tout aujourd'hui, pour se *refaire*.

Il se *gavait* de femmes, de nourriture, de plaisirs, comme si sa fortune devait lui échapper et qu'il fallût jouir à la hâte de tout à la fois.

— Sommes-nous encore loin de Nanteuil? — demanda-t-il à M. Moray.

Et, sans attendre sa réponse :

— Sont-elles *conséquentes*, vos chasses?

Lagardie, riant de tout son cœur, le renseigna.

— Mais oui, assez *conséquentes* : 300 hectares de bois entourés de murs... C'est coquet!

— Oh!... — fit Duplan avec admiration, — entourés de murs?

— Dame! si le bois n'était pas clos, nous n'y chasserions pas à cette époque-ci...

— C'est vrai, — reprit Duplan pétrifié d'admiration, — je ne pensais pas à la fermeture... Et, dites-moi, mon cher comte, ça vous a-t-il coûté bien cher?

— Quoi?

— Vos murs?

— Ce n'est pas moi qui les ai fait construire... Ces bois appartenaient à ma femme, dont le père était très chasseur.

— Ah! — exclama Duplan étonné, — madame la comtesse est riche aussi?... Bigre! vous pouvez vous flatter d'en avoir une, de veine!

M. Moray ne put s'empêcher de rire; Lagardie se roulait, répétant :

— Non!... il n'y en a pas un pareil! bien sûr!...

Duplan sentit qu'il avait dit une bêtise; il voulut se rattraper.

— Madame la comtesse Moray est si belle, que je supposais que vous aviez fait un mariage d'amour...

— Je n'ai pas même ce mérite, monsieur Duplan.

— Fichtre! — murmura le parvenu, — une femme riche, belle à miracle et de grande famille!... Oui... la comtesse a un ancêtre qui était Templier!... J'ai vu le portrait chez vous!... et c'est ça qui vous a une mine, un portrait de famille Templier... avec le grand manteau blanc et la croix dessus!... Voilà ce qu'il me faudrait!... Mais je n'aurai jamais la veine de trouver quelque chose dans ce goût-là!...

Le prince royal riait aussi; tout le monde écoutait Duplan, qui continua :

— Après ça vous étiez peut-être plus joli garçon que moi, et vous aviez un titre, vous!

M. Moray rougit imperceptiblement.

— Oui, — reprit le parvenu, sans se douter que cette fois il pataugeait ferme, — mon physique est comme il est, je ne peux pas le changer; mais si je pouvais seulement être comte?... Non... voyez-vous, je donnerais tout de suite un million pour ça!... Sans regret!...

— Ce serait beaucoup, — murmura la Vieille-Rognure. — D'ailleurs, moi, à votre place, j'aimerais mieux être baron... M. Poirier lui-même se serait contenté de ce titre!... Le baron Duplan!... Voyez comme ça sonne bien?

— Oui, mais c'est moins que comte?...

— Précisément! On n'a pas l'air d'avoir choisi!

— Vous avez peut-être raison, — répondit le parvenu.

Et, s'adressant à M. Ledru, toujours sombre et préoccupé, isolé dans son coin :

— Dites donc, monsieur Ledru, à propos de titres, le prince de Kildare ne vient donc pas?

— Apparemment! — répondit le financier d'un ton bourru.

— C'est amusant! Moi qui ai déjà été à votre bal dans l'espoir de le rencontrer!

— Vous avez envie de le voir?

— De le voir, oui... si on veut! C'est pas pour savoir comment il a le nez fait, bien sûr! Mais je veux lui parler d'affaires! parce qu'on dit que, lui, c'est un brave homme! — répondit tout bonnement le gros Duplan, sans aucune intention impertinente.

M. Ledru devint verdâtre, et il allait riposter violemment, lorsque, le train s'arrêtant, on cria :

— Nanteuil-le-Haudoin!

— Nous sommes arrivés, — dit M. Moray, se penchant au dehors pour ouvrir la portière.

Dans la cour de la gare, deux mails envoyés la veille, attendaient les invités; le comte prit les guides, fit monter le prince royal à côté de lui et laissa les autres chasseurs s'organiser comme ils l'entendaient.

La Vieille-Rognure était enchanté. Ce pauvre père Ledru n'avait pas réussi à grimper sur *le bon mail!* Il s'était laissé souffler par Duplan la place qu'il convoitait, et avait été forcé de s'insinuer dans l'autre voiture, au milieu de la banque cosmopolite.

Les chasseurs déjeunèrent rapidement au rendez-vous, un grand pavillon de briques, planté au milieu des bois, — et, vers midi, la battue commença.

Duplan, déjà un peu gris, ne pouvait contenir son admiration.

— Peste! un garde en livrée verte galonnée d'or, debout au port d'arme, derrière chaque tireur! C'est d'un chic épatant! — disait-il enthousiasmé, mais déplorant intérieurement la présence du témoin qui constaterait sa maladresse.

Au début de la battue, le comte de Brixen s'amusa franchement de ce genre de chasse, qu'il ne connaissait que par ouï-dire. Cette quantité de chevreuils, de faisans et de lapins, arrivant sur lui de tous côtés, le divertissait fort.

Duplan, effaré et maladroit outre mesure, devenait un danger réel pour ses voisins.

La Réole, ne se souciant pas de recevoir du plomb, abandonna sa place et, rejoignant le père Ledru, qui, profondément absorbé, oubliait de tirer les pièces qui lui passaient, demanda négligemment :

— Quel jour pensez-vous que l'Alliance sautera?

— Sauter? — s'écria le financier furieux! — sauter? Mais vous êtes fou! Tous s'allient, il est vrai, pour nous renverser; mais nous résisterons, soyez en certain. L'important est d'avoir tout de suite des capitaux! Quand j'aurai le maniement de fonds suffisants...

— Et pour avoir ce... maniement, qu'allez-vous faire?

— Une nouvelle émission, tout simplement...

— Ça ne m'étonne pas de vous, — répondit La Réole en tirant un chevreuil qui passait. — Et puis, après cette émission?

— Après? on verra...

Déjà éreinté avant d'avoir bougé, Damartin s'était couché sur le ventre, à la place où on l'avait posté.

— Est-ce assez beau, cet animal-là? — cria-t-il à Lagardie, placé à quelques mètres, en lui montrant un faisan qui arrivait sur eux, voletant lourdement.

— Vous ne le tirez pas? — fit le journaliste stupéfait.

— Ma foi, non! Il me plaît, cet oiseau! Et, moi, je ne suis pas un chasseur *viandeur!*

Quoique très préoccupé, M. Moray faisait fort aimablement les honneurs de sa battue. Il désirait que le prince royal eût plus de pièces au tableau que les autres chasseurs. Mais M. de Jurieux et le baron Sinaï n'entendirent pas de cette oreille; d'ailleurs le comte de Brixen, lorsqu'il eût tiré une soixantaine de coups de fusil, déclara qu'il en avait assez.

Chacun semblait avoir envie de regagner Paris.

— Est-ce que ça ne va pas finir bientôt ? — demanda La Réole, s'approchant de Damartin, toujours allongé dans sa position favorite. — Je ne me suis pas couché et je tombe de sommeil !

De la main, il étouffa un bâillement. Son chapeau de feutre gris à larges bords lui couvrait le front, projetant une ombre sur les yeux, qui seuls apparaissaient entre le chapeau et la main posée sur le bas du visage.

— La Vieille-Rognure se dressa sur ses pieds, poussant une de ces exclamations rauques et perçantes, dont, seul, il a le secret.

— Oh ! — dit-il tout saisi, — c'était vous le domino flamme-de-punch !!!

La Réole fit mine de ne pas comprendre, mais Damartin s'entêta ; il était sûr de son fait.

— Oui, — reprit-il, — c'est là, à l'instant, en voyant vos yeux isolés, que j'ai reconnu ceux du domino qui montait cette nuit l'escalier !... Tiens ! tiens tiens !... C'est vous qui faites de ces farces-là ?... A nos âges ce n'est plus permis !

— Aussi n'était-ce pas moi, — dit sèchement La Réole. — Vous avez la berlue !...

— Oh ! oh ! — murmura la Vieille-Rognure — je ne savais pas que ce fût un secret !...

Et, se retournant vers le gros Duplan qui arrivait, congestionné, l'air humilié :

— Eh bien, monsieur Duplan, vous ne chassez plus?

— Ma foi, non!... j'ai un douze qui calotte trop brutalement! je me sens la tête en bouillie. Et puis, j'ai beau faire, je ne peux pas attraper le tir du lapin.

— Ce pauvre monsieur Duplan! Et parions que, précisément, il ne vous est passé que ça?

— Mais, à peu près... — balbutia Duplan décontenancé.

Puis, réfléchissant qu'il valait mieux prendre son parti et avouer bravement qu'il n'avait pas tué grand'-chose, il reprit :

— Moray est venu me dire tout à l'heure qu'on s'arrangerait pour laisser le comte de Brixen être le roi de la chasse. C'est pas moi qui l'en empêcherai, bien sûr... J'ai tué trois pièces.

— Dont une au moins qu'on n'a pas retrouvée?

— Comment savez-vous ça?

— Je le suppose, — répondit en riant la Vieille-Rognure.

Duplan tournait sur place comme un ours en cage

— Est-ce qu'on ne va pas reprendre le train?... J'aime la campagne, moi, mais pas longtemps de suite!

— Soyez calme, — dit Lagardie, — le prince royal en a assez, on va partir.

M. Moray n'était pas fâché de voir la chasse finir de bonne heure. La pensée de Josette seule et libre le poursuivait malgré lui. Il sentait bien pourtant que sa présence à Paris ne changerait rien à ce qu'il croyait être. De lui-même, il était sorti de la vie de sa femme trop complètement pour oser essayer d'y rentrer aujourd'hui; mais sa fureur contre M. de la Londe était devenue plus violente encore, depuis que, dans le train, La Réole avait émis l'idée que madame de Guibray lui servait de paratonnerre et que son amour pour elle était joué.

Sauvant les apparences par une extrême correction qui fait illusion à ceux qui n'y regardent pas de trop près, mais vaniteux et sans esprit, M. Moray n'admet pas qu'il lui soit possible de *se* tromper. Or, il avait été pris à la prétendue passion d'André pour madame de Guibray, et il en avait plaisanté devant Josette! Comme ils avaient dû se moquer de lui! Auprès de cette souffrance d'amour-propre, la trahison en elle-même n'était rien.

— Je ne sais ce qu'a Moray, — dit la Vieille-Rognure à Lagardie en descendant du train, — mais il n'a pas dit un mot pendant toute la route, il n'est pas dans son assiette.

XIII

Un mois se passa. M. de la Londe ne faisait plus que de rares apparitions chez les Moray et le comte crut, en le voyant se retirer ainsi peu à peu, qu'en même temps qu'on l'avertissait que sa femme le trompait, on avait dû l'avertir, elle aussi, que son mari avait des soupçons. M. Moray ne doutait plus à présent que le domino ne fût La Réole ; il le savait capable de toutes les *canailleries*, et il supposait qu'il avait, en le prévenant, voulu se venger de l'impertinence de Josette.

La vérité est qu'André s'éloignait de ses anciens amis, parce que chaque jour il s'attachait davantage à madame de Guibray.

L'austérité de mœurs de la jeune femme, son attitude réservée dans le monde, lui faisaient apprécier d'autant plus l'étrange abandon qu'elle lui avait fait de sa personne. C'était cette réserve pudique, si différente du laisser-aller de Josette, qui avait attiré l'attention de M. de la Londe sur la marquise. Être aimé d'un tel ange lui avait paru désirable autant qu'impossible.

André n'avait, à trente-sept ans, aucune expérience des femmes. Grave, sérieux, avec la dose d'ambition nécessaire pour arriver, il s'était, jusqu'à ce jour, occupé beaucoup de ses affaires et pas du tout de ses plaisirs.

Toujours au loin, il n'avait connu, selon la spirituelle définition de Dumas, que « les amours de table d'hôte; mangeant du plat que lui passait son voisin de droite et le passant à son voisin de gauche. »

Les femmes étaient à ses yeux des êtres nuls, qui ne valaient pas la peine d'être étudiés.

A son retour, la vue de Josette bouleversa toutes ses idées; il crut l'aimer et fut sincère en le lui disant. Puis madame de Guibray, souvent rencontrée chez la comtesse, l'avait insensiblement captivé. Près d'elle, il était craintif et timide comme un débutant, et devant cette auréole de vertu il sentait s'évanouir ses préjugés sur les femmes.

Fine comme une mouche et ayant d'ailleurs acquis une grande expérience des *choses d'amour*. Mercédès devina bien vite la violente admiration qu'elle inspirait. Convertir en passion cette admiration fut pour elle un jeu qu'elle croyait sans danger. Quoique n'ayant plus besoin des hommes, elle aimait toujours à les voir à ses pieds.

Mille petits manèges qu'André ne soupçonna pas, le rendirent éperdument amoureux.

En valsant, elle lui effleurait le visage de ses cheveux parfumés; lorsqu'elle se promenait à son bras dans un salon, elle ne s'appuyait jamais à ce bras, mais, tandis qu'elle semblait s'en éloigner, elle faisait en sorte de le frôler de sa poitrine ferme, doucement soulevée par une respiration régulière et calme comme celle d'un bébé endormi.

A ce jeu, la marquise s'était prise elle-même.

Un soir qu'elle chantait et que M. de la Londe, debout derrière elle, tournait les pages, elle le devina ému, tremblant, profondément remué par cette voix admirable, dont elle connaissait si bien le pouvoir; l'idée de l'affoler complètement lui traversa l'esprit et, au moment où André s'inclinait vers le cahier pour lire au bas de la page les dernières notes, elle étendit vivement la main, attirant à elle la branche de cuivre qui supporte la bougie; dans ce mouvement, son bras nu s'appuya contre la bouche entr'ouverte de M. de la Londe, qui frémit et referma brutalement ses lèvres sur la peau blanche et satinée qui s'offrait ainsi à lui.

Lorsque Mercédès le regarda, de son beau regard ingénu chargé de reproches, elle le vit très pâle, mais elle constata avec inquiétude qu'elle-même était impressionnée. Elle acheva difficilement l'*Ave Maria* qu'elle chantait; sa voix tremblait et elle sentait renaître un frisson depuis longtemps oublié.

Mercédès était allemande, c'est-à-dire incapable de résister à un caprice des sens, et, positivement, elle trouvait que ce garçon sauvage et sérieux, avait un je ne sais quoi qui lui plaisait fort.

L'important était que M. de Guibray ne se doutât de rien, et qu'il lui laissât pendant quelque temps une liberté relative; après tout, il ne serait pas éternel, cet amour !

Elle écrivit à sa soi-disant mère adoptive qui, aussitôt, annonça son arrivée à Paris; elle venait passer le carême près de ses chers enfants.

Dès qu'elle fut là, la surveillance de M. de Guibray se relâcha; il cessa d'accompagner sa femme aussi régulièrement que par le passé. La vieille Espagnole lui était antipathique, et il trouvait Mercédès suffisamment gardée par sa mère pour aller à l'église ou au bois.

Quelques dissentiments s'élevèrent cependant dans le ménage. Le marquis voyant rentrer sa femme pâle, les yeux cernés, le regard fiévreux, déclara qu'il était absurde de rester aussi longtemps à l'église, qu'elle allait tomber malade, et que d'ailleurs, à Paris, le carême ne s'exagérait pas comme en Espagne.

Mercédès, tremblant de voir compromise la tranquillité de ses sorties, pleura, et supplia son mari de lui laisser accomplir ses devoirs religieux comme elle l'entendait. Elle avait promis aux Pères de chanter aux offices à leur chapelle; elle ne pouvait les laisser dans l'embarras du jour au lendemain.

Devant le chagrin de la jeune femme, M. de Guibray céda comme toujours: d'autant plus qu'il reconnaissait les bons côtés de cette religion exagérée.

Quelques jours plus tard, par un après-midi de soleil, il eut l'idée d'aller attendre Mercédès à la porte de la chapelle des Pères, afin de l'emmener au Bois avant le dîner. Surpris de ne pas la voir défiler à la sortie, il arrêta madame de Villefranche et madame Haar, qui lui dirent que sa femme était peut-être au salut, mais qu'à coup sûr elle n'avait pas chanté.

Vaguement inquiété par un sourire narquois de madame Haar, il questionna de nouveau.

— Est-ce que Mercédès ne chantait plus à tous les saluts?

Ces dames répondirent sans rien dire de précis, comme savent seuls répondre les Normands et les femmes; le marquis n'osa pas insister et retourna chez lui, où il attendit anxieusement le retour de Mercédès.

Lorsque la marquise rentra, suivie de sa mère, M. de Guibray lui demanda pourquoi elle n'était pas allée chez les Pères.

Au premier abord, elle fut saisie et resta un instant interdite, mais sa physionomie impassible ne trahit rien de ce qui se passait en elle; elle se remit vite et répondit :

— Écoute.. c'est toi qui en es cause... Tu semblais désirer me voir prendre l'air, je suis allée au Bois...

— Mais cette promesse de chanter à laquelle tu ne pouvais manquer ? — fit observer M. de Guibray.

Astucieuse et finaude, l'Allemande devina que son mari avait dû se renseigner, et qu'il était peut-être instruit de son absence de la chapelle; elle reprit d'un air doux et contrit :

— Eh bien, j'aime mieux t'avouer la vérité...

Moins naïf, et surtout moins épris, le marquis eût, rien qu'à cet exorde, flairé le mensonge; la jeune femme continua :

— Voilà... tu avais raison... depuis quelques jours je ne suis pas très bien... il est possible que le carême...

— Parbleu ! des stations de trois heures dans des églises froides, sans air !

— Non, c'est plutôt le maigre, — dit-elle vivement, ne voulant pas renoncer à ses sorties.

Cependant, elle les défendait mollement cette fois. Son caprice assouvi, elle se lassait peu à peu de l'amour honnête et respectueux de M. de la Londe. Ce qui l'avait séduite au début lui paraissait à présent bien fade. La retenue de cet amant, craintif de lui déplaire, l'irritait sourdement, et le jour était prochain où elle le prendrait en grippe.

Tant qu'elle avait aimé, elle ne s'était pas aperçue des dangers que cette liaison lui faisait courir. Ces dangers lui apparaissaient aujourd'hui en masse. La jalousie de son mari éveillée ; sa réputation compromise! Qui sait si quelqu'un n'avait pas découvert leurs rendez-vous? Peut-être aussi M. de Guibray allait-il, à l'avenir, la suivre, l'espionner?

Mercédès connaissait mal l'âme droite et simple du marquis. L'explication, lui paraissant toute naturelle, l'avait pleinement rassuré et, regardant le candide visage de la jeune femme, il lui demandait intérieurement pardon d'avoir osé la soupçonner.

Le lendemain, madame de Guibray se décida à rompre avec André.

Elle lui écrivit qu'elle ne pouvait aller le retrouver; que son mari ayant été la chercher à la chapelle où elle n'était naturellement pas, avait paru surpris et qu'il fallait, par prudence, rester quelque temps sans se voir.

Le jour où elle reçoit, madame de Guibray vit

arriver André bouleversé par cette idée de séparation, plus fou et plus amoureux que jamais, la suppliant de ne pas le rendre malheureux; il ne pouvait vivre sans elle, il en mourrait...

Mercédès comprit que la situation allait devenir très tendue; elle n'aimait décidément plus M. de la Londe, dont l'exaltation lui semblait ridicule et d'un goût détestable.

Sa première pensée fut de congédier brutalement ce gênant adorateur; elle se souvint que, autrefois, elle excellait à ce genre d'exécution : mais André lui sembla si agité que, craignant une sérieuse résistance, elle opta pour la douceur; alors, elle se fit chatte et le supplia à son tour.

Si son mari avait une certitude, il la tuerait, il l'en avait avertie! Depuis l'histoire de la chapelle, elle s'apercevait qu'il la suivait ou la faisait suivre quand elle sortait avec sa mère; du reste, il aurait toujours fallu renoncer dans quelques jours aux chers après-midi passés ensemble : le concours hippique allait commencer, et M. de Guibray l'y emmenait régulièrement; il était impossible de trouver un prétexte pour ne pas l'accompagner; elle recommanda surtout à André de n'avoir pas l'idée d'écrire : le marquis ouvrait toutes ses lettres.

L'arrivée d'une visite, à laquelle plusieurs autres succédèrent, força M. de la Londe à partir sans avoir obtenu le rendez-vous tant souhaité; il partit horriblement malheureux et sa passion s'accrut encore. C'est en étant privé de la marquise qu'il comprit à quel point il l'aimait.

Il se rendit alors dans tous les endroits de réunion où il savait la rencontrer ; s'attachant à ses pas, la dévorant des yeux et ne laissant personne approcher d'elle.

On commença à remarquer ces singulières allures et on plaisanta à mots couverts Mercédès sur son féroce amoureux; ces plaisanteries l'exaspérèrent; il ne lui convenait pas qu'on effleurât, même en riant, sa réputation immaculée.

Il fallait à tout prix qu'elle se débarrassât d'André; mais comment? Il ne voulait rien entendre; vainement elle le suppliait, à chaque nouvelle rencontre, de s'éloigner, de ne pas compromettre son repos; il promettait tout ce qu'elle voulait, se sauvait désespéré, et quelques instants plus tard elle le retrouvait auprès d'elle, lui murmurant à l'oreille qu'il l'adorait.

Et son mari qui ne voyait rien! L'imbécile! Jaloux de ceux qui ne s'occupaient pas d'elle, il laissait en paix son amant lui parler d'amour sous son nez.

Elle pensa que le plus sûr moyen d'éviter des poursuites, devenues à présent odieuses, était d'avertir M. de Guibray; non en lui disant la vérité, mais en lui faisant entendre seulement qu'André s'était permis

14.

de lui dire qu'il l'aimait. Elle connaissait le fanatisme jaloux du marquis : elle savait ce qui résulterait de cette dénonciation.

Elle tenta une dernière fois de convaincre M. de la Londe que son mari avait des soupçons; elle voulait le préparer à la provocation qu'elle attendait, afin qu'il ne se doutât pas que le coup venait d'elle et que toute explication entre les deux hommes fût évitée.

André, désespéré, s'écria que tout lui était égal; que, si M. de Guibray la chassait, il l'emporterait dans ses bras au bout du monde; enfin toutes les sottises que pourrait dire un amoureux de vingt ans! La marquise vit qu'il était fou; ce genre de folie ne lui parut pas inoffensif, et, le jour même, elle parla à son mari.

M. de Guibray resta impassible; il ne blâma pas même l'audace d'André; mais, le trouvant le lendemain, au concours hippique, installé près de la marquise, il lui dit brutalement, sans toucher son chapeau :

— Allez vous asseoir ailleurs, je vous prie!

Et, comme M. de la Londe, stupéfait, croyait avoir mal entendu, il reprit, désignant à sa gauche la tribune des cocottes :

— Là vous serez à votre place!

André blêmit, et se levant :

— Il suffit!... C'est une querelle que vous cherchez?

— Ça m'en a tout l'air! — répondit M. de Guibray, dont la voix s'étranglait.

— C'est bien. — dit André.

Et il s'éloigna en saluant respectueusement la marquise.

Appuyé à quelques pas contre la balustrade de la piste, le comte de Brixen avait suivi la scène avec intérêt.

Au moment de sortir du palais de l'Industrie, M. de la Londe rencontra l'oncle Jean et le mit au courant de ce qui venait de se passer.

— Allons, bien!..., — fit M. de Skaër, — c'est à cause de madame de Guibray, n'est-ce pas?

— Je compte sur toi, — dit André sans répondre; — tu choisiras comme second qui bon te semblera.

— Veux-tu mon neveu?

— Ça m'est égal! Je vous attendrai chez moi tout à l'heure après le concours.

— C'est entendu.

Rentré chez lui, André pensa à Mercédès. L'idée de son désespoir le navrait. Elle allait peut-être s'échapper sous un prétexte quelconque, venir lui dire adieu.

Il se prit à espérer vraiment sa venue, à tel point que, lorsqu'il entendit résonner le timbre, il s'élança convaincu qu'il allait la trouver.

Il fut déçu dans son attente et très surpris en voyant

entrer le comte de Brixen, suivi de M. de Latère, de l'oncle Jean et de M. Moray.

— Monseigneur! — balbutia-t-il.

Le prince royal, habituellement souriant, semblait très sérieux.

— Monsieur, — dit-il à André, — un hasard m'a rendu tout à l'heure témoin de votre altercation avec le marquis de Guibray. Je vous ai vu ensuite causer avec M. de Skaër et je me suis permis de le questionner sur le motif de cette altercation.

— Mais, Monseigneur...

— Pardon... Je n'ai pas fini... J'ai prié alors M. de Skaër de vous avertir, de ma part, que vous ne pouvez pas vous battre pour Annie, mais il a préféré m'amener chez vous....

— Annie? — interrogea André, tout à fait dérouté.

— Je veux dire : la marquise.

— Mais alors, Votre Altesse ignore...

— Rien. C'est au contraire vous qui ignorez! Vous ne pouvez vous battre avec Guibray, parce que de braves gens comme vous ne s'assassinent pour une fille...

— Une fille? — cria M. de la Londe indigné.

— Oui... une misérable fille!... que je connais bien, allez!

Il ajouta, reprenant le ton léger qui lui est familier;

— C'est sous notre ciel neigeux qu'elle a conquis ses grades... Vous les..., confirmez seulement... Demandez à Lafère de vous raconter cette histoire : il la sait mieux que moi, par la raison qu'il a connu Annie beaucoup plus... intimement... Vous comprenez que moi, là-bas, je suis obligé à une tenue relative... le décorum veut ça...

Pierre de Lafère raconta, brièvement, les aventures d'Annie à l'oncle Jean et à M. Moray stupéfaits. André, anéanti, semblait ne plus rien entendre.

— M. de Guibray ne m'a pas moins insulté! — dit-il enfin, revenant à lui.

— Il vous fera des excuses lorsqu'il saura qu'il vous a insulté pour Annie Straubach, — répondit le prince.

— Mon pauvre ami, — murmura M. de Skaër, s'adressant à André, — c'est une rude déception!... Toi qui as attendu prudemment pour aimer, te garant des femmes comme du feu!... Les aventures galantes ne te vaudront jamais rien, vois-tu... tu prends tout ça trop à cœur!... Ton affaire à toi, c'est le mariage!...

— Oh! ce pauvre M. de la Londe! que vous a-t-il fait? — s'écria le comte de Brixen en riant.

— Votre altesse est l'ennemi du mariage? — demanda M. Moray.

— En principe, oui, comte; mais, si je rencontrais

une femme comme la vôtre, je changerais probablement d'avis...

— Oh! — s'écria étourdiment l'oncle Jean, — ce n'est pas du tout le modèle de Josette qui convient à André. Une femme vive, décidée et violente comme elle, n'est pas son fait.

Depuis que M. de Skaër parlait, M. Moray observait attentivement André; il le vit rougir au nom de Josette.

L'oncle Jean continua :

— Non... ce qu'il lui faut, c'est une jeune fille modèle; douce, sérieuse, blonde, aimante et modeste à faire honte aux violettes!... Tenez!... un type dans le genre de la petite Ledru!...

M. Moray tressaillit et se mit à rire, d'un rire qui sonnait faux.

— Il faut convenir que nous sommes de drôles de témoins : nous parlons mariage au lieu de parler duel, et pendant ce temps, les amis de Guibray attendent...

— C'est vrai, — dit M. de Skaër — il faut aller, arranger l'affaire... C'est monseigneur que ça regarde.

M. Moray secoua affectueusement la main d'André; il semblait radieux. C'est que, depuis un instant, il espérait tenir sa vengeance.

Pendant les quelques jours qui suivirent la rupture d'André et de la marquise, Paul Moray se montra particulièrement désireux de distraire M. de la Londe de son chagrin

Sous le moindre prétexte, il venait le chercher aux Affaires étrangères ou chez lui, le conduisait au Bois et le ramenait dîner aux Champs-Élysées, entre sa mère et sa femme. Josette faisait très bon accueil au fils de son tuteur; mais néanmoins le comte remarqua qu'elle n'était plus avec lui tout à fait comme autrefois. Une sorte de gêne semblait exister entre eux. M. Moray attribua cette gêne à la crainte d'être découverts ou à la jalousie de Josette; il voyait André trop réellement malheureux pour croire encore que son amour pour madame de Guibray n'était qu'une feinte; il pensa qu'en voulant tendre un piège au public André s'était pris dans ses propres filets, et que Josette, instruite de l'aventure du concours hippique, ne pardonnait pas à M. de la Londe cette tapageuse infidélité.

Elle n'avait pourtant plus rien à redouter de Mercédès, qui avait quitté Paris, emmenée dans le Midi par ordre des médecins; décidément, la belle Espagnole ne pouvait se réchauffer au pâle soleil du nord.

Quelques personnes avaient aperçu ce pauvre Guibray au moment de son départ; il faisait, disait-on, mal à voir. L'état de sa femme lui inspirait les plus graves inquiétudes; il avait été trop tard averti du danger qu'elle courait en restant à Paris.

Le départ des Guibray défraya pendant plusieurs

jours la conversation des douairières sensibles. « Si le marquis avait le malheur de perdre Mercédès, il ne lui survivrait pas ! Dame ! ça se comprenait. Cet ange différait tellement de ces femmes évaporées qui donnent au monde le spectacle de leur scandaleuse conduite ! Par exemple, si la marquise mourait, son mari aurait la consolation bien grande de la savoir au ciel !... »

Au bout de quinze jours ; on ne parla plus de Mercédès, et M. de la Londe reprit — en apparence — ses habitudes d'autrefois, encouragé par M. Moray qui lui rapprenait le chemin oublié de l'hôtel des Champs-Élysées.

Un soir, arrivant de bonne heure, il trouva madame Moray et Josette seules au salon.

— Je viens de recevoir des nouvelles de votre père, — dit la comtesse en lui tendant une lettre qu'elle lisait.

A la fin d'une affectueuse et longue causerie adressée à sa pupille, le vieil avoué ajoutait :

« Je te remercie d'autant plus, mon enfant, de me » donner des nouvelles de ce paresseux d'André, que » je n'en aurais guère sans cela ; il ne m'accable pas » de lettres ; je sais par toi qu'il va bien, et par les » journaux qu'il travaille, car j'ai vu hier : « qu'on a » chargé d'un mémoire important *M. de la Londe*, l'in- » telligent et sympathique conseiller d'ambassade ! »

» Malgré cette fantaisiste orthographe, je présume qu'il s'agit d'André. Dis-lui de ma part que je ne me plains pas de son silence, — un peu excessif pourtant, — mais que j'espère en être dédommagé cet été par une longue visite. »

André replia la lettre et, la tendant à Josette avec embarras :

— Je ne sais comment lui avouer... comment lui expliquer le changement d'orthographe de ce malheureux nom !...

— Il vaudrait mieux lui dire franchement la chose, observa madame Moray.

André se récria :

— Mais c'est impossible, Madame ! Vous ne savez pas l'importance que mon père attache à cela !

— Moi, je le sais bien, — dit Josette, — et c'est précisément pourquoi je trouve qu'il faut lui avouer la vérité ; c'est ce que je vous ai dit à ce sujet, il y a trois mois, quand je me suis aperçue de ce... changement.

— Mais, avec ses préjugés...

— Vous appelez ça des préjugés, vous ? Enfin, là n'est pas la question. Ce qui est certain, c'est que le nom de votre père est à lui avant d'être à vous, et qu'il est tout naturel qu'on l'informe des transformations que subit ce nom.

— Mais ce n'est pas moi qui ai eu cette malencontreuse idée. Au ministère, on avait la rage d'écrire mon nom ainsi.

— Il a bon dos, ce pauvre ministère! — dit en riant Josette. — Eh! mon Dieu! avouez donc tout simplement que vous avez fait ce que vous voyez faire constamment autour de vous!

— Mais, je vous assure...

— Où est le mal? N'avons-nous pas tous connu M. et madame Vanderstrass, s'appelant Vanderstrass jusqu'au jour où un journal bienveillant rendit compte de la fête donnée par le comte et la comtesse Van Derstrass! Le titre et l'orthographe leur sont restés. Autrefois, lorsque le roi donnait, par mégarde, un titre ou une particule à qui n'en avait pas, la qualification restait acquise; aujourd'hui un reporter remplit le même office; les temps sont changés, mais le procédé est le même.

— Vous exagérez un peu...

— Mais non!... l'autre jour je m'attendais à lire le compte rendu de la fête du *baron* Ledru!.... madame Haar est devenue comtesse de Haar de la même façon... Et nous, donc! Et les Jassy? Et Sinaï?... Est-ce que vous croyez que c'est sérieux, tous ces titres-là?...

L'oncle Jean entrait, brandissant une grande enveloppe de vélin transparent, de laquelle pendait un ruban de moire scellé à la cire; M. Moray suivait en riant.

— Tiens! — cria M. de Skaër, s'adressant à sa nièce, — devine ce que contient cette majestueuse missive, qui est pour toi?...

— Comment veux-tu que je devine ça!... Tu le sais, toi?

— Oui! — dit triomphalement l'oncle Jean.

— Tu l'as ouverte?

— Inutile!... J'ai reçu la même. C'est à n'y pas croire!... madame la comtesse de Haar nous invite à assister à son baptême!... Parrain et marraine?... devine?...

— Dieu! que tu es ennuyeux, — répondit Josette la main tendue vers la lettre.

— Parrain et marraine : l'ambassadeur de la République de Saint-Marin et la reine de Numidie!... Est-ce assez drôle?... Non! J'en rirai jusqu'à ma mort!...

— Ah!... — dit Josette en ouvrant l'enveloppe qu'elle tenait enfin, — elle s'est décidée à abjurer!...

— Parbleu! Damartin s'était fourré ça dans la tête!... Du diable si je sais pourquoi, par exemple! C'est à la petite chapelle des Pères! Nous irons en bande!... Tu y viendras, toi? — ajouta l'oncle Jean, se retournant vers M. de la Londe qui ne disait rien.

— Qu'est-ce que tu veux que j'aille faire au baptême de madame Haar? — répondit André d'un air profondément las.

M. Moray lui lança un regard oblique, heureux de voir son attitude découragée.

Le jour du baptême, à neuf heures du matin, André arrivait chez l'oncle Jean, qui dormait à poings fermés.

S'éveillant en sursaut, il demanda, tout ahuri :

— Qu'est-ce qu'il y a encore ?... tu as un nouveau duel ?

Et il s'assit sur son lit, faisant un violent effort pour retrouver le fil de ses idées.

— Mais non, je n'ai pas de duel, — répondit M. de la Londe. — C'est ce matin que nous allons voir baptiser madame Haar... Seulement, je suis venu un peu tôt... Je ne dormais pas... Je suis tellement écœuré de tout !

Et c'est pour me dire ça que tu viens m'éveiller à pareille heure ?... Ah çà ! tu es fou !... Je ne suis pas écœuré du tout, moi !... Je dors à merveille !...

— Tu vas me donner un conseil...

— Plus tard !... d'ailleurs, tu me demandes un conseil avec l'intention bien arrêtée de ne pas le suivre, n'est-ce pas ?... Je connais ça !

— On m'offre Buenos-Ayres, j'ai envie de partir...

— Allons ! bien !... Voilà les papillons noirs qui reviennent !

— Non... mais seulement, comme je te le disais tout à l'heure, j'éprouve un écœurement profond, un dégoût immense de ma vie inutile et sans but...

— Ah! Buenos-Ayres serait le but utile?

— Je pense que le voyage me ferait du bien, me secouerait tout au moins.

— Oh! quant à ça!...

— Tu ne plaisanterais pas si tu savais à quel point je m'ennuie, mon pauvre ami, et combien je me sens isolé.

— En voilà bien d'une autre!... C'est la première fois que tu te plains de cet isolement, et cependant tu as toujours mené la même vie, ce me semble.

— C'est possible, mais je vieillis!... Ce qu'on trouvait charmant à trente ans paraît tout différent aux approches de la quarantaine... Ce n'est pas gai, va, un foyer toujours désert!

— Je puis difficilement être juge en la question. Je ne suis pas souvent au coin de mon âtre, et, quand, par hasard, cela m'arrive, je n'y suis jamais seul... Tu permets que je me lève?... J'ai dit à Lagardie de venir nous chercher, et il faut que je sois prêt. Je reprends... Si j'éprouvais ce que tu éprouves, si je me sentais du vague à l'âme, des aspirations mal définies vers l'inconnu, une soif de bien-être, de vie domestique, enfin tout ce que tu me dépeins d'une façon assez peu nette d'ailleurs, je me garderais d'aller à Buenos-Ayres...

— Pourquoi?

— Parce que je me marierais tout simplement à Paris, ce qui serait beaucoup plus pratique.

André secoua la tête :

— Me marier... comme ça... tout de suite ?...

Il resta songeur, regardant M. de Skaër aller et venir dans l'appartement.

Se marier ? Il était fou, ce Jean ! Se marier ? où et quand ? et comment ? Sa sauvagerie l'avait empêché de se faire aucunes relations ; il ne connaissait personne ; depuis deux ou trois mois seulement il avait été dans le monde, pour y rencontrer Mercédès au début de sa passion, pour l'y suivre ensuite. Mais dans quel monde ! Ce n'était certes pas là qu'il pouvait trouver une femme !

A onze heures, Lagardie arriva, accompagné de M. de Lafère.

— Ah ! — s'écria l'oncle Jean, — tu te décides à venir aussi ?

— Non, mais j'ai vu Lagardie qui entrait et je suis monté pour te dire bonjour... Je te croyais à Skaër.

— Je devais y aller, mais j'ai eu une veine ! Paul a changé d'avis... pour le moment, et d'ailleurs, l'élection est remise !

— Tiens ! — remarqua M. de Lafère en toisant l'oncle Jean, — tu es déjà prêt ?

— Mais oui.

— A l'heure ?... c'est étonnant

— C'est la faute d'André !... Il est venu m'éveiller à l'aube, et depuis lors il est là, occupé à me chanter la ballade du célibataire qui se noie ! Si vous croyez que c'est amusant !

— Ah bah ! — fit Lagardie ; — M. de la Londe veut se marier ?

— Ne croyez pas un mot des divagations de Jean, je vous en prie, — dit André.

Mais l'oncle Jean se regimba :

— Mes divagations ?... Tenez, je vous fais juge. Depuis deux heures, il est là, parlant de foyer vide, d'existence inutile, d'écœurement ! Comparant l'homme de trente ans à l'homme de quarante ! me demandant à brûle-pourpoint, si je lui conseille d'aller à Buenos-Ayres ! Ce chaos n'est-il pas le résultat du travail inconscient qui se fait en lui ?... Moi, j'y vois des signes précurseurs de la monomanie du mariage.

— En effet, le cas est grave ! — dit Pierre en riant.

— Eh bien ! si cela est, — répondit M. de la Londe, — c'est fâcheux pour moi !... Je ne suis pas du tout en situation de me marier... Je ne suis pas dans le mouvement, moi !

— Il faut, — s'écria tout à coup M. de Skaër, — te faire présenter chez la tante de Jouan !... dans deux mois tu seras marié !...

— Mais, — dit André surpris, — madame de Jouan

n'a aucune raison de s'intéresser à moi ! ... elle me connaît à peine et...

— Naïf ! je ne te dis pas qu'elle s'intéressera à toi, mais ça ne l'empêchera pas de faire son métier !...

— Et vous serez, au contraire, une précieuse recrue pour la maison, — dit Lagardie. — Les hommes y sont très rares, tandis qu'il y a encombrement de demoiselles que cette pauvre baronne ne parvient pas à caser... C'est qu'il suffit de deux ou trois stages un peu long pour discréditer l'entreprise...

— Comment ! — demanda André saisi, — est-ce que madame de Jouan...

Il s'arrêta, cherchant un mot qui exprimât poliment sa pensée. Lagardie ne le laissa pas achever.

— Madame de Jouan est, pour l'instant, ce que nous avons de plus chic en fait de marieuse. *Rien des agences*, mais affiliée à toutes ; elle appartient au vrai monde par son origine, ses alliances et son éducation, et, grâce à une fortune dont quelques *initiés* seuls connaissent la source et soupçonnent l'importance, elle y tient convenablement son rang. Maison ouverte, table excellente, loge à l'Opéra-Comique pour entrevues ; respectabilité parfaite... pour tous ceux qui, n'ayant pas eu à passer sous ses fourches caudines, n'ont pas payé leur petit tant pour cent.

— Ce pauvre André ! — dit l'oncle Jean, voyant la physionomie stupéfaite de M. de la Londe ; — il avait joliment raison tout à l'heure, de nous dire qu'il n'est pas dans le mouvement!

— C'est possible, — repartit André; — mais pour rien au monde je ne me marierais dans de pareilles conditions... D'ailleurs, je ne sais pas pourquoi tu veux me persuader que je dois me marier!... Si je rencontrais, sans la chercher, une femme qui me convînt, je ferais peut-être la sottise de l'épouser; mais une fille qui chasse aux maris, jamais!

— Les jeunes filles qui vont chez madame de Jouan ne chassent pas toutes aux maris, — expliqua Lagardie. — Pour que son petit commerce lui donne des résultats fructueux, il suffit que l'une des deux victimes soit dans le secret, c'est-à-dire ait contracté un bon petit engagement régulier; on voit chez la baronne des gens d'une honorabilité indiscutable, qui vont et viennent dans ses salons, comme des pantins, sans se douter qu'une main adroite fait mouvoir leurs fils; on va là, parce que la maison n'est pas mal cotée; on y reste, parce que le milieu est agréable, grâce à la diversité même des invités et au mouvement gai qu'y produisent des intrigues ignorées de presque tous; et vous pouvez être certain qu'on y rencontre, dans le tas, des jeunes filles parfaitement bien élevées et candides, qu'on épouserait très volontiers.

— Dans tous les cas, — dit l'oncle Jean, — rien ne

coûte de pénétrer dans l'autre; on ne te prendra pas de force.

— C'est vraiment un coin de la vie parisienne très curieux à étudier; ça vous amuserait, — reprit Lagardie, — et, je vous le répète, vous verrez chez la baronne de Jouan beaucoup de gens, que vous connaissez probablement déjà, tout à fait inconscients du rôle qu'on leur fait jouer.

— Soit! — dit André, — j'irai, puisque Jean veut absolument m'y conduire...

— T'y conduire? jamais de la vie!... Je ne mets pas les pieds chez la tante de Jouan, moi!... Nous sommes en froid!... Ça date de l'époque où Josette l'a fichue à la porte à Skaër! Nous nous disons bonjour et bonsoir, et c'est tout... Non... ce sera Lagardie qui te présentera...

— Avec grand plaisir!... dit le journaliste, — et vous pouvez assurer M. de la Londe que je n'ai d'intérêt d'aucun genre dans la maison. La baronne de Jouan ne me fait même pas, je crois, l'honneur de me reconnaître la moindre valeur commerciale; à ses yeux un journaliste est un être sans sexe et sans argent, qui n'aurait aucun succès près de son élégante clientèle. Je vais régulièrement à ses samedis; je valse avec de ravissantes jeunes filles et de fort émoustillantes veuves; j'absorbe des rafraîchissements exquis, et j'examine les types...

— Vous savez qu'il est midi moins un quart, — dit M. de Lafère ; — madame Haar va se convertir sans vous.

— Et moi qui tiens à voir le baptême de tout près et en détail !... s'écria l'oncle Jean en dégringolant rapidement l'escalier.

XIV

Le baptême de madame Haar était un événement parisien.

Depuis huit jours, les journaux mondains ne parlaient plus d'autre chose, donnant force détails sur les préparatifs et la cérémonie.

Les articles, rédigés dans ce style étrange qui fait rêver de macaroni au miel, couvraient de fleurs la belle étrangère; les grands journaux eux-mêmes daignaient parler de ce fait sans précédent :

« Une adorable femme, déjà une fois convertie, » abandonnant la religion librement choisie autrefois, » parce qu'elle avait vu luire ailleurs le flambeau de » la vérité. »

Alors suivait une minutieuse description de la beauté de madame la comtesse de Haar. On sentait que le reporter, bien renseigné, s'était complu dans les moindres détails.

Un journal, *mal pensant*, s'étant permis de dire : « Que la néophyte était probablement aussi éclectique en religion qu'en amour », il y eut un tollé général, et il fut un instant question d'offrir à la comtesse un banquet de protestation à l'hôtel Continental.

Ce qui attirait surtout l'attention sur ce singulier baptême, c'était la situation très en vue des parrain et marraine.

Sa Majesté la reine de Numidie, définitivement fixée à Paris, avait accepté de *nommer* madame Haar avec l'ambassadeur extraordinaire de la république de Saint-Marin.

Les baptêmes ont habituellement lieu sans aucune pompe; mais la belle étrangère avait tenu à faire du sien une exception.

Elle voulait une cérémonie imposante; de la musique; une sorte de concert spirituel où chanteraient tous les artistes en vogue, et elle avait invité tout Paris.

L'affluence de monde semblait devoir être telle, qu'on avait mis dans les journaux un entrefilet annonçant qu'on ne laisserait pénétrer dans la chapelle que les gens porteurs de cartes d'invitation.

Les couturiers étaient affreusement bousculés. Toutes les femmes voulaient des toilettes « à sensation ». Il fallait, à tout prix, trouver du neuf, inventer un costume « compris » ; moins habillé, meilleur enfant que pour un mariage, enfin quelque chose de bien chic.

Ces dames se demandaient anxieusement quelle toilette aurait madame Haar; mais Caroline, interrogée, était demeurée impénétrable.

Le matin du baptême, une foule compacte envahissait, dès onze heures et demie, la petite chapelle des Pères, parée de fleurs, tendue de soie blanche brodée d'argent, mais infiniment trop petite pour contenir autant de monde.

Lorsque l'oncle Jean, André et Lagardie arrivèrent, on se pilait littéralement à l'intérieur, mais M. de Skaër tenait à entrer quand même.

Une partie des invités, refoulés au dehors, se pressaient dans l'avenue; de nombreux groupes obstruaient le trottoir, causant très haut afin de dominer le brouhaha des voitures, les cris des cochers et le murmure de la vraie foule, grouillante et mouvementée, qui, croyant à un grand mariage, attendait curieusement pour « les voir entrer ».

Le peuple adore regarder la descente de voiture et l'entrée à l'église des futurs époux. C'est un prétexte à gaudriole, une occasion de réflexions souvent spirituelles et toujours justes, sur la physionomie de la mariée et la tête du futur.

Quand les mariés sont beaux et bien assortis, ils entendent un concert de louanges, prodiguées dans ce langage vif et imagé de l'ouvrier de parisien ; mais si, au contraire, ils sont ridicules ou vilains, les quolibets et les épithètes malsonnantes pleuvent, lancées bien haut dans ce même terrible langage.

Tant pis pour qui épouse une femme disgraciée, vieille ou repoussante ! l'homme du peuple ne pardonne pas cela et, dans ce cas, il est sans pitié pour *le monsieur qui fait une affaire*.

— Restons dehors, — proposa Lagardie ; — nous serons vraiment mieux ! Pourvu que nous les voyions passer, c'est tout ce qu'il faut !...

— Moi, — dit M. de Skaër, — je voudrais bien voir de près la tête de madame Haar, pendant la cérémonie !...

— Mais c'est impossible !... Nous serons écrasés, — s'écria M. de la Londe, beaucoup plus calme que l'oncle Jean ; — c'est effrayant ce qu'il y a de monde !...

— Dame !... ce baptême fait un tel bruit !...

Une femme, arrêtée près d'eux, entendit cette réflexion :

— Un baptême !!! C'est qu'un baptême !... — dit-elle à un porteur de pain avec lequel elle causait.

— Ben ! c'est un gosse qui peut s'vanter d'en faire

un, d'boucan!... Bien l'bonsoir.., j'vas affuter mes pincettes... J'attendais bien, pour reluquer une belle mariée... comme çà... en passant... Mais pour entendre hurler un môme, merci!...

— Y aura peut-être une jolie marraine?

— Ah! ouat!... une marraine, ça a pas l'même intérêt.

Un ouvrier s'approcha d'eux :

— C'est la reine d'Numidie qu'est la marraine, qu'on vient d. m'dire.

— Une reine! bon merci!... C'est rien hurph!... Si c'est ça, j'reste, alors...

Un mouvement se fit dans la foule.

— V'là les roulantes!...

D'un coupé marron sortit un petit homme grêle, menu, étriqué, à l'air timide, presque suppliant. Il se retourna, tendant la main à une grande femme sèche et vulgaire, taillée à coups de hache, vêtue d'une somptueuse robe de velours rubis, ruisselante de broderies et de pampilles brillantes.

Toutes les têtes se découvrirent sur son passage.

Alors, on entendit des réflexions plus sincères que courtoises :

— Malheur! c'est ça la reine?

— Faut l'croire!...

— Et l'petit vieux donc!... En v'là une binette à la désastre!...

Une magnifique berline à siège drapé suivait le coupé. Damartin en descendit et fit sortir madame Haar, tout en blanc, une mantille de blonde posée sur ses magnifiques cheveux roux.

La reine de Numidie s'était arrêtée sous le porche, à l'entrée de la chapelle. En voyant venir à elle la jeune femme inclinée dans une attitude respectueuse, elle s'avança d'un pas au-devant d'elle et, lui posant sur les épaules ses mains énormes, lui donna l'accolade.

Le petit homme s'avança alors gauchement et, d'un air embarrassé, exécuta le même mouvement; il était si petit, que madame Haar dut se baisser.

De l'avenue, le public assistait à la scène.

— Ont-y bientôt fini d'se sucer l'caillou? — cria une voix éraillé .

Puis vinrent les remarques sur madame Haar, à laquelle la Vieille-Rognure avait offert le bras.

— Elle est rien chouette, la mariée!

— C'est pas une mariée! C'est la celle qu'on baptise

— Ah bah!... c'est donc un' sauvage?

— Elle a pas l'air d' ça toujours...

— C'est-y son père, l' petit déplumé qui lui donne l'bras?

— Voici votre nièce! — dit Lagardie, montrant à M. de Skaër Josette et M. Moray, qui descendaient de voiture...

— Mâtin! v'là un beau brin, pas piqué des vers!

— s'écria le porteur de pain, la regardant avec admiration.

L'oncle Jean arrêta M. Moray, qui cherchait à faire pénétrer sa femme dans la chapelle.

— Pas moyen d'entrer!... Il faut rester dehors!... C'est superbe!... il y a un monde!... et des toilettes épatantes!.., la baronne Jassy est en satin feuille de rose avec une traîne en velours *mal de cœur;* c'est d'un réussi!... Et la reine donc!... Elle a l'air de s'être roulée sur le soleil!...

— Madame Haar est-elle jolie? demanda la comtesse.

— Splendide! En drap de soie blanc, pas de traîne, une mantille... Abrutissante de chic!... Dis donc, — ajouta-t-il en examinant Josette des pieds à la tête, — c'est toi qui en a du chic, avec ta petite robe toute simple! Sais-tu que tu es très coquette à ta façon! Impossible de dire avec plus de désinvolture qu'on n'a pas besoin de ce qui est nécessaire aux autres.

Se haussant sur la pointe des pieds, M. Moray regardait dans la chapelle; il aperçut Ledru et sa fille, pieusement agenouillés au dernier rang.

— Vous ne voulez pas essayer d'entrer? — dit-il à Josette. — On ne voit rien d'ici et on n'entend pas la musique! Tenez, nous allons demander à Lafère de nous frayer un passage? Devant sa grande taille le flot s'ouvrira.

— Comment! te voilà, toi? — s'écria l'oncle Jean,

apercevant M. de Lafère. — Tu ne devais venir sous aucun prétexte.

— Je ne voulais pas m'empiler dans votre fiacre... J'arrive à pied, tranquillement, en me promenant.

L'oncle Jean regarda attentivement M. de Lafère; il était en extase devant Josette.

— Il vient, parce qu'il l'a rencontrée et qu'il a voulu la revoir, — pensa-t-il. — Ce pauvre Pierre!... Il est très malheureux et je crains que... Enfin!... j'aimerais autant le voir retourner aux Indes, moi, ce serait plus sûr!...

Il fut distrait de ses réflexions par l'arrivée de Duplan qui, rouge, essoufflé, s'élançait d'une victoria à huit ressorts et, traversant le trottoir en deux enjambées, demandait effaré :

— Est-ce que c'est fini?

— Rassurez-vous, — répondit Lagardie; — on ne pouvait finir sans vous?

— Alors, pourquoi êtes-vous là?... Est-ce que vous n'avez pas d'invitations, vous?

Et, triomphalement, Duplan sortit sa carte de sa poche.

— Si, mon cher monsieur Duplan, nous avons des invitations, — répondit l'oncle Jean; — mais nous préférons respirer...

— Ah! bon!... à votre aise... moi j'entre!...

Lagardie l'arrêta.

— On ne vous laissera pas passer ainsi!... Il faut porter ostensiblement sa carte...

— Ah! je ne savais pas!...— dit Duplan qui essaya de faire un trou dans la carte avec son doigt.

— Laissez faire... Je vais vous l'attacher.

Et, perçant la carte du bout d'un petit crayon d'or, le journaliste la lui passa dans un bouton de sa redingote.

A la vue de cet immense carton satiné s'étalant comme un écriteau d'aveugle sur la poitrine du gros homme, Josette éclata de rire; puis, prise de pitié :

— Il ne faut pas le laisser aller ainsi! — dit-elle tout bas à M. de Skaër.

Lagardie entendit et lança à la comtesse un regard suppliant, craignant qu'elle ne fît manquer sa farce; d'ailleurs, Duplan les quittait, leur criant : « Bien le bonjour! » et, fonçant comme un bélier sur la foule, la forçait à s'ouvrir devant lui.

Profitant du mouvement et de la trouée, madame de la Saussaie sortit, soutenue par madame de Jurieux et Luxeuil. La Réole suivait empressé.

— Elle se trouve mal! c'est la chaleur! — dit-il en passant à M. Moray, qui ne parut pas le voir et, sans affectation, regarda d'un autre côté.

Luxeuil, très pâle, l'air bouleversé, courait au milieu de la chaussée, cherchant à retrouver la voiture.

— C'est inouï! — dit M. de Skaër; — je crois que le malheureux garçon aime vraiment cette vieille femme!...

— J'ai vu dans des livres que madame des Ursins avait soixante-quatre ans lorsqu'elle devint toute-puissante sur Philippe V, — dit Lagardie d'un ton sérieux.

Duplan ressortait aussi cramoisi, les yeux hors de la tête...

— Je ne peux pas y tenir!... ce qu'on brûle là-dedans d'encens, c'est rien de le dire!... Jamais je n'ai respiré un air pareil!... si pourtant.... à Java!...

Et, s'adressant à Josette.

— Imaginez-vous que les dames de ce pays-là se frottent tout le corps avec de la myrrhe!... le plus sale parfum!... Ce que ça entête!...

— C'est rien de le dire! — acheva Lagardie, qui connaît la formule favorite de l'ancien complaisant du Bey.

Duplan était lancé; il continua en s'épongeant le front avec un mouchoir garni de dentelle :

— Si vous saviez, madame la comtesse, comme c'est beau, ces pays-là!... des arbres, des fleurs des bêtes!... Des femmes comme personne!... Et le soleil, donc!... Un soleil majestueux, rouge, cossu...

— Assez! — dit Lagardie, cherchant à délivrer la comtesse; — qu'on fasse des voyages, rien de mieux, mais on ne les raconte jamais... C'est très mal porté!...

Les choses *bien ou mal portées*, jouent dans la vie de Duplan un rôle dont le petit journaliste sait toute l'importance. Il s'arrêta court en recevant cette observation :

— Est-ce qu'on ira à la sacristie? — demanda l'oncle Jean.

Et tout à coup, s'adressant à M. de la Londe :

— Tiens! voilà la mère de Jouan! C'est le cas de te faire présenter... Allons..... Lagardie, conduisez-le au feu!

— Pourquoi veux-tu donc qu'André se fasse présenter à la tante de Jouan? — demanda Josette — représenter, c'est-à-dire, car il l'a connue autrefois à Skaër...

— Il a envie d'aller à ses samedis...

— Ah bah!... c'est une drôle d'idée!...

— Mais non... il veut se marier!...

M. de Lafère ne quittait pas des yeux Josette; il s'attendait à l'explication de Jean, et voulait voir l'effet que l'annonce du mariage possible de M. de la Londe allait produire sur la jeune femme. Le visage de la comtesse exprima un très grand étonnement, mais aucune émotion.

Quant à M. Moray, il se départit de son impassibilité habituelle, s'écriant malgré lui :

— Se marier!... Enfin!...

Josette le regarda surprise, ne comprenant rien à cette explosion.

— Pourquoi « enfin » ? — interrogea-t-elle.

— Mais, — dit M. Moray avec un peu d'embarras, — parce que, depuis quelque temps, nous lui conseillons tous de songer au mariage, et, comme jusqu'à présent il se montrait rétif, je suis heureux de voir ce changement subit.

— Est-ce que vous avez une femme à lui offrir ? — demanda gaiement Josette.

— Non... Mais je puis chercher comme les autres, répondit le comte, dont le regard sembla, perçant la foule qui masquait l'entrée, se poser sur une personne visible pour lui seul.

Puis, il ajouta :

— Il n'en est pas moins vrai qu'il faut se faire présenter à cette excellente baronne... c'est le plus sûr moyen de...

— Qu'est-ce que vous dites ?... De quoi parle-t-on ? s'écria impétueusement Duplan, se rapprochant en entendant prononcer le nom de la baronne.

Déjà Lagardie entraînait André vers madame de Jouan.

— Permettez-moi, Madame, — dit-il d'un ton dégagé, — de vous présenter M. de la Londe, un de vos compatriotes, qui meurt d'envie d'aller à vos samedis.....

Madame de Jouan fit à André un cérémonieux salut.

— M. de la Londe, que vous me présentez aujourd'hui, est une très vieille connaissance, — dit-elle à Lagardie.

Puis, se retournant vers André :

— Je suis chez moi le samedi soir et le mardi matin, Monsieur, et je serai très heureuse de vous recevoir.

André balbutia quelques banales phrases de remerciement et la baronne s'éloigna d'un air digne : elle avait aperçu Josette et voulait éviter de lui dire bonjour.

— Eh bien, voilà qui est fait, — dit M. Moray, dont les yeux brillaient.

— Hélas !... — répondit André en souriant, — il me semble que je suis déjà marié !

La cérémonie finissait ; quelques personnes sortaient de la chapelle, indécises, ne sachant pas si elles iraient chez la reine de Numidie, qui avait annoncé qu'elle recevrait après la cérémonie.

Madame de Villefranche passa, entourée, comme toujours, de l'essaim d'adorateurs qui marchent à ses côtés comme un seul homme ; elle s'arrêta un instant pour serrer la main à Josette, et fit un signe à l'oncle Jean, qui prit docilement place dans l'escorte.

Puis, madame de Jurieux parut au bras du barno

Jassy ; derrière eux marchait Jurieux, remorquant la baronne, une jolie petite blonde, rose et Loulotte.

— Tiens ! — dit M. Moray, — on m'affirmait hier qu'ils étaient brouillés.

— Brouillés comme des œufs ? — murmura Lagardie.

L'orgue jouait une marche. Madame Haar descendit lentement la nef, calme et recueillie, au bras de son parrain. La reine de Numidie la suivait ; elle avait fait au marquis de Damartin l'honneur de l'accepter pour cavalier.

La Vieille-Rognure ne semblait pas plus fier pour ça. Il marchait de travers, comme toujours, présentant l'épaule droite et exagérant encore ce dandinement éreinté qui caractérise son allure. Il arrivait au niveau de l'épaule de la reine ; elle avait l'air de s'appuyer sur une canne.

La berline de madame Haar avançait ; la reine y monta ; la néophyte prit place près d'elle, et le pauvre petit ambassadeur s'installa sur la banquette du devant, se faisant tout petit, ce qui, déclara Lagardie, était superflu.

On voulait faire monter en quatrième la Vieille-Rognure, mais il refusa ; « il allait suivre dans son coupé, si on le permettait ; il ne voulait pas être indiscret... »

Dès que la voiture fut partie, M. Moray s'approcha de lui.

— Eh bien? — demanda-t-il.

— Eugénie Chanot, née à Charonne, le 28 juillet 1845, — répondit brièvement Damartin.

— Hein?... fit M. Moray ahuri, ne comprenant pas un mot.

La Vieille-Roguure s'arrêta.

— Qu'est-ce que vous me demandiez?

— Je disais : « Eh bien? » sous-entendu : « Êtes-vous satisfait? »

— Parbleu!... Sans doute! puisque pendant plus de vingt-quatre heures j'ai eu son acte de naissance entre les mains?... Je ne voulais que ça, moi! Je sais à présent que cette soi-disant grande dame étrangère est de Charonne, et, détail qui a sa petite importance, pour elle surtout : qu'elle est née le 28 juillet 1845... Ça lui fait sa jolie pièce de trente-huit ans... C'est égal, j'ai eu du mal pour en arriver là!

Lagardie, stupéfait, contemplait le marquis avec admiration.

— Ainsi, c'est pour savoir son origine et son âge que vous avez fait tout ça?

— Pas pour autre chose. Vous n'en êtes pas encore là, vous, messieurs les journalistes?... et je ne pense pas que beaucoup de vos reporters puissent piger avec moi!

Puis, s'étirant avec un formidable bâillement :

— Ouf!... J'en ai assez des reines dégommées, avec lesquelles il faut se tenir comme si elles ne l'étaient pas!... Quelle scie!

Et comme on riait, la Vieille-Rognure ajouta de sa voix traînante et canaille :

— Oui... le *commerce des grands* m'embête sans me flatter... Quand je suis avec eux, j'ai tout le temps envie de fumer une pipe ; je me dis que leur présence m'en empêche et je leur en veux de ça!... Voilà comme je suis!...

Il salua Josette et s'engouffra dans son coupé.

Duplan demanda :

— Allons-nous chez la reine?

— Moi, j'y vais, — dit Lagardie, — mais par métier et non par plaisir ; ce sera assommant!

M. Moray guettait la sortie des Ledru ; avant de se prononcer, il désirait savoir ce qu'allaient faire le père et la fille.

— Je vais au Bois, — dit Josette.

Son mari la regarda avec stupeur.

A cette heure-ci?... mais il n'y a personne!

— C'est précisément pour ça! Je vais me promener à pied aux Acacias.

M. Moray haussa les épaules; décidément, il n'y avait rien à faire de sa femme; elle ne comprenait pas la vie! Il la fit monter en voiture et revint au-devant des Ledru qui sortaient de la chapelle.

Déjà Duplan, sautant sur le père Ledru, parlait affaires avec volubilité. M. Moray s'approcha de Geneviève et lui dit rapidement :

— Il faut que je vous parle !

— Tiens, comme ça se trouve, moi aussi !

— Puis-je vous voir aujourd'hui ?

— Pourquoi pas ? A trois heures, comme toujours.

Ledru, que Duplan tenait par un bouton de son gilet, était parvenu à tirer sa montre.

— Allons, vite, fillette, — dit-il à Geneviève ; — je dois être à deux heures à la Bourse, et auparavant nous devons aller saluer Sa Majesté.

Puis, voyant d'Étiolles s'acheminer à pied vers les Champs-Élysées :

— Voulez-vous accepter une place dans ma voiture, monsieur le duc ?

— Merci, — répondit le jeune homme, — je marche par régime.

— Ce pauvre M. Ledru ! — dit Lagardie lorsque la voiture s'éloigna, — il a dû être domestique !

— Pourquoi ça ? — demanda Duplan scandalisé.

— Parce qu'il en a le langage : il appelle *M. le duc*, d'Étiolles, qui a trente ans !..... Bientôt il parlera à la troisième personne !

— Comment ?... comment ? — insista Duplan, inquiet ; — mais, moi aussi, je dis toujours comme ça !...

— Eh bien, c'est un tort...

— Vraiment... Je croyais... Montez donc avec moi, vous m'expliquerez ça en route?...

— Je veux bien, moi! « J'suis pas fier! » — marmotta en riant le petit journaliste, qui bondit dans le huit-ressorts, envoyant, dans une ruade de gaieté, son talon presque sur le nez du parvenu.

Pierre de Lafère était resté seul sur le trottoir, il héla un fiacre qui passait :

— Au bois, allée des Acacias, — dit-il en montant.

XV

Le samedi suivant, M. de la Londe accompagna Lagardie chez la baronne de Jouan.

Le journaliste avait dit vrai; les gens qui étaient là avaient assez bonne apparence; plusieurs étaient connus d'André.

Luxeuil, échappant à la surveillance de madame de la Saussaie, venait régulièrement flirter avec l'élément exotique et courir une dot au sein de l'élément bourgeois.

M. Ledru et sa fille étaient aussi des habitués du salon de la baronne. André les plaça parmi les *pantins inconscients*, dont lui avait parlé Lagardie.

Le petit de Chabanys, à la recherche d'une héritière, faisait, en attendant, la cour à toutes les veuves, prétendant que, sans engager à rien, ça rapportait au moins trois pour cent.

Damartin venait, soi-disant pour rencontrer madame Haar, mais en réalité pour s'amuser à faire rater les mariages; il excellait à ce passe-temps; personne ne savait comme lui attirer l'attention du jeune homme sur les imperfections de la demoiselle qu'on lui destinait, et signaler à la jeune fille les vices de celui qui aspirait à sa main.

— Les ingrats! — disait-il parfois, lorsque son intervention, tournant mal, lui attirait un camouflet quelconque; — ils ne comprennent pas ce que je fais pour eux!

Mademoiselle Ledru était à peu près la seule femme qu'André connût la première fois qu'il alla chez madame de Jouan; il se rapprocha forcément d'elle et ils causèrent pendant toute la soirée.

Geneviève plut singulièrement à M. de la Londe; grave, instruite, réfléchie, avec la conversation d'un homme et la grâce pénétrante d'une jeune fille, elle séduisit très vite André.

Ce garçon positif et sérieux traversait tardivement la crise que traversent d'ordinaire les hommes très jeunes. N'ayant aimé autrefois qu'à son corps défendant, il aimait aujourd'hui à tort et à travers, et Geneviève, charmeuse entre toutes, devait facilement avoir raison de lui.

C'est que M. Moray était parvenu à persuader, non sans peine, à la jeune fille qu'elle devait se marier, et que le mari qu'il lui fallait était M. de la Londe; il lui avait donné le conseil de choisir très vite un mari, le jour où, pressée de nouveau par La Réole, Geneviève lui avait annoncé que le marquis demandait sa main.

Certes, elle n'avait pas avoué que La Réole eût été son amant; mais elle avait dit à M. Moray que, convoitant sa dot et sa personne, le marquis était décidé, si elle ne l'acceptait pas pour mari, à exploiter le secret surpris par lui au bal costumé.

Malgré sa peur habituelle du scandale et du qu'en dira-t-on, le comte avait engagé la jeune fille à résister de toutes ses forces; elle ne pouvait épouser ce misérable! M. de la Londe n'avait pas de titre, il est vrai, mais il était parfaitement honorable, possesseur d'une fortune plus qu'indépendante, et en passe d'obtenir un des grands postes diplomatiques. Quelle jolie ambassadrice elle ferait!

D'abord Geneviève résista, surprise de l'entêtement que M. Moray mettait à défendre son projet; puis, peu à peu, elle se laissa convaincre.

Pour la première fois depuis qu'elle le connaissait, elle se donna la peine d'examiner attentivement André, et le résultat de cet examen fut qu'il serait un mari charmant. L'idée que M. de la Londe pouvait ne pas se prêter à cet arrangement, ne lui vint même pas à l'esprit et, lorsqu'elle s'aperçut qu'à la fin de mai, les choses n'étaient guère plus avancées qu'au premier jour, elle entra dans une rage froide et se jura qu'avant trois mois elle serait la femme de cet homme, qui osait lui résister et ne se livrait pas immédiatement pieds et poings liés.

En voyant approcher le moment des départs, elle feignit une tristesse extrême qu'elle refusa obstinément d'expliquer; et, de fait, André, évitant de passer sous le joug, lui semblait supérieur aux autres hommes qu'elle pliait comme bon lui semblait; peu à peu elle se laissait aller, sinon à l'aimer, du moins à désirer lui appartenir. Plusieurs fois, Lagardie avait averti André que « la petite Ledru avait un béguin pour lui » et, d'autre part, il avait cru remarquer aussi qu'il ne lui était pas indifférent; mais le chiffre de la dot de Geneviève l'empêchait, de se déclarer, et même de lui laisser deviner la très profonde impression qu'elle faisait sur lui. Il voyait arriver avec chagrin le Grand-Prix, qui, dispersant tous les habitués de madame de Jouan, allait fatalement faire cesser les fameux samedis.

Effectivement la baronne annonça sa dernière réception, et elle invita M. de la Londe à dîner pour ce jour-là.

La baronne de Jouan habite boulevard Haussmann un splendide appartement, au second étage d'une superbe maison dorée du haut en bas. Les murs, la rampe, les plafonds et les boiseries font mal aux yeux, et la clientèle de la vieille marieuse ne déteste pas ce luxe un peu criard. Les panneaux des salons sont couverts de portraits de famille parfaitement authentiques; on enfonce dans d'épais tapis, et la voix s'assourdit contre les tentures de peluche, de vieilles tapisseries, de damas chatoyants et lourds.

En examinant très attentivement le mobilier et l'arrangement général de l'appartement, on s'aperçoit que les objets qui le remplissent n'étaient pas destinés à se trouver rapprochés. Plusieurs notes fausses frappent désagréablement; ces beaux meubles sentent le *meublé*.

Lagardie prétend que la baronne a acheté son mobilier à des saisies de cocottes, ou chez les tapissiers qui exposent sur le trottoir, devant leur porte, « ce qu'ils ont de mieux ! » et qu'elle-même s'habille chez les marchandes à la toilette de la rue de Provence.

Il y avait ce soir-là une vingtaine de convives chez madame de Jouan.

D'abord André, M. et mademoiselle Ledru, Lagardie, madame Haar, Damartin et Duplan, toujours à la recherche d'une jeune fille de grande maison, qui consentît à l'épouser et eût, si faire se pouvait, un ancêtre Templier.

Puis une fort belle femme, récemment veuve d'un général qu'elle désirait remplacer dans le délai qu'impose la loi, par quelqu'un de plus frais et de moins gradé.

Un magistrat encore jeune, qu'un avancement foudroyant, une fortune rondelette et un physique régulier, rendait l'idéal des demoiselles à marier.

Une mère et une fille, femmes très honorables, nouvellement débarquées de province.

La fille, superbe de force, éblouissante de fraicheur ruisselante de santé, avec une taille trop courte et de beaux grands yeux bêtes, largement ouverts : l'œil du bœuf qui regarde passer un train. La mère, hommasse, couperosée, offrant à ceux qui pouvaient songer à épouser sa fille, l'image exacte de ce qu'elle serait dans vingt-cinq ans.

Un jeune homme indécis, qui voulait bien se marier « comme çà, en l'air, » mais qui, au moment décisif, lâchait pied invariablement.

Une autre mère et une autre fille, Parisiennes pur sang, habillées à ravir, avec rien ; l'air aussi jeune l'une que l'autre et toutes deux également désireuses de se marier.

Une famille composée du père, ancien marchand de noir animal, de la mère qui passait pour avoir vigoureusement cascadé sous l'Empire, et de deux enfants, un fils et une fille ; le fils, étriqué, doux, timide et sot; la fille assez jolie, le nez pointu, les lèvres minces, le teint mat, possédant malheureusement huit doigts à la main gauche. La vue de ces huit doigts exaspéraient les nerfs de Lagardie.

— Ça n'a l'air de rien, huit doigts! quand on le raconte, — disait-il lorsqu'on parlait devant lui de cette infirmité. — Eh bien, c'est horrible à voir! Ça s'agite, ça grouille! Fi! Quand j'ai regardé ça, je ne peux plus manger!

Lorsque la baronne de Jouan faisait valoir les perfections de sa protégée, le petit journaliste protestait.

— On dit toujours ça! elle aime sa mère; elle a de beaux cheveux; elle est bonne musicienne!...... Quoi donc encore?

Et il ajoutait, quand la vieille femme avait le dos tourné :

— Elle doit être méchante comme une gale, cette petite! Je parie qu'elle a encore bien plus de défauts que de doigts!

A table, André fut placé à côté de Genevieve Ledru. La jeune fille mangeait à peine et semblait profondément triste. M. de la Londe la questionna sur la cause de cette tristesse.

Sans répondre, la jeune fille tourna vers lui ses beaux yeux bleus, remplis de larmes.

André fut ému de ce chagrin qui lui semblait sincère. Effectivement Geneviève, irritée de l'attitude de M. de la Londe, était prête à pleurer de colère; elle sentait les sanglots s'amasser dans son gosier desséché; elle avait une folle envie de s'offrir, de crier à cet homme qui s'obstinait à ne pas voir :

« Voulez-vous que je sois votre femme ? »

— Depuis quelque temps, — dit André, — je remarque que vous n'êtes plus la même... Vous n'êtes pas malade ?

— Non.

— Vous n'avez aucun chagrin ?

— Si ! — répondit résolument Geneviève.

M. de la Londe se tut, craignant de provoquer une confidence qu'il devinait à moitié. Il ne voulait pas épouser la jeune fille; et d'ailleurs, il était bien convaincu que, le voulût-il, on ne la lui donnerait pas. Cette considération était la seule qui l'arrêtât ; car, vivant absolument en dehors du mouvement d'affaires et des potins mondains, il ne soupçonnait pas la fâcheuse réputation du président de *l'Alliance universelle*. Il se disait seulement que ses vingt mille francs de rente étaient insuffisants pour une fille apportant trois millions de dot. Il savait que, d'autre part, le père Ledru affichait, pour Geneviève, les plus hautes prétentions, tenant avant tout à un titre et répétant à qui voulait l'entendre qu'un duc serait tout à fait son affaire.

En voyant ce silence, qu'elle trouvait offensant, la douce jeune fille fronça imperceptiblement les sourcils et, regardant André bien en face :

— Vous ne me demandez pas la cause de ce chagrin?

Sa voix tremblait un peu, ses lèvres blanchissaient.

— Je suis très discret, — répondit M. de la Londe, cherchant à plaisanter; puis, voyant qu'elle restait muette, presque farouche, il ajouta :

— Habitude professionnelle!...

Le front de la jeune fille ne se dérida pas; heureusement Duplan, assis à sa gauche, vint faire diversion.

Il admirait la belle Geneviève sans aucune arrière-pensée. D'abord, son bon sens, pratique dans certains cas, la lui faisait trouver beaucoup trop belle pour une femme légitime; de plus, elle ne remplissait pas les conditions voulues; sa naissance était plus qu'ordinaire, et devenir le gendre du père Ledru eût semblé à l'ancien pourvoyeur du Bey le comble de l'humiliation.

Depuis quelques instants, trouvant que la conversation languissait, Hubert Duplan cherchait à la ranimer, abordant successivement et sans aucun succès tous les sujets connus.

Ayant épuisé la pluie, le beau temps, les élections, le Salon et les courses, il se décida à parler politique; expliquant ses idées, ses principes et ses *intentions !*

Avant toute chose, il était monarchiste, et pourquoi? Parce que, tout simplement, il trouvait plus pratique d'être gouverné par un seul imbécile que par sept cents!

Le pauvre homme n'obtenant pas de réponse, prit le parti de dévorer sans parler; mais, à un moment donné, entendant Lagardie et Damartin, placés en face de lui, rire de tout leur cœur, il n'y put tenir et s'écria, menaçant le petit journaliste de son gros doigt rouge et noueux :

— Riez donc pas, là-bas, quand dans ce coin-ci nous nous ennuyons à mourir !

Et voyant que, cette fois, la Vieille-Rogoure se tordait, il reprit, sans se douter qu'il venait de faire encore une gaffe :

— Dame! c'est vrai!... Rien n'est plus agaçant que de voir rire comme ça quand on ne s'amuse pas!

Il baissa un peu la voix et, s'adressant confidentiellement à Geneviève :

— Si, au moins, on pouvait se griser?... Mais y a pas mèche!... On vous sert des petits verres de rien du tout!... le goût de ce qu'on est censé boire n'arrive même pas aux organes qui permettent d'apprécier.

Il reluquait, ce soir-là, la plantureuse jeune fille de

province. Elle portait un nom pompeux, et il mourait d'envie de se faire présenter à la mère, une très belle femme aussi, trouvait-il.

Il se voyait déjà marié à mademoiselle de Mâchecoul, et ajoutant ce nom au sien, alors précédé d'un titre.

Après le dîner, il alla conter son rêve ambitieux à madame de Jouan.

La vieille marieuse fut transportée.

— Mademoiselle de Mâchecoul, dit-elle, réalisait l'idéal rêvé par M. Duplan : grand nom ; santé admirable ; éducation littéraire et spartiate ; savait au besoin être mondaine ; pas beaucoup d'argent, mais une dot suffisante pour subvenir à ses besoins personnels. Une mère charmante, pleine d'indulgence et de bonté au fond, mais un peu « province » à la surface ; d'ailleurs, nullement pressée de marier sa fille ; ignorait complètement que quelques entrevues eussent lieu de temps à autre chez la baronne. Il fallait surtout empêcher à tout prix que ces dames apprissent ce... détail, car elles ne reparaîtraient plus, si elles soupçonnaient pareille chose.

Madame de Jouan disait vrai ; madame de Mâchecoul ne devinait pas à quelle industrie la baronne, — rencontrée par elle à Vichy, — devait sa fortune ou tout au moins la plus grande partie de ses revenus.

Elle accepta donc, sans méfiance, la présentation

et, radieuse, la vieille femme lui amena son protégé.

D'abord Duplan resta debout devant ces dames; mais madame de Mâchecoul, lui montrant sa fille qui, se levant pour danser, laissait sa chaise libre, lui dit aimablement :

— Asseyez-vous donc là, Monsieur, nous serons mieux pour causer!

Très flatté, le parvenu s'installa sur la pauvre petite chaise de bois doré qui poussa un gémissement plaintif; à peine l'eût-il touchée, que s'adressant à la jeune fille qui s'éloignait, il s'écria avec conviction :

— Mâtin! ben, vous n'avez pas le sang à la tête, vous!...

Et, tâtant la chaise de sa lourde main maladroite, il murmura :

— Cette chaise est brûlante... positivement brûlante!...

Il y eut un froid. La noble dame de Mâchecoul trouva ce monsieur bien mal élevé; quant à la mère de Jouan exaspérée, elle se jura de ne plus inviter Duplan à l'avenir. Il était trop compromettant et il suffisait d'un individu de cette espèce pour déprécier son salon.

Elle s'éloigna navrée et allant à Geneviève Ledru, assise dans un coin, isolée et rêveuse :

— Eh bien! ma belle chérie, vous semblez ne pas

vous douter qu'il y a ici un pauvre garçon qui se meurt d'amour pour vous...

La jeune fille tressaillit ; mais reprenant vite sa physionomie glaciale.

— Vraiment ? — dit-elle en souriant d'un sourire froid et coupant.

— Vous le savez bien, petite finaude, — reprit la baronne, — et, épiant l'impression qu'elle allait produire, elle marmotta :

— Ce pauvre Luxeuil me fait pitié. Votre grande fortune l'empêche d'oser se déclarer.

En entendant le nom de Luxeuil, mademoiselle Ledru rougit de colère et d'un ton cassant, sa voix si douce devenue presque rauque, elle répondit :

— Ah ! c'est de M. de Luxeuil qu'il s'agit ; eh bien ! mais il fait sagement de ne pas se déclarer. On n'épouse pas volontiers les gens de sa sorte.

— Mais... — balbutia la mère de Jouan interdite en voyant le peu de succès de son protégé.

Déjà Geneviève, ne l'écoutant plus, s'approchait de son père qui causait avec M. de la Londe. La façon dont elle regardait André, frappa Lagardie.

— Je parierais bien que la belle Geneviève prendrait volontiers la succession... légitime de madame de Guibray ! — dit-il à Damartin, — elle me paraît occupée de la Londe un peu plus qu'il ne faudrait.

La Vieille-Rognure jeta sur André un regard de pitié

— Pauvre garçon !

— Comment ! Pauvre garçon? — s'écria le petit journaliste, — Sapristi!... Vous êtes difficile!... je ne me trouverais pas à plaindre, si j'étais à sa place, moi!...

— Eh bien vous auriez tort ! Qu'on fasse de mademoiselle Ledru sa maîtresse, si on le peut, rien de mieux, mais qu'on l'épouse, non!... Elle doit avoir tous les vices, cette fille-là, l'expression du visage est angélique, et la beauté incontestable. Mais toutes les passions mauvaises sont inscrites sur ce masque charmant: gourmandise, paresse, luxure, rapacité, hypocrisie! Moi, j'y lis tout ça!... Je ne suis pas très sensible, n'est-ce pas, eh bien, je vous assure que je plains cependant de tout mon cœur le malheureux homme qui liera sa vie à celle de cette séraphique créature.

— Vous serez bien toujours le même! Par esprit de contradiction, vous soupçonnez de tous les vices une jeune fille qu'on se plaît, dans la société, à doter de toutes les vertus...

— Possible! — grommela la Vieille-Rognure, — on verra qui a le plus de nez de la société ou de moi?

XVI

Dans les premiers jours de juin, Josette, installée à Skaër avec madame Moray et M. Jost, reçut de son mari une lettre annonçant qu'il arrivait, amenant des amis.

C'était Lagardie, l'oncle Jean et d'Étiolles ; le comte ajoutait qu'il espérait aussi décider à venir les Ledru et Damartin, encore hésitants, mais cependant ébranlés. Le chaleur était affreuse, il était impossible de rester à Paris plus longtemps, et il n'y avait encore personne à Deauville. Ils se rabattaient sur Skaër pour respirer.

Lorsque le facteur apporta cette lettre, on venait de déjeuner et on prenait le café sur la grande terrasse de marbre, abritée de stores, qui termine l'aile gauche du château, à cent mètres environ de la mer.

Il y avait eu à déjeuner, madame de Lafère et son fils, et maître Delalonde et André, installé aussi à Vannes depuis quelques jours.

Josette lut tout haut le passage concernant les arrivants; en entendant le nom des Ledru, la physionomie d'André s'éclaira, tandis que madame Moray laissait échapper une exclamation involontaire.

— Ah! — dit-elle tristement, — j'espérais qu'à Skaër nous serions à l'abri des visites de ce genre.

— Est-ce cette mademoiselle Ledru de laquelle tu m'as tant parlé, André? — demanda le vieil avoué en regardant attentivement son fils.

— Oui, père, — répondit André avec un peu d'embarras.

C'est que, malgré lui, il ne pouvait s'empêcher de parler à son père de la jeune fille; il avait, au fond, l'espoir qu'un événement quelconque le mettrait un jour à même de l'épouser; depuis quelque temps il rêvait de spéculations, d'affaires de Bourse, il voulait décupler sa fortune et demander ensuite la main de Geneviève.

En entendant l'exclamation de madame Moray, le père Delalonde fut très surpris; pourquoi donc sa vieille amie semblait-elle mécontente de recevoir des gens dont André lui faisait sans cesse l'éloge; il demanda:

— Cette visite ne paraît pas vous plaire, chère madame?

— Certes non, — répondit madame Moray, — je ne conçois pas que Paul amène à Skaër de telles gens... Quand je dis de telles gens, j'ai tort, car ce n'est que du père que je veux parler.

— Pourquoi donc cette sévérité pour le père?...

— Parce que c'est un notaire chassé de son étude; un brasseur d'affaires dans la plus mauvaise acception du mot; un cafard, capable de toutes les malpropretés, et que je trouve inutile de recevoir des gens tarés...

— Tu ne m'avais pas dit tout cela, André? — fit le vieil avoué.

— Mais en vérité, père, j'entends pour la première fois juger ainsi M. Ledru.

— C'est qu'alors vous n'avez jamais entendu parler de lui à personne, — dit madame de Lafère. — Moi, qui ne passe à Paris que deux ou trois mois par an, je suis au courant de ce qui se raconte sur le président de *l'Alliance universelle.*

André sait à quel point son père est sévère pour les tripotages d'affaires et les fortunes inexpliquées; ne voulant pas qu'il crût ce qu'on disait de M. Ledru et qu'il prît mauvaise opinion de lui, il répondit vivement:

— Je crois, Madame, que la malveillance s'attaque

à tort à M. Ledru ; sa haute situation financière lui attire l'envie de ceux qui réussissent moins bien que lui, et la haine de ceux qui échouent tout à fait... Il est si facile de calomnier un homme dans les affaires...

— Et puis, d'ailleurs, qu'est-ce que ça fait, tout ça? — dit maître Delalonde, examinant André d'un air soupçonneux, — aucun de nous n'a l'idée de s'associer à l'illustre financier, je présume?

Josette, silencieuse et préoccupée, ne disait rien ; appuyée contre la balustrade de marbre, elle relisait machinalement la lettre de son mari.

Ainsi M. Moray amenait chez elle sa maîtresse !... C'était complet !

Pour elle, ce manque d'égards lui était bien indifférent et ne la surprenait pas, mais elle était outrée qu'il manquât à ce point de respect à sa mère.

Puis, elle voulait bien supporter Geneviève tant que sa liaison n'était pas généralement connue, mais du jour où elle deviendrait de notoriété, elle se promettait d'intervenir, bien décidée à ne pas accepter un vilain rôle.

Pierre de Lafère, s'approchant d'elle, lui demanda :

— L'arrivée de ce monde vous ennuie, n'est-ce pas?

— Oui, — dit la comtesse, — je regrette nos bonnes soirées si tranquilles...

Le lendemain, le mail ramenait de la gare la bande

des invités au grand complet. Les Ledru *s'étaient laissé fléchir*.

Geneviève était très changée; ces quinze jours l'avaient étonnamment pâlie et maigrie. Cette singulière fille, habituée à assouvir ses caprices, souffrait réellement de la résistance et de ce qu'elle appelait la fuite d'André !

Son désir de l'épouser était devenu une idée fixe, elle ne dormait plus et ne se laissait distraire par rien.

Ses grands yeux bleus brillaient d'un éclat fiévreux et se cernaient, s'enfonçant dans l'orbite; il était facile de voir qu'elle dépérissait.

Elle fit un froid accueil à André, lorsqu'il arriva pour dîner avec son père, lui demandant sèchement de ses nouvelles sans même lui tendre la main; mais le soir, tandis qu'on fumait devant le perron en flânant autour des corbeilles de fleurs, elle vint brusquement s'appuyer à son bras et, l'entraînant vers la grève :

— Savez-vous pourquoi je suis venue?...

Comme André, étonné du ton de la question, restait un instant sans répondre, elle reprit d'une voix vibrante, lui effleurant le visage de son souffle brûlant :

— Parce que je vous aime, comprenez-vous?... Parce que je vous aime follement, désespérément, et que j'ai voulu vous revoir... Vous supplier de ne pas me repousser !... Pourquoi ne voulez-vous pas de moi, dites?... Tous, excepté vous, me trouvent belle... je suis riche...

— Justement, — dit vivement M. de la Londe, heureux de trouver une excuse, — justement, vous êtes trop riche !...

— Si ce n'est que ça qui l'arrête, — pensa Geneviève, — il peut marcher carrément.

Elle prévoyait la ruine prochaine de son père ; après avoir commencé par voler les autres, espérant ainsi se tirer d'affaire, le financier débordé voyait poindre le krach et la police correctionnelle ; il avait franchement fait part de ses craintes à sa fille ; *l'Alliance*, selon lui, tiendrait encore deux mois, trois au plus, à condition que le gouvernement et la banque cosmopolite ne s'entendissent pas pour la culbuter plus rapidement.

Néanmoins Geneviève ne voulut pas faire entrevoir à André la possibilité de sa ruine ; jugeant les autres d'après elle-même, elle pensa que la générosité de M. de la Londe était feinte, et elle répondit :

— Qu'importe que je sois plus riche que vous, puisque je vous aime ! c'est encore moi qui serai votre obligée... Je ne vous donnerai que de l'argent et vous me donnerez le bonheur !

— C'est impossible !... murmura André très ému.

La jeune fille devina cette émotion, et le caprice

qu'elle éprouvait pour M. de la Londe était tel qu'elle eut envie de lui crier :

— Eh bien ! ne m'épouse pas, mais accepte-moi !... Une pensée l'arrêta.

Avec la fortune, l'inconduite ne l'effrayait pas ; elle savait que beaucoup d'argent fait pardonner bien des choses et que, d'ailleurs, la fille du président de *l'Alliance universelle* ne serait pas soupçonnée ; mais avec la pauvreté, la dégradation morale ne lui paraissait plus acceptable ; puis, son père en fuite ou en prison, que deviendrait-elle ?

Ils étaient arrêtés contre la falaise ; Geneviève se jeta à genoux.

— Prenez pitié de moi, André ? — supplia-t-elle.

Sa voix chaude le remuait profondément ; elle l'étreignait contre elle ; voulant la relever, il s'inclina, mais elle, l'enlaçant plus étroitement encore, lui murmura sur les lèvres :

— Je t'aime tant !.....

— Moi aussi, — répondit André, ne sachant plus ce qu'il faisait, — moi aussi, je t'aime...

A son tour la fièvre le gagnait, mais Geneviève trouva que les choses étaient allées assez loin ; elle se relevait, lorsqu'une énorme boule noire et soyeuse vint rouler entre eux.

André s'éloigna vivement de la jeune fille.

— Pluton ! — fit-il inquiet, — Josette est là !

En effet, une silhouette blanche se dressait à quelques pas sur la falaise.

— Qui est là? — demanda M. de la Londe.

— Josette! — répondit la comtesse, et lorsqu'elle fut tout près d'eux :

— Il paraît que, comme moi, vous aimez à écouter gronder les vagues! Nous sommes vraiment trop poétiques? C'est dangereux!

Ils revinrent lentement vers le château. On était rentré et chacun s'organisait pour passer la soirée à sa guise.

D'Étiolles, Lagardie et M. Moray s'apprêtaient à faire une partie de billard. André se joignit à eux.

Madame de Lafère, madame Moray, M. Ledru et M. Delalonde allaient commencer un whist.

Pendant que madame Moray préparait les cartes et les fiches, Damartin, questionné par elle, lui expliquait pourquoi il avait converti madame Haar.

— Certainement, — affirmait la Vieille-Rognure, — je n'ai pas de préjugés, mais c'est égal! depuis que je sais qu'elle s'appelle Eugénie Chanot et qu'elle est née en 1845 et à Charonne... je ne la trouve plus bien du tout! tandis qu'avant, quand je la croyais Hongroise ou Polonaise, je la parais de toutes les qualités... physiques seulement... car les autres...

— Allons! — venez, dit l'oncle Jean, — nous allons faire un petit écarté de famille avec Pierre et M. Jost!

Geneviève Ledru s'assoyait au piano, lorsque la comtesse, lui touchant l'épaule :

— Pardon.., voulez-vous respirer un peu sur la terrasse?...

La jeune fille allait refuser, prétextant la fatigue du voyage, mais elle vit le regard de Josette si impérieusement dur qu'elle n'osa pas la mécontenter.

La comtesse traversa l'immense enfilade de salons, puis la salle à manger déserte et elles se trouvèrent sur la terrasse, isolée de la partie du château habitée à cette heure-là. Tous les domestiques, retirés dans les communs, dînaient ; elles étaient bien seules.

— Mademoiselle, — dit Josette, — je pourrais vous mettre à la porte sans explication...

— Parce que ? — demanda la jeune fille, se faisant soudain arrogante devant le danger.

— Parce que vous êtes la maîtresse de mon mari, — répondit la comtesse.

Geneviève voulut protester.

— Ne vous défendez donc pas ! Depuis plus de six mois, je le sais ; j'ai été avertie par des lettres anonymes. On me disait où et à quelle heure avaient lieu vos rendez-vous. J'ai voulu savoir si cette dénonciation était vraie ; je suis allée à l'endroit indiqué et je vous ai vus sortir... Il est donc inutile de nier...

— C'est un mensonge infâme !...

— Que vous soyez ou non la maîtresse de M. Moray,

— continua Josette sans prendre garde à la protestation de la jeune fille, — peu m'importe, je ne suis pas jalouse... Mais aujourd'hui, cet... emploi semble ne plus vous suffire, et vous cherchez à vous faire épouser par un brave garçon qui vous croit honnête et pure... Cela ne sera pas...

— Vraiment?...

— Vous êtes venue chez moi uniquement pour vous rapprocher de M. de la Londe; vous partirez demain sous un prétexte quelconque : votre père se fera envoyer une dépêche; enfin, vous trouverez une raison pour expliquer votre départ...

Geneviève répondit tranquillement :

— Je ne partirai pas et j'épouserai, si cela me plaît, M. de la Londe.

Elle était en plein dans la lumière du clair de lune; ses grands yeux froids luisaient; elle sourit méchamment et reprit :

— Je l'épouserai et je vous défie de m'en empêcher.

— Je lui dirai ce que vous êtes.

— Allons donc! — s'écria la jeune fille, dont l'intonation canaille rappela le père Ledru.

Puis elle ajouta :

— Dites tout ce que vous voudrez, il ne vous croira pas...

— Et si je lui prouve que c'est la vérité?...

— Dans ce cas, il se battra avec votre mari!... C'est

peut-être ce que vous cherchez, d'ailleurs? car on raconte que vous n'aimez guère ce pauvre Moray...

— Oh!... fit la comtesse, indignée.

— André est bien à moi, à présent, — reprit mademoiselle Ledru, — je l'ai compris tout à l'heure... et vous avez dû vous en convaincre aussi, puisque vous espionnez si bien?

— Je ne vous espionnais pas — dit la comtesse. Dieu sait que je ne soupçonnais pas vos projets; je pensais que M. Moray vous amenait à Skaër, parce qu'il ne voulait pas se priver de vous!... J'étais assise à la falaise; vous êtes venue jouer votre scène d'amour devant moi : j'en profite, voilà tout...

— Vous plaît-il, Madame, que nous rentrions au salon? On va remarquer notre absence...

Devant l'audace de cette fille, qui la bravait chez elle, Josette fut prise d'une violente colère, qu'elle parvint à grand'peine à contenir et, tandis que mademoiselle Ledru se mettait au piano, elle vint s'asseoir près des joueurs de billard, regardant distraitement rouler les billes.

La voix de maître Delalonde qui comptait ses fiches, annonçant la fin de la partie de whist, la tira de sa rêverie.

— Nous avons cinquante fiches!... Madame, voici 12 fr. 50. Est-ce bien cela?...

Puis, appelant son fils :

— André, veux tu voir si le cabriolet qui fait la joie de Josette est attelé?

— Oui, père — répondit M. de la Londe en riant, — il est devant le perron.

Le cabriolet du vieil avoué, fait en effet la joie de Josette. Bien qu'ayant été renouvelée plusieurs fois, l'étrange voiture semble être toujours la même qu'il y a quinze ans. C'est une caisse bizarre, gondolée, plantée sur des roues énormes et surmontée d'une immense capote, dans laquelle le vent s'engouffre avec fracas.

Habituellement la comtesse accompagnait son tuteur jusqu'à la voiture, mais ce soir elle l'embrassa sans le reconduire et, se dirigeant vers M. Ledru, qui, éreinté du voyage, glissait sur la pendule un œil furtif, elle l'entraîna dans un coin du salon.

— Monsieur, — lui dit-elle à voix basse, — pour des raisons que vous connaissez, il ne me convient pas de tolérer à Skaër la présence de votre fille; je viens de lui parler; elle refuse de partir; vous serez, j'espère, plus raisonnable qu'elle? dans tous les cas je vous avertis que, si demain vous êtes encore ici, je vous chasse en présence de tous, et en disant pourquoi je vous chasse.

Le financier devint verdâtre, mais il n'osa résister, voyant à l'attitude menaçante de la comtesse qu'elle était femme à agir comme elle le disait.

Sans répondre, il alla à sa fille, lui dit quelques mots et, s'adressant à madame Moray :

— Permettez-nous, Madame, de nous retirer, ma fille est très fatiguée et j'avoue que moi-même...

— Mais comment donc, je vous en prie, au contraire!... s'écria madame Moray, ravie de voir disparaître Ledru.

Tandis que son père saluait ces dames, Geneviève, s'approchant de M. Moray, resté seul dans la salle de billard, lui dit d'une voix que la rage faisait trembler :

— Tu sais que ta femme nous chasse!

— Hein? — s'écria le comte stupéfait.

— Parfaitement... elle nous épiait ce soir, André et moi.. elle sait ce qui existe entre nous, et ne veut pas permettre, dit-elle, qu'une fille comme moi épouse un honnête homme comme M. de la Londe...

— Ah! — fit sourdement M. Moray, repris de fureur jalouse à la pensée que sa femme aimait encore André.

Josette était dans sa chambre depuis quelques instants, quand M. Moray y entra brutalement.

La jeune femme, déjà déshabillée, lui dit, en s'enveloppant dans un long peignoir de crêpe de Chine :

— Vous avez d'étranges façons!...

M. Moray ricana :

— J'ai bien le droit, il me semble, d'entrer chez vous sans frapper.

— Non, — répondit simplement Josette.

— Du reste, — reprit le comte, — là n'est pas la question. Je viens vous demander le motif de votre inexplicable conduite... Genev... mademoiselle Ledru vient de...

— Oh ! ne vous reprenez donc pas, — dit la jeune femme d'un ton railleur ; — au point où nous en sommes, il est inutile de dissimuler...

— Mademoiselle Ledru, — continua M. Moray, — vient de m'avertir que...

— Que je les mets à la porte, elle et son père, c'est parfaitement vrai...

— Déjà vous vous êtes permis de congédier La Réole sans mon assentiment... Aujourd'hui vous blessez mortellement ce Ledru, qui est un homme venimeux et rancunier, dont j'ai besoin pour mes affaires.

— Je ne veux pas, en recevant chez moi votre maîtresse, lui permettre de se rapprocher d'un homme qu'elle aime ou qu'elle fait semblant d'aimer...

— Vous l'avez bien aimé aussi, vous ?

La comtesse se taisait. M. Moray, furieux, lui cria :

— Cet homme a été votre amant !

— Vous savez bien que vous mentez, — dit tranquillement Josette.

— J'entends que les Ledru demeurent ici, — reprit le comte, — et je vous défends d'entraver ce mariage.

— Moi, je vous déclare que demain ils partiront et que le mariage n'aura pas lieu, dussé-je avertir votre mère et prévenir mon tuteur.

— Vous n'oseriez pas faire cela...

— Non ?... Eh bien qu'ils soient encore là demain après l'heure du train, et vous verrez !

Depuis un moment M. Moray regardait sa femme, profondément frappé de sa beauté. Josette, roulée dans le peignoir transparent qui, plaquant sur son corps, en reflétait les teintes rosées, lui apparaissait tout autre qu'elle n'était restée dans son souvenir.

Changeant brusquement d'attitude, il s'avança vers elle, et, le visage coloré, l'œil allumé :

— Josette, — dit-il d'une voix étouffée, — Josette,... oublions tout... Je vous aime encore.....

La comtesse recula :

— Vous savez que la chambre de votre mère est là — dit-elle ! — si vous me touchez, j'appelle... et elle jugera.

— Mais, — supplia-t-il, — écoutez-moi..... Si vous voulez reprendre la vie passée, je vous jure que je serai le plus soumis, le plus amoureux des maris...

— Oh ! — dit Josette avec un accent d'affreux dégoût, — vous me faites horreur ! Depuis six ans, j'ai cherché à me persuader que vous étiez seulement un étourdi, un affolé de chic et de plaisir. Aujourd'hui, vous amenez votre maîtresse chez votre mère, et vous voulez, en prévision de sa ruine probable, la faire épouser à un honnête garçon qui ne soupçonne pas cette infamie... C'est le fait d'un drôle, entendez-vous !

— Josette...

— Ce n'est pas tout. A l'instant où je viens de découvrir une partie de ces hontes, vous vous apercevez que je suis encore jolie... ma beauté vous tente, et vous osez m'offrir de reprendre cette vie à laquelle vous avez renoncé volontairement. Ah! tenez! Allez-vous-en!... allez-vous-en!... allez-vous-en!...

Elle marchait sur lui, pâle, les dents serrées, le regard mauvais.

Il fut presque effrayé de cette explosion de colère.

— C'est bon, — dit-il en cherchant à sourire, — c'est bon, je m'en vais.

— Oh! — murmura Josette, quand il fut sorti, — n'est-ce pas horrible d'être attelée pour la vie à un être pareil!

Devant elle apparaissait la grande figure sérieuse de Pierre de Lafère. Insensiblement, elle s'était mise à l'aimer, et cet amour lui faisait peur; il ne ressemblait pas à l'amour tranquille et doux qu'elle avait éprouvé pour André, et qui la laissait pendant de longues heures froide et souriante assise en face de lui; elle ressentait, au contraire, un trouble profond dès qu'elle se trouvait seule avec M. de Lafère; elle restait muette, tremblante, les membres brisés, la tête vide, éprouvant un immense besoin de caresses et de blotissements inconnus.

On frappa doucement; madame Moray entra.

Elle avait tout entendu. Le bruit des voix l'ayant,

dès le début, attirée dans la petite pièce qui sépare sa chambre de celle de sa belle-fille, elle avait assisté à la scène ; mais elle préféra laisser Josette lui dire ce qu'elle voulait qu'elle sût seulement.

— Qu'y a-t-il donc? — demanda-t-elle.

L'idée de dégrader son mari aux yeux de sa mère répugna à la jeune femme ; elle n'apprit à madame Moray que ce qui concernait le projet de mariage de mademoiselle Ledru.

— Je sais d'une façon certaine, — dit-elle en terminant son récit, — que cette jeune fille n'est pas une honnête fille, et je désire empêcher André de l'épouser.

— Bast! — dit la vieille femme soucieuse, — s'il est bien déterminé à faire cette folie, rien ne l'arrêtera.

La douleur de madame Moray était immense. Elle souffrait moins encore de l'indignité de son fils que du malheur de Josette. La vie désespérée et finie de cette enfant qu'elle adorait, était pour elle un spectacle navrant.

Elle cacha pourtant son chagrin à sa belle-fille et, l'embrassant tendrement :

— Vous verrez que demain nous serons débarrassée de Ledru père et fille, — dit-elle presque gaiement ; — mais, au cas où ils s'entêteraient, je me charge, moi, de les congédier.

Madame Moray n'eut pas cette peine. Le lendemain, au moment du déjeuner, on remit à Josette un mot envoyé de Vannes par M. Ledru.

Il priait la comtesse d'agréer ses excuses : une dépêche pressante l'appelait à Paris. Ce cher comte, intéressé aussi par la dépêche, partait avec eux et le chargeait de prévenir qu'il serait absent quelques jours.

Il terminait en annonçant que M. de la Londe les accompagnait à Paris.

C'était le trait du Parthe.

Josette en fit la remarque à sa belle-mère, qui répondit, pensant au chagrin qu'aurait son vieil ami si son fils faisait un pareil mariage.

— Pauvre Delalonde !

D'Étiolles et Lagardie furent saisis en apprenant le départ du financier. Décidément *l'Alliance* était malade...

L'oncle Jean et la Vieille-Rognure étaient très calmes ; Damartin a horreur du jeu, et M. de Skaër se contente de manger son patrimoine au cercle et aux courses ; la culbute de *l'Alliance leur était très indifférente*.

Le soir, Josette reçut une longue lettre désolée de son tuteur. Il lui apprenait le départ et le mariage d'André. Son fils l'avait menacé de quitter pour toujours la France s'il refusait son consentement ; il connaissait le caractère d'André : il exécuterait immédiatement sa menace. Le vieil avoué ajoutait qu'il partait lui-même pour Paris le lendemain.

La comtesse lui répondit en l'engageant à laisser son fils s'expatrier pour toujours, plutôt que d'accorder son consentement.

Au bout de quinze jours, maître Delalonde revint à Vannes vieilli, désespéré. Quand Josette le revit pour la première fois, elle le trouva effroyablement changé.

Il n'y avait plus à Skaër que l'oncle Jean, madame Moray et la comtesse; le vieil avoué leur ouvrit son cœur.

Il avait tout appris. La mascarade ridicule de son nom si parfaitement honorable jusque-là; les vols du père Ledru; puis le krach de *l'Alliance* était imminent; et André se mariait la semaine suivante.

Il avait arraché le consentement de son père, mais le vieillard avait formellement refusé d'assister au mariage, et même d'en faire part. En conscience, maître Delalonde, avoué, ne pouvait pas faire part du mariage de *M. de la Londe*, son fils! C'était trop grotesque!

Le pauvre vieillard pleurait, et Josette, bouleversée de son chagrin, tremblait qu'il ne vînt à apprendre *le reste.*

XVII

Le jour du mariage de la belle Geneviève arriva. Malgré la saison avancée, la petite église Saint-Ferdinand-des-Ternes regorgeait de monde; bien que les amis du président de *l'Alliance* devinssent chaque jour de plus en plus rares, la curiosité l'avait emporté sur tout autre sentiment.

André était radieux; la vue de sa fiancée lui faisait presque oublier l'absence de son père.

Geneviève triomphait. Elle n'avait pas espéré que l'affaire fût conclue aussi vite. Un instant même, elle craignit l'intervention de La Réole, qui, après s'être assuré que les trois millions étaient encore intacts, avait une dernière fois sollicité sa main.

Elle l'avait impitoyablement repoussé et elle redoutait vaguement une vengeance quelconque.

La beauté de la jeune fille, en quelque sorte divinisée par le costume de mariée, fit sensation. Jamais son sourire n'avait été aussi angélique et son regard aussi pur.

Après la cérémonie, M. Ledru recevait rue de Presbourg. Au moment où Lagardie, qui venait de saluer les mariés, descendait le perron de l'hôtel, il rencontra Damartin qui, comme toujours, arrivait en courant.

— Est-il encore temps d'entrer ?

— Mais oui... le père Ledru rayonne...

— Et les mariés?

— Les mariés reçoivent leurs invités tout aussi gracieusement que si l'heure du train ne les pressait pas.

— Où vont-ils?

— En Suisse.

— Au revoir... je vais leur serrer la main et remettre à La Londe un mot de la part de La Réole, qui n'a pas pu venir...

La Vieille-Rognure s'élança dans les salons, évitant soigneusement la main que lui tendait le président de *l'Alliance*.

Il aperçut Geneviève très entourée et André debout derrière elle.

—Je suis chargé par La Réole de vous remettre cette lettre d'excuse... Il a la goutte... à ce qu'il prétend.

— Merci, — dit M. de la Londe, — qui prit la lettre et la mit dans sa poche.

Puis il ajouta :

— Il faut absolument que j'arrache Geneviève à ses amies... Il est déjà deux heures...

Quelques instants plus tard, André et sa femme faisaient rapidement leurs préparatifs de départ.

Ravissante dans un costume de cachemire gris cendré, galonné d'argent, Geneviève trottinait gentiment dans l'appartement.

— Est-ce que vous laissez là toutes ces lettres? — demanda-t-elle.

— Non, — dit André, — je vais les serrer n'importe où... ce sont des compliments d'amis absents probablement.

— Jetez-les dans votre sac de voyage, nous les lirons ensemble en route? Ce sera très amusant?

Saisissant à poignées les lettres, elle les passa à André, qui les mit dans son sac.

— J'oubliais encore celle-ci, — dit-il, et, prenant la lettre de La Réole, il l'envoya rejoindre les autres.

Cette enveloppe, remise à André par la Vieille-Rognure, qui ignorait son contenu, renfermait les deux lettres écrites par Geneviève à La Réole lorsqu'il était son amant.

Le lendemain, au cercle, M. Moray, Damartin, d'Étiolles et La Réole, complétement guéri de sa goutte, causaient en attendant le dîner; tout à coup, le petit de Chabanys, qui lisait *le Gaulois*, poussa un hurlement.

— Que vous arrive-t-il? — demanda aigrement la Vieille-Rognure, qui ne tolère ces cris-là que quand c'est lui qui les pousse.

— Oh! — murmura le jeune homme, — c'est épouvantable!

— Mais quoi, sapristi?

— Ce pauvre La Londe!... et elle!... Après ça, c'est peut-être un canard?

— Est-il assez insupportable! — grommela Damartin, lui enlevant brusquement le journal,

Mais tout de suite il tressaillit. Un fait divers racontait brutalement l'horrible malheur arrivé à M. de la Londe, le sympathique conseiller d'ambassade.

« Marié le matin, il était parti immédiatement pour » la Suisse avec son adorable jeune femme. La portière » contre laquelle elle s'appuyait, ayant été mal fermée, » s'était ouverte sous son poids. On n'avait retrouvé, » entre Frouard et Nancy, qu'un cadavre horriblement » défiguré, une bouillie de chair et de sang. »

» Le désespoir du malheureux mari faisait mal... »

Suivaient les récriminations du reporter contre les employés qui ferment mal les portières.

M. Moray était atterré.

— Chabanys avait peut-être raison de croire à la possibilité d'un canard, — dit d'Étiolles.

Mais l'arrivée de Lagardie mit fin aux doutes.

Il sortait de chez M. Ledru et on lui avait confirmé l'horrible nouvelle.

La Vieille-Rognure s'approcha de La Réole, et soupçonneux :

— Qu'y avait-il donc dans la lettre que vous m'avez fait porter?

Le marquis ne répondit pas, mais M. Moray avait entendu.

— Quelle lettre? — demanda-t-il.

— C'est affaire entre Damartin et moi, — répondit brusquement La Réole.

M. Moray, affreusement énervé, se leva et marchant sur lui :

— Vous dites?

— Que vous ferez bien de vous mêler de ce qui vous regarde, — répondit le marquis.

La rencontre fut décidée pour le lendemain matin. Les témoins de La Réole étaient M. de Jurieux et Luxeuil; ceux de M. Moray, d'Étiolles et l'oncle Jean, immédiatement télégraphié à Skaër.

XVIII

Josette avait dîné à Kerhoët chez les Lafère ; sa belle-mère n'avait pas voulu l'accompagner. La veille, l'oncle Jean était parti brusquement, appelé par une dépêche, et, depuis ce temps, madame Moray semblait préoccupée et inquiète.

La comtesse supposait que le krach de *l'Alliance* était enfin arrivé, engloutissant une partie de la fortune de son mari ; elle pensait que Jean était parti pour se renseigner et elle n'osait questionner sa belle-mère.

Le temps était splendide. Pierre la ramena à pied par le bois, comme autrefois. Une émotion étrange l'oppressait ; involontairement elle se serra contre

M. de Lafère : son cœur battait à coups pressés ; il s'en aperçut et voulut ralentir son pas.

— Non, — dit-elle, — marchons vite, je voudrais être arrivée déjà.

— Pourquoi donc ?...

— Parce que, — répondit-elle d'une voix faible, — parce que, à présent, j'ai peur.... seule avec vous.. .

Et elle ajouta, appuyant sa tête sur l'épaule de Pierre :

— Oui... j'ai peur... de moi !...

Ils arrivaient dans la cour de Skaër.

— Il y a de la lumière au salon, entrez donc dire bonsoir à maman ?

— Madame Moray n'est pas couchée ? — demanda-t-elle au domestique qui attendait dans le vestibule.

— Non, madame la comtesse.

— Eh bien, dites-lui que M. le vicomte de Lafère est là.

Quand sa belle-mère parut, Josette poussa une exclamation de surprise. Madame Moray était livide et ses yeux rougis semblaient éblouis par la lumière.

— Qu'est-il arrivé ? — s'écria la comtesse, inquiète.

Madame Moray répondit :

— Paul a été tué ce matin par M. de la Réole.

Josette ne pensa qu'à la douleur de sa belle-mère.

— Pauvre maman ! — murmura-t-elle.

Le regard voilé de la vieille femme enveloppa Josette et M. de Lafère, et, souriant à travers ses larmes :

— Je ne me plains pas, ma fille, Dieu fait bien tout ce qu'il fait!

FIN

ÉMILE COLIN — IMPRIMERIE DE LAGNY

www.ingramcontent.com/pod-product-compliance
Lightning Source LLC
LaVergne TN
LVHW020616110826
845149LV00002B/493
9782019219864